LA IMPORTANCIA DEL QUINCE DE FEBRERO

SOFÍA RHEI

LA IMPORTANCIA DEL QUINCE DE FEBRERO

PLAZA [PJ] JANÉS

Papel certificado por el Forest Stewardship Council®

Primera edición: enero de 2019

© 2019, Sofía Rhei
© 2019, Penguin Random House Grupo Editorial, S. A. U.
Travessera de Gràcia, 47-49. 08021 Barcelona

Printed in Spain – Impreso en España

ISBN: 978-84-01-02268-5
Depósito legal: B. 25.789-2018

Compuesto en Pleca Digital, S. L. U.
Impreso en Liberdúplex
Sant Llorenç d'Hortons (Barcelona)

L022685

Penguin
Random House
Grupo Editorial

Para Javier Godino,
mi primer amor y el que más ha durado

—Pero... hoy es San Valentín, Enrique... ¡No se puede romper en San Valentín! ¡Ni en Navidad, ni el día del aniversario! Eso lo sabe todo el mundo.

—Lo siento. Hace tiempo que lo vengo pensando...

—¿Y no te lo puedes pensar un poco más?

—No seas así, Sandra. Yo no estoy bien, tú no estás bien...

—¡Yo estoy estupendamente!

—Sabes que no. Siempre estás demasiado cansada. Y yo prefiero pasar el tiempo con los amigos antes que contigo. Esto no funciona...

—¡A lo mejor estoy cansada por el trabajo! ¿Cómo sabes que no funciona, si solo llevamos un año?

—¿Solo? Es más que suficiente para saber si algo tiene futuro.

—Por favor, no me dejes hoy. Espera un poco.

—¿Cómo dices?

—Que no sea precisamente hoy. Me amargarás el día

para siempre. Déjame si me tienes que dejar... pero hazlo en cualquier otra fecha, ¿vale?

Silencio.

—Está bien. Vámonos a cenar.

1

Jueves, 15 de febrero

La alarma sonó dentro de su cabeza. Bueno, quizá no exactamente «dentro», pero eso parecía. Era como si aquel ruido infernal tuviera el epicentro en su cerebro.

Sandra apagó el despertador y respiró hondo, tratando de calmarse. El corazón le latía como un tambor, que era el efecto que solía producirle su pesadilla recurrente. En ella revivía una y otra vez, con la angustia de saber que no podía cambiar nada, la ruptura con su último novio: el día de San Valentín del año anterior.

Técnicamente, lo habían dejado el 15 de febrero. Sin embargo, las palabras «San Valentín» permanecían asociadas a sudores fríos y noches de ansiedad. Y esa fecha acababa de pasarle por encima como una apisonadora, con el agravante de que ya había cumplido la fatídica cifra de treinta años.

Su gato, Sigmund, saltó sobre ella dándole un susto de muerte. Era la bola de pelo más egoísta y déspota del mundo. ¿Por qué no lo daba en adopción de una vez? Seguro que alguien picaba, porque era una bestia preciosa con ese sedoso pelo de angora gris.

Trató de calmarse. Había leído que, en períodos de estrés, relajarse por completo antes de salir de la cama ayudaba a controlar los nervios el resto del día. No sabía si serviría para algo, pero ella era muy de intentar las cosas y muy de «por si acaso».

Sigmund le lamió la mejilla con algo parecido a la ternura, lo que la hizo reconciliarse con el mundo, y descartó darlo en adopción.

Sandra tanteó la mesilla en busca de sus gafas, que no estaban ahí sino en el suelo. Maldijo a Sigmund. Se retorció para recuperar las lentes, se quitó de encima al gato y fue al baño, tratando de llenar su mente de pensamientos armónicos a pesar de los maullidos que exigían el desayuno. Le estaba sirviendo al felino una de las latitas gourmet en las que se dejaba el sueldo cuando el segundo chillido del despertador resonó por toda la casa. Sandra corrió a apagarlo, reprochándose a sí misma no haberlo apagado bien la primera vez. Le sucedía con frecuencia.

Ya en la ducha, pensó en la gran cantidad de veces que se descubría a sí misma cometiendo lo que Freud llamaba «actos fallidos». Estaba convencida de que cuando por fin consiguiera controlar los autoboicots eso significaría que se habría librado del influjo de Enrique, ese último novio propenso a los reproches que tan culpable la había hecho sentir. Por otra parte, sospechaba que quizá debajo hubiera cierta insatisfacción con su propia vida.

Apartó a Sigmund de la cocina y desayunó una tostada de pan de sésamo con aguacate delante del enorme póster de *Viaje alucinante*. Rodeando la imagen había una serie de marcos más pequeños con frases muy sabias. Aquella mañana, Sandra se centró en una de ellas:

> La ciencia hace que el mundo cambie muy deprisa. ¿Podremos los seres humanos adaptar nuestras costumbres a estos cambios?

La releyó varias veces. Aquel día, esa frase de Isaac Asimov significaba que tenía que dejar de pensar en el vago de Enrique. Le daba bastante rabia haberse enganchado de un chico al que no admiraba, y le parecía un síntoma de que había algo en ella que no estaba muy centrado. ¿Por qué había desarrollado cierta dependencia de alguien que no compartía en absoluto los valores que ella había convertido, con tesón, en el centro de su vida? Era como si la necesidad de afecto fuera más fuerte que los principios. Ese desorden de prioridades había debilitado su concentración y su autoestima. El próximo con el que saliera tenía que ser todo lo contrario.

Se puso el abrigo y se dirigió al balcón para fumarse un cigarro. Cada mañana aprovechaba esa salida para hacerse una idea de la temperatura y escoger la ropa que se pondría. Como elegir modelitos no era lo suyo, le había pedido a su amigo Joseba que le organizara una serie de conjuntos. Aquel día el clima le sugirió la blusa de punto color salmón con los pantalones antracita.

La primera calada le dio asco, pero no pudo tirar el

cigarrillo. No estaba orgullosa de no ser capaz de dejarlo. Se sentía aún más culpable porque pensaba que, como psicóloga, debería tener un mayor control sobre su propia mente. Incluso había inventado un método consistente en fumarse dos cajetillas seguidas hasta provocarse una intoxicación de nicotina y cogerle asco. Lo había intentado dos veces, quedándose hecha polvo durante semanas, con un surtido de mareos, toses y flemas que habría dado para un documental tipo premios Darwin.

Entonces sacudió la cabeza y se enfadó consigo misma. Desde que había abierto los ojos no había hecho otra cosa que castigarse. Una cosa era ser consciente de lo que podía mejorar y otra muy distinta penalizarse emocionalmente por ello. Se prometió pasar una tarde de chicas con Leonor para contrarrestar esa negatividad.

Ya vestida, como suele hacer la gente despistada, revisó a conciencia el bolso comprobando todos los compartimentos: pañuelos de papel, gomas del pelo, pastillero de emergencia, cuaderno para apuntar y bolígrafo, estuche de lentillas y gafas por si acaso, cargador del móvil y bote de laca tamaño de viaje, muy útil para defenderse de agresiones en lugar del espray de pimienta, que era ligeramente ilegal.

Comprobó la fuente y la tolva de Sigmund, y le dio un pescozón de despedida.

—Pórtate bien, ¿vale? No quiero tener que barrer quinientos copos de cereal del suelo como la semana pasada.

Solo cuando había recorrido la mitad del trayecto en metro se le ocurrió mirar el móvil:

DÍA LIBRE

«La madre que me...», se dijo Sandra para sus adentros. Aunque a lo mejor no lo había dicho para sus adentros, porque un par de personas la miraron con expresión divertida.

Precisamente había pedido el día 15 para no tener que soportar las edulcoradas narraciones de lo maravillosa que había sido la noche anterior. Ya que no podía erradicar la dichosa fecha del calendario, al menos se libraría de sus efectos.

¿Por qué tenía que ser tan despistada? Aunque trataba de mejorar, seguía etiquetando sus llaves con direcciones inventadas por si se le perdían. Una vez compró chips para pegarlos en las cosas y tenerlas localizadas, pero perdió los chips antes de utilizarlos. Para ella el despiste era como la miopía, cosas que habían estado allí siempre, como duendes invisibles que la hacían diferente a los demás y contra los que poco podía hacer aparte de esforzarse.

«El genio despistado.» Temía haber idealizado ese rasgo en la infancia como supuesta característica de una mente creativa. Al menos eso era lo que pensaba que le diría Freud si no fuera un gato, o si no estuviera muerto y enterrado en el cementerio de Golders Green, Londres.

En sus primeros años de universidad, algo influida por su novio de entonces, Sandra había mostrado mucho interés por la obra del padre del psicoanálisis, quizá para compensar los excesos de su padre adoptivo, quien era tan distinto a Freud como una persona puede serlo de otra, salvo que ambos eran de origen judío aunque no practicantes.

Sandra se sacudió esos pensamientos inútiles con un movimiento de cabeza. De repente, tenía por delante un día entero. Podía ir a pasear por el parque, hacer algo de ejercicio, pasar el día sumergida en la biblioteca...

Presionó la alerta del móvil y apareció más texto:

VISITAR A MAMÁ

«Pero eso no es hasta mañana», pensó Sandra, antes de darse cuenta de que lo que estaba tomando por «hoy» en realidad era el día siguiente. Había hecho muy buen trabajo borrando de su mente que ya había vivido un San Valentín en la oficina. En cierto modo era comprensible: se había pasado el día con los cascos puestos, evitando todo tipo de interacción social.

Bajó del vagón para cambiar de sentido, y tras un par de transbordos, llegó al barrio de Prosperidad, donde vivía su madre. Fue a comprar mandarinas, almendras y leche de soja, que eran la base de la pirámide alimentaria de Maite. Y mientras recorría los pasillos del supermercado, la psicóloga que llevaba dentro no pudo evitar pensar: «Todo lo que me ocurre con los hombres es por culpa de mi madre. Si no me hubiera transmitido un modelo masculino tan fantasioso y confuso, no me pasaría la vida buscando hombres imposibles».

A continuación, se dijo que no tenía sentido echarle la culpa a su madre, que había hecho las cosas lo mejor que pudo en sus nada fáciles circunstancias.

Abrió con su llave y se encontró con la expresión de sorpresa de Maite, aún en pijama.

—Huy, ¿te tocaba venir hoy?

Sandra sonrió. De tal palo, tal astilla.

—Me lo ha recordado el móvil. Me había confundido de día y ya iba de camino al trabajo. ¿Qué tal estás? ¿Cómo vas con la lumbalgia?

—Pues estoy regular, hija, regular. No sé para qué me preguntas si ya sabes lo que te voy a decir, y también sabes que no me gusta decirlo porque está muy feo quejarse. No tengo ningún derecho a lamentarme, tengo una vida estupenda y un marido maravilloso, ¿verdad, Isaac?

Maite, la madre de Sandra, le dio un beso a una foto en blanco y negro de Isaac Asimov cuando era joven.

—Hola, papá —saludó Sandra a la imagen enmarcada, con una ironía atenuada por la costumbre.

Desde el marco, Asimov la miraba con calidez y orgullo. Por supuesto que era un padre estupendo: optimista, creativo, humanista... Sus libros y sus frases siempre le daban apoyo y reforzaban su autoestima, y nunca la molestaba con pensamientos nocivos. Por eso Maite lo había elegido como figura paterna para su hija.

El padre de Sandra se fue cuando ella tenía cuatro años. Apenas conservaba el vago recuerdo de un hombre delgado con la mirada nerviosa. Nunca se casó con Maite.

A pesar de trabajar como administrativa en Iberia, y de completar el sueldo con lo que podía, no hubo una sola tarde en la que Maite no se sentara con Sandra para ayudarla con los deberes, tratando de convertir ese momento en una experiencia entretenida. Maite no había tenido la oportunidad de ir a la universidad, y a veces tenía que estudiarse las lecciones antes de explicárselas. Pero la falta de formación académica había quedado compensada por su enorme curiosidad y por la colección de libros de kiosco de la editorial Bruguera.

Mientras sus amigas se intercambiaban novelas de Corín Tellado, Maite descubrió por casualidad a Isaac Asimov. El kiosquero le recomendó la serie «Fundación» y Maite se introdujo en aquel universo desconocido como quien explora, precisamente, otros planetas. Y le encantó. Pensó que Asimov hablaba de todos los temas posibles: la historia, la naturaleza humana, la ciencia... Pensó que a través del pasado explicaba el futuro, o, mejor dicho, todos los futuros posibles. Conectaba los abismos de la mente con los del universo infinito.

Se quedó tan fascinada con esos libros que se puso a coleccionar todas las obras de Asimov que caían en sus manos. Y también guardaba las entrevistas y los artículos sobre él que encontraba en revistas, los archivaba en álbumes decorados con estrellas, y con cada entrevista le gustaba más. Era un hombre humanista, optimista, ilustrado y feminista, como Maite solía repetir. De modo que decidió adoptarlo como marido ideal.

—¿Qué tal vas de chicos? —preguntó a Sandra—. ¿No ha aparecido ninguno que te guste?

—No, mamá. No tengo prisa. Si tiene que venir algo, ya vendrá.

Su madre se mordió el labio.

—Es que te veo más triste cuando estás sola. Si quieres te puedo presentar al sobrino de mi amiga Lola, que...

Sandra resopló.

—No me metas prisa. Tú has estado estupendamente toda la vida sin salir con nadie, ¿verdad? Pues yo podría hacer lo mismo si quisiera.

—Ya, pero es que no es el mismo caso. Primero, que yo te tenía a ti. Tú solo tienes a ese gato malhumorado. La soledad es un factor depresógeno. Deberías saberlo mejor que nadie, que para eso eres psicóloga.

—Sí, mamá, gracias por el dato...

—Y segundo, que no creo que sea lo que quieres.

Sandra evitó la mirada de su madre. Por supuesto que preferiría tener pareja, pero no le gustaba reconocerlo.

Maite empezó a pelar una mandarina. Desde que Sandra podía recordar, las manos de su madre siempre olían a esa fruta.

—Hace casi un año que lo dejaste con el último, que, por cierto, era imbécil de los pies a la cabeza. Me gustaría que por fin encontraras a alguien que te merezca. Que esté a tu altura va a ser difícil, porque tan listo y tan guapo como mi niña no va a haber ninguno. Pero que sea buen chico y te trate bien.

—Qué cosas dices, mamá. —Sonrió.

Se quedaron en silencio, y Sandra recorrió con la mirada el apartamento, tan lleno de libros que apenas había sitio para nada más. En las paredes había dibujos enmarcados. Estaban hechos con ceras de colores y representaban paisajes soleados, casitas de campo, naves espaciales, y todos estaban firmados en letras de colores por la misma artista: «Sandra».

—Oye, es que tengo algo que contarte —dijo Maite—. Estaba esperando a que te echaras novio, pero ya no quiero retrasarlo más.

Sandra se alarmó. La preocupación por la salud de su madre siempre estaba ahí rondando. Era la persona a la que más quería, toda la familia que tenía, y le asustaba mucho la posibilidad de que enfermara.

—¿Qué pasa, mamá?

—Bueno, pues que... he conocido a alguien. Llevamos saliendo unos meses. Pero no pongas esa cara, hija, que parece que se te ha aparecido un fantasma. No es tan raro que le guste a alguien.

—Claro que no, estás guapísima, pero es que nunca te he visto salir con nadie.

—Cuando ya no vivías en casa tuve un par de... «rollitos», como decís ahora.

—Mamá, por favor...

—Bueno, pues eso, dos o tres amigos. Pero no te quise decir nada hasta que no fuera algo más serio, cosa que no llegó a suceder. En parte porque ninguno me parecía tan adecuado como Isaac.

Siempre lo llamaba por su nombre de pila.

—Mamá, jamás conociste a Asimov. A lo mejor en la vida real fue un padre ausente. De hecho, es lo que se desprende de su biografía.

Pero Sandra se alegraba de no haber tenido que compartir la casa y a su madre con un hombre. Era algo egoísta por su parte. Respiró hondo: eso del novio era una situación completamente nueva, y no podía imaginarse cómo lo viviría. Pero tenía que esforzarse por ser la Sandra adulta.

—Me alegro mucho por ti —consiguió decir, con una sonrisa solo ligeramente temblorosa.

—Me gustaría presentarte a Pablo. No te quiero meter prisa. Cuando te apetezca me lo dices. Pero que sepas que es un hombre estu...

—Voy al baño —respondió ella. Eso le daría tiempo para asumir todo aquello.

Pablo, pensó Sandra, repasando a todos los chicos con ese nombre que había conocido. ¿Le caería bien? También le costaba mucho imaginarse a un señor digno de su madre. Nadie parece ser lo suficientemente bueno para las personas a las que más queremos.

Como siempre que iba a aquella casa, entró en su antiguo cuarto, que seguía casi igual. Miró el armario empotrado blanco, que ahora estaba lleno de la ropa de verano de Maite. Pero para Sandra aquel espacio siempre sería la camita de Iris, su compañera secreta de juegos. También estaba la estantería con los libros de «El Barco de Vapor», y la colección de muñecas que Maite había adaptado para que representaran a científicas y aventureras. Compraba barbies vestidas de rosa, les borraba con acetona el exceso de maquillaje y les hacía trajes a mano, con gafitas y todos los accesorios que hicieran falta. Después las dos jugaban a ponerles nombre. Junto a la robopsicóloga Susan Calvin estaba Linda, la programadora de la NASA, muy amiga de Georgina la astronauta, que llevaba su casco y hasta tenía una roca lunar; y Sara la exploradora submarina, que había descubierto un nuevo tipo de estrella de mar gigante... A Sandra le encantaba esa habitación, era un poco como hacer un viaje en el tiempo. Mientras esas muñecas la observaran con cariño siempre sería una niña.

Pasaron unas horas de charla, y cuando ya se despedían Maite le dijo:

—Mándame fotos del gato, anda. Es lo más parecido que tengo a un nieto.

Al salir del metro en Ventas, su barrio, Sandra decidió pasar el resto del día leyendo. Tenía sobre la mesa de noche una pila enorme que no iba a menguar sola. Pero al pasar por la biblioteca y verla abierta, no pudo evitar entrar para curiosear las novedades.

La bibliotecaria, Rosa, exponía los libros en mostradores temáticos, que decoraba con fotografías y citas. Tenía el mérito añadido de que Rosa iba en silla de ruedas, y los murales a veces tenían más de un metro de altura.

En aquel momento había un panel sobre migraciones, otro sobre las relaciones entre personas y animales y uno titulado «Tés y otras infusiones». La selección de libros mezclaba novelas, relatos, ensayos e incluso alguno de autoayuda, como un librito que aseguraba que existía una infusión adecuada para cada estado de ánimo. La Sandra psicóloga sintió curiosidad, hojeó el librito, y vio que las autoras distinguían nada menos que treinta y seis estados de ánimo con sus correspondientes brebajes.

Desde luego, todo aquello de la autoayuda debía de dar dinero. Sandra se había planteado alguna vez escribir algo tipo *Cómo cambiar tu vida aprendiendo a buscar*, aprovechando sus excelentes dotes para encontrar cualquier cosa en internet, lo que le había hecho ahorrar mucho dinero, o bien: *Gatoterapia: cómo maximizar el potencial terapéutico de tu mascota*. Ese tipo de cosas.

Escogió un libro del que había oído hablar muy bien. Se titulaba *Fuera de quicio*, de Karen Joy Fowler, y a Sandra le pareció adecuado en ese momento porque le habían asegurado que no tenía trama romántica.

Entonces se dio de bruces con un mural que no había visto antes porque estaba en paralelo a la entrada. Se titulaba «Nunca es tarde para el amor», y reunía títulos sobre segundas oportunidades y romances en la edad madura. Sandra se dio por aludida, y a sus treinta años se sintió tremendamente vieja y fracasada al mismo tiempo.

Fue al mostrador a que le sellaran el libro.

—Rosa, ¿has hecho tú ese panel?

—Sí, y no veas el éxito que está teniendo. La gente se toma el amor romántico como si fuera la cura para todos los males, incluida la vejez.

Rosa lo dijo con cierto desdén, dejando claro que no compartía aquel punto de vista.

—La verdad, no te pega nada proponer temas románticos.

—Bueno, me debo un poco a la gente, y me pedían algo así —dijo mientras tecleaba el nombre de Sandra en el ordenador. Entonces se puso seria—. Oye, veo que tienes otro libro en casa y que el plazo acaba hoy.

La aludida frunció el ceño hasta que cayó en la cuenta.

—¡Ah, sí! *Oveja mansa*, de Connie Willis, me lo acabé hace un montón.

—¿Y por qué no lo has devuelto? —Rosa sonaba fastidiada.

—Porque se me ha pasado, ya sabes que soy un poco despistada.

—Mira, estamos endureciendo un poquito la política de devoluciones. Me temo que no puedo dejar que saques este libro hasta que no traigas el otro.

—¿En serio? ¡Pero si aún no ha vencido el plazo!

—Técnicamente, o vienes esta tarde a devolverlo, o tendrás penalización y no podrás llevarte otro durante una semana.

Sandra miró con deseo el ejemplar de *Fuera de quicio* y le frustró no poder llevárselo.

—Entonces ¿me da tiempo a traerte el libro hoy?

—Sí, claro.

—Estupendo, pues te veo en un rato.

Rosa la miró con cara de «que nos conocemos».

Y la librera resultó tener razón, porque Sandra, que se volvió a dar de bruces con el panel de amores recobrados, que le recordó lo horrible que era San Valentín, en lugar de ir directamente a su casa para recoger el libro, lo que hizo fue meterse en el supermercado y comprar una botella de moscatel.

2

En cuanto llegó a casa se sirvió una copa y la acompañó de tres bombones de licor. Solía guardarlos en el botiquín porque los consideraba un medicamento, adecuados para días como aquel.

Se tumbó en el sofá y entró en las redes sociales.

Leonor, su mejor amiga del trabajo, acababa de subir las 472 fotografías de su luna de miel en Bali. Elena, con la que antes quedaba una vez por semana, y en quien Sandra había puesto esperanzas de que fuera a tener una vida no convencional porque era lesbiana militante, apenas salía de casa porque estaba completamente entregada a sus hijos pequeños, y no dejaba de colgar posts sobre maternidad consciente y «recetas divertidas» para los niños que no querían comer. El tarambana de su primo Fran, que siempre había sido alérgico al compromiso, llevaba ya varios meses colgando fotos de la misma chica de pelo rizado, algo que resultaba inaudito. Hasta su propia madre tenía un «rollito», y era cuestión de tiempo que se encontrara con el careto del tal Pablo.

El cerebro de Sandra rara vez estaba tranquilo. Su estado habitual era una especie de ebullición creativa en la que se fraguaban miles de ideas, sobre todo de posibles productos, negocios o empresas que jamás llevaba a cabo. En ese momento se le ocurrió otra de ellas: inventar un filtro para redes sociales que convirtiera automáticamente las fotografías de bodas y de gente besándose en apacibles paisajes. Eso le daría un respiro.

Los propósitos de lectura quedaron pospuestos hasta nueva orden. Estaba demasiado pensativa para concentrarse en un libro. Tenía la familiar sensación de que se estaba olvidando de algo, pero como eso era bastante normal en ella no le dio demasiada importancia. Se decidió a ver la tele y, como era habitual, se pasó más de quince minutos buscando el mando a distancia.

—¡Sigmund! ¿Qué has hecho con el mando?

Tener un gato rencoroso y ser muy despistada era un cóctel explosivo. Resultaba imposible saber cuántas de las trastadas del precioso felino de angora en realidad eran tales y no olvidos de Sandra, y, paralelamente, cuántos de los despistes en realidad se debían a la travesura intencionada de un gato que parecía disfrutar haciéndola sentir culpable por dejarlo solo todo el día.

Cuando por fin encontró el mando puso un canal de documentales, uno de sus preferidos, con tan mala suerte que dio con un reportaje sobre animales monógamos. Pasó al siguiente canal.

Le vino a la cabeza que debía devolver el libro a la biblioteca. ¡Eso era lo que se le estaba olvidando! Aquello era uno más entre de todos los despistes, autoboicots o actos fallidos que cometía con tanta frecuencia, esos pequeños ataques contra sí misma que tanto le molestaban. Pero entonces dio con un documental que le pareció entretenido y se distrajo.

«El universo está compuesto de unos quinientos trillones de estrellas semejantes al Sol, y cada una de ellas puede tener varios planetas orbitando a su alrededor. El número de los que son capaces de albergar vida inteligente es astronómico. Solo en la Vía Láctea, nuestra galaxia, se estima que existen un billón de planetas con condiciones semejantes a la Tierra. ¿Cómo es posible que ninguno de ellos albergue vida inteligente de la que hayamos tenido noticia? Numéricamente, resulta inverosímil que la Tierra sea el único planeta en todo el universo donde se haya producido la vida. Esto es lo que se conoce como la paradoja de Fermi, que después fue desarrollada por Frank Drake en una ecuación más afinada», contaba el narrador del documental.

Sandra pensó que eso era exactamente lo que le sucedía a ella. Solo en Madrid, con una población total de unos siete millones de habitantes, de los cuales la mitad eran hombres, debía de haber unos setecientos mil varones en una franja de edad aceptable. Si entre ellos hubiera un tercio de hombres solteros, separados o divorciados, estaríamos hablando de ciento cincuenta mil disponibles en unos sesenta kilómetros a la redonda.

Era un número muy alto, y sin duda entre ellos debía de haber unos cuantos que cumplieran los requisitos necesarios para darles una oportunidad. Sandra no se consideraba muy exigente. Había salido, por un corto espacio de tiempo, con un heavy de Torrejón de Ardoz, con un granjero de Guadarrama y con un cooperante que se pasaba la mitad del año en Mozambique. Además, estaba claro que las características físicas no eran relevantes a la hora de que una pareja fuese duradera. Era agradable tener al lado a alguien atractivo, desde luego, pero como psicóloga sabía que eso no garantizaba compatibilidad, ni siquiera enamoramiento. Lo único que le importaba era que fueran buenas personas y que no tuvieran la cabeza demasiado abollada.

«El Sol que nos ilumina cada día es un cuerpo celeste relativamente joven, y, por lo tanto, la Tierra también. Nuestro planeta solo tiene unos cuatro billones y medio de años. En esta misma galaxia existen estrellas mucho más antiguas, en las que orbitan planetas que pueden tener ocho o nueve billones de años. Cualquier civilización desarrollada en uno de ellos debería estar infinitamente más avanzada que la nuestra.»

Sandra frunció el ceño. Quizá eso tuviera el equivalente terrenal de que por ahí había un montón de solteros estupendos que ni siquiera se molestaban en buscar pareja porque estaban bien como estaban.

«No todos los pueblos tienen el impulso del progreso tecnológico. De hecho, en nuestro planeta, la mayor parte de las culturas conocidas no han experimentado un desarrollo industrial propio. Los aborígenes de Nueva Zelanda, los yanomamis del Amazonas o los masáis, en África, llevan milenios viviendo de la misma manera. Solo unas pocas culturas han hecho avanzar los transportes, las comunicaciones y el armamento, casi siempre a costa de la degradación ecológica del entorno.»

A Sandra, en aquel momento todo le hablaba de novios. Aquella reflexión sobre el desarrollo de las sociedades para ella significaba que solo algunas, muy pocas, de las relaciones consiguen crear las herramientas necesarias para sobrevivir. A causa de su trabajo sabía que eran muchos los matrimonios que acababan en divorcio, siete de cada diez, para ser exactos, y que eso sucedía especialmente en lugares cálidos. Muchas de las provincias con una mayor tasa de separación estaban en zonas cálidas y marítimas, como la Comunidad Valenciana, Cataluña o Canarias, mientras que los lugares con menos divorcios por habitante solían corresponderse con zonas con un invierno frío, como Aragón y Castilla.

«Drake estimó, hace cincuenta años, que en la Vía Láctea debería haber una decena de civilizaciones capaces, igual que la humana, de emitir o recibir señales interplanetarias. Sin embargo, según los últimos avances en observación astronómica, se considera que pueden existir más tipos de planetas semejantes a la Tierra de lo que se pensaba en un principio. Estos planetas, que reúnen características de humedad y calor favorables a la aparición de vida, se conocen como "ecomundos", y recientemente se han encontrado algunos que no pertenecen a ningún sistema solar, es decir, exoplanetas. Eso supondría que la cantidad más plausible de mundos habitados en nuestra galaxia sería de muchos centenares. Y gracias a las nuevas tecnologías, estamos más cerca que nunca de poder establecer contacto.»

«Mira, eso es una buena noticia», se dijo Sandra. La tecnología había hecho aumentar las posibilidades de localizar vida extraterrestre, y por tanto debería servir para maximizar las posibilidades de dar con una pareja adecuada, compatible y sana.

Algo en esa frase que había formulado para sus adentros sobresaltó a Sandra.

Si la especie humana había conseguido dar pasos de gigante en las telecomunicaciones, lo lógico era aprovecharse de ello y utilizar la tecnología para encontrar la mejor pareja posible. No podía quedarse sentada a esperar.

Por supuesto, ya había probado las webs de emparejamiento más populares, como *Shop'him*, una especie de juego en el que la mujer adoptaba un avatar que recorría un supermercado y tenía que escoger entre miles de perfiles de hombres en forma de cajas de cereales, etcétera. Los perfiles estaban redactados con lenguaje publicitario, como si trataran de ofrecer un producto. La gamificación era interesante, pero a Sandra le había parecido demasiado enfocada a conseguir sexo rápido, utilizando la cultura del recambio tan propia del consumismo. La mayor parte de los hombres trataban de resaltar lo mejor de sí mismos de manera casi sensacionalista en lugar de ser sinceros.

También había echado un vistazo a *Astralove*, una app que trazaba una carta astral completa de la persona y le buscaba parejas afines según criterios del horóscopo. Según esa app, el aspecto físico y la edad no importaban, y lo único que contaba era la conexión astral. A Sandra le había propuesto como parejas ideales a un señor de sesenta y cinco años, coleccionista de sellos, que vivía en Cádiz, y a un muchacho de diecinueve que trabajaba como DJ en Benicasim en la temporada de verano y vivía en una furgoneta.

Otro método de moda era la reciente función de *matching* de una famosa plataforma de distribución musical, que sugería parejas según las afinidades musicales. La teoría que había detrás de eso era que los gustos musicales configuraban una especie de mapa emocional de cada persona, ya que se trataba del arte más vinculado a los sentimientos y las intuiciones. Sin embargo, Sandra le veía el problema de que emparejaba a semejantes, cuando en muchos casos la compatibilidad entre personas venía, precisamente, de la diferencia. Quizá si la música hubiera sido más importante en la vida de Sandra le habría dado una oportunidad al método. Esa posibilidad de *matching* aún no la ofrecía su página preferida de comunicación entre lectores, pero, pensándolo bien, Sandra no estaba segura de si querría salir con el presidente del club de fans de Asimov. Seguro que era un friki sesentón y amargado porque las mujeres se estaban cargando la ciencia ficción.

En general, en las webs de contactos los test eran muy aburridos y la mayor parte de la gente no los completaba. A la Sandra psicóloga esos test le parecían chapuceros, sesgados o incompletos, y a la Sandra normal simplemente machistas. Para rematar, su amiga Leonor, que había probado las apps más arriesgadas, con geolocalización incluida, había tenido malas experiencias que habían llegado al acoso.

Allí sentada, viendo en la tele imágenes del universo, tratando de llevar su mente a la escala cósmica bajo la afable mirada del retrato de Isaac Asimov, Sandra tuvo una revelación. Si todos aquellos solteros no se estaban esforzando en dar con ella, quizá fuera el momento de tomar las riendas.

En su imaginación, las imágenes de galaxias y supernovas se mezclaron con las largas listas de datos estadísticos que manejaba en su trabajo. Se dijo que el universo era infinitamente amplio y que solo en su ciudad existían muchísimos más solteros de los que jamás podría conocer, aunque tuviera cuatro citas al día, y se sintió abrumada por la inmensidad del espacio y por la brevedad del tiempo. ¿Cómo sería el hombre perfecto para ella, escondido en la inmensidad de lo improbable? ¿Castaño, moreno, con perilla, barbudo? ¿Tendría el pelo corto o largo? ¿Le gustaría pasear por el campo o salir hasta las tantas? ¿Sería mejor que ella jugando al ajedrez? ¿Cómo sería su voz? ¿Llevaría gafas? Ojalá las llevara. Le encantaban los hombres con gafas porque tenían cierto aire de despistados, quizá a causa de la cantidad de veces que había visto *Con faldas y a lo loco*. Por otra parte, su preferido en esa película no era el que se disfrazaba de miope, ya que siempre había sentido debilidad por Jack Lemmon.

En su trabajo se dedicaba a interpretar los millones de datos que la empresa extraía de los usuarios de sus productos. Cuando la gente pensaba que estaba socializando en redes, haciendo test entretenidos para revistas o incluso compartiendo sus pensamientos, en realidad estaban proporcionando un enorme *feed* de información a los robots de Zafiro. Estos contabilizaban la frecuencia con la que utilizaban determinadas palabras y configuraban perfiles psicológicos de cada persona. Estos eran utilizados para catalogar a cada individuo como parte de los numerosos *targets*, o tipos de consumidor, cuyas listas después la empresa vendía a otras.

No era el trabajo más ético del mundo, la verdad. Igual que le sucedía con el tabaco, Sandra fantaseaba con dejarlo prácticamente todos los días. Soñaba con ahorrar lo suficiente para poner en marcha algunos de los proyectos que sí podrían ayudar al mundo. Por ejemplo, una cafetería en la que las personas con fobias pudieran comerse versiones deliciosas de aquello que odiaban, como arañas de chocolate, cucarachas de caramelo o aviones de algodón de azúcar. Estaba segura de que eso podría ayudarlos a combatir esos miedos irracionales. O bien una tienda de ropa de mujer cuyas prendas estuvieran llenas de bolsillos. Odiaba que nunca los pusieran, y aún más que fueran de mentira. Sin embargo, dejar el trabajo y dedicarse a sus fantásticas iniciativas era un deseo vago, flotante, que ella misma catalogaba de imposible. No era tan urgente como, por ejemplo, la necesidad de encontrar novio.

Porque un novio lo era casi todo. Bastaba con concentrar la energía en una sola persona para recibir un montón de cosas a cambio. Compañía, calor, complicidad. No sentirse jamás sola, porque esa persona siempre estaba presente de algún modo. Echaba de menos ese «ser dos» en lugar de una, y estaba decidida a encontrar la mejor pareja que hubiera tenido nunca, la que revelara la mejor versión de sí misma.

Entonces se le ocurrió una de sus ideas. Se levantó del sofá de golpe y fue a buscar una mandarina, que frotó contra sus manos para pensar mejor. No existía un genio de la lámpara que pudiera ponerle delante al hombre ideal, pero sí que existían las herramientas tecnológicas para encontrar al que reuniera las características más prometedoras. Su empresa había recabado datos, con un enorme tamaño de muestra, acerca de matrimonios y parejas de larga duración para vendérselos a compañías de seguros y anunciantes de todo tipo. Si pudiera conseguir todos esos datos, conocería las variables estadísticas relacionadas con el éxito en las relaciones.

¡Sí, eso era! Si descubría las variables que hacían que una relación tuviera éxito podría diseñar un perfil compatible con el suyo. Sabría qué era exactamente lo que necesitaba y podría proporcionar información muy precisa a los sistemas de búsqueda de parejas.

Sandra hundió los dedos en la mandarina y desprendió un gajo, pensativa. Quizá aquella idea quedara sepultada en el mismo olvido que todas las demás. Por otra parte, su motivación era bastante más fuerte, y el plan mucho más sencillo. Solo había que cometer una pequeña ilegalidad. Sin embargo, Sandra se sentía en paz con el mundo a ese respecto: nunca había robado nada, ni siquiera un paquete de chicles en una tienda de la playa. Solo sería una vez.

Los pasos a seguir, por tanto, serían los siguientes:

1. Trazar su propio perfil psicológico y comportamental.

2. Conseguir los datos estadísticos acerca de las parejas de larga duración.
3. Encontrar las cualidades compatibles con su perfil según los criterios de las estadísticas de Zafiro.

El gato le tiró del pelo como reproche por llevar demasiado rato sin hacerle caso. O quizá se hubiera dado cuenta de que Sandra estaba planeando incorporar otro elemento a su vida, cosa que no le haría ninguna gracia.

—Sigmund, lo siento, pero tengo que hacer esto. Al menos intentarlo.

Animada tras haber pronunciado su decisión en voz alta, cogió el portátil y se puso a rellenar todo tipo de test. Eso la mantuvo despierta hasta las tres de la madrugada.

3

Viernes, 16 de febrero

Sandra llegó al trabajo, un antiguo chalet de Concha Espina reconvertido en modernas oficinas, pero respetando la arquitectura de época.

El entorno de trabajo había cambiado hacía un año y medio, cuando falleció el fundador de la empresa y su hijo se hizo cargo del negocio. El joven emprendedor Víctor Zafiro salió en las revistas por haber «adaptado a los nuevos tiempos» el entorno laboral y haber aumentado su «usabilidad y productividad». Tenía un bar que ofrecía zumos y smoothies diseñados para aumentar la productividad laboral, como el «Día de entrega» (cacao, achicoria, coco y malta) o el «Déjalo todo listo para el finde» (*boba tea* de taro con leche de avena y chía). Y era verdad que con los nuevos espacios abiertos y los jardines interiores y la fuente central, que emitía un agradable sonido, pero daba muchas ganas de ir al baño, trabajar resultaba mucho más agradable. También era cierto que en un entorno así era más fácil echar horas extras sin darse cuenta.

El camarero que le sirvió el zumo de naranja y acerola se la quedó mirando como si nunca la hubiera visto, a pesar de que el chico llevaba ya unos meses en el puesto. Siempre que Sandra se quitaba las gafas pasaba lo mismo. Le parecía un fenómeno extraordinario. Ella era la misma con gafas que sin ellas, pero las lentes eran una especie de disfraz que la hacía invisible a los hombres.

Sonrió. De pequeña, cuando veía por la tele las películas de Superman siempre le parecía una soberana estupidez que la gente no reconociera a Superman y se creyera que era Clark Kent solo porque llevaba gafas. Por otra parte, le parecía mucho más atractivo Clark Kent.

Pero al hacerse mayor comprendió dos cosas: primero, que buena parte de las mujeres, por algún motivo, preferían al chulito sacabola de Superman, con su sonrisita de superioridad, en lugar de al sensato y amable periodista; y más adelante, ya en el instituto, que las mujeres que llevaban gafas se mantenían a salvo de los piropos, como si hubieran convocado un potente hechizo de protección. Y por eso solía llevarlas. Ser pelirroja natural y tener buen tipo no era una combinación adecuada para que la dejaran tranquila por la calle.

La poca frecuencia con la que usaba lentillas hacía que se le diera muy mal ponérselas. Había tardado más de media hora en conseguirlo porque al principio no sabía si la del ojo izquierdo había entrado, y se pasó un buen rato buscándola por el lavabo cuando en realidad sí estaba en el ojo. De tanto hurgarse, tuvo que recurrir al colirio al mismo tiempo que apartaba al gato, que se le había colado a traición en el baño. Pero todo aquello merecía el esfuerzo, porque lo que necesitaba aquel día era distraer a los frikis de informática.

Al llegar a su puesto, el becario nuevo dio un traspié al verla entrar. Sandra apenas veía porque las lentillas convertían el mundo en un amasijo borroso, pero curiosamente los que tropezaban eran los demás.

A Sandra le brillaban los ojos de autodeterminación, y era consciente de que desprendía energías renovadas, pero decidió moderar las manifestaciones de poderío interior. Lo que estaba a punto de hacer no era lícito, ni ético, ni legal. Le convenía que no se le notara tanto.

—¿Qué te has hecho, morenaza? O, mejor dicho, ¿qué te hicieron anoche?

Semejante capullo era Marcos, el chistosillo de la oficina. Como lo decía todo medio en broma siempre se permitía ir un poco más allá. En un día normal, Sandra se habría limitado a alejarse cuanto antes. Sin embargo, ese viernes se acercó a él con actitud firme.

—Lo que hice anoche no le importa a nadie más que a mí.

Marcos tragó saliva, y compuso una media sonrisa entre intimidada y picarona.

Sandra prosiguió:

—Pero si te parece divertido bromear sobre lo que hace la gente en la intimidad, podemos comentar lo que vas a hacer tú dentro de un rato en el cuarto de baño.

El aludido boqueó al tiempo que contraía involuntariamente la entrepierna. Un par de compañeras ahogaron una exclamación, admiradas, y Sandra se dirigió tranquilamente a su sitio.

—Tía, ¡has estado genial con el payaso ese! —le dijo Amanda, la compañera que se sentaba a su lado.

Leonor, su mejor amiga, le levantó el pulgar desde su puesto, al lado de un ficus tan enorme que parecía que tenía la mesa en medio de la jungla.

La jefa de recursos humanos, que por lo visto tenía ojos en la nuca, las observó con su mirada de «ya sé que no soy exactamente vuestra jefa, pero mi edad me aporta la autoridad necesaria para haceros notar que estáis perdiendo el tiempo con tonterías».

Sandra dejó pasar la mitad de la jornada actuando con normalidad. Sin embargo, cuanto más se acercaba el momento de robar los datos, más nerviosa se ponía. Deseó tener algo más de experiencia delictiva. Sintió la tentación de pedirle a Leonor, que en vez de bolso tenía una farmacia, algo para atenuar los nervios. Pero pensó que aquello podría levantar sospechas; además, prefería que su mente estuviera lo más despejada posible. Fue a charlar con ella para tranquilizarse.

—¿Te apetece ir a un *spa* el sábado? —le preguntó.

—¿Por qué no? Han abierto uno en el que te sueltan caracoles por encima. Por lo visto, es lo más para la piel.

—Qué aventurera estás desde que volviste del viaje de novios.

—Mi mundo se ha expandido, literalmente. Tras convivir con cucarachas más grandes que un ratón, he opta-

40

do por aceptar a todos los seres vivos como parte de la armonía universal.

—Vale, pero prefiero un masaje menos vivo, si puede ser. Con chocolate me basta.

Sandra le echó una mirada de reojo a la puerta del archivo, donde se alojaban los servidores informáticos. La cantidad de información que se guardaba allí era abrumadora, pero ella sabía muy bien lo que buscaba. Cada seis meses, se compilaba un índice de todos los estudios sociológicos con un resumen de los datos más relevantes de cada campo. Esos índices, impresos en papel, tenían centenares de páginas, y su venta era una de las fuentes de ingresos de Zafiro. Cada uno de esos tomos costaba unos nueve mil euros, y aquel día Sandra Bru se había propuesto sustraer dos de ellos.

Por supuesto, no se llevaría los ejemplares en papel. Sería imposible ir con ellos por la oficina y pasar desapercibida. Necesitaba las copias electrónicas. Eso requería entrar en la sala durante la pausa del almuerzo, cuando en lugar de los tres técnicos solo estuviera el de guardia. Eran tan tímidos que, estando a solas con una mujer, no levantarían la vista de la pantalla.

—Me voy a comer. ¿Vienes? —le preguntó Leonor.

—No, tengo cosas atrasadas. Si quieres, mañana subimos a la terraza y hacemos un picnic.

Cuando sus compañeras bajaron, Sandra se armó de valor. Había pensado una excusa para entrar. Unos meses antes se vio en el apuro de conseguir unos datos a última hora para entregar un memorándum, y se había hecho una idea de cómo funcionaban las cosas.

Mientras caminaba por el pasillo, para tranquilizar la conciencia, repetía para sus adentros: «Solo será una vez».

Había acertado escogiendo la hora. Cuando entró en el archivo solo había una persona. Sandra no sabía su nombre, pero era el que parecía más amable de todos: alto, delgado, con el pelo castaño algo revuelto, pinta de tímido y de ser poco aficionado a los problemas. Respondía a todos los estereotipos acerca de los frikis, con una excepción: Amanda estaba convencida de que era homosexual porque a veces llevaba galletas horneadas por él mismo y las repartía por la oficina. Estaban bastante buenas. Sandra no pensaba que un hombre aficionado a la repostería tuviera que ser gay, pero era cierto que el informático aquel tenía modales suaves y cuidaba su imagen personal un poco más de lo habitual. «Y es una pena porque es mono», solía añadir Amanda.

Sandra dudó un segundo. Si el tío era gay, sus encantos no servirían para distraerle.

—Hola, soy Sandra Bru.

—Sí... Sí, ya sé quién eres. Viniste hace unos meses a buscar datos acerca de los hábitos de consumo infantil en temporada de verano.

Maldición... El friki tenía una memoria de elefante. Se habría pasado la vida empollándose complicadísimos manuales de juegos y listas de hechiceros, o lo que fuera que hicieran los frikis para estar tan obsesionados con los datos. Aquello era lo último que le convenía.

—Puedes ponerte en el mismo ordenador —le dijo, señalando un equipo.

Genial. El colega incluso recordaba en qué puesto se había colocado tres meses antes. Sandra sintió que se le aceleraba el pulso.

—Ya sabes que tengo que preguntarte si llevas dispositivos de memoria externa, porque aquí dentro no pueden utilizarse, y advertirte que la sustracción de datos se considera un delito.

—Lo sé, recuerdo el procedimiento de la otra vez. He traído una libreta para apuntar lo que necesito. Tardaré mucho menos.

—Bueno, tómate el tiempo que haga falta. Aquí tienes el registro de consulta, firma en la columna de la derecha.

El friki trató de sonreír y le salió regular. Después tropezó con unos cables. Estaba mucho más nervioso que ella. Sandra pensó que era increíble lo alérgicos a las chicas que eran los informáticos. Entonces recordó su plan inicial y, solo por si acaso, puso su *sex-appeal* a tope de octanaje. Se acercó a él y le susurró, juguetona:

—¿Tienes que cachearme para ver si llevo un pen drive?

El informático palideció.

Ella aclaró rápidamente:

—¡Que era broma, hombre! Es que os ponéis tan serios por una tontería... Son archivos que necesitamos para nuestro trabajo, no lingotes de oro.

—Ya, es demasiada burocracia. No te preocupes, si va a ser solo un momento no hace falta que firmes.

—Antes de que te des cuenta me habré ido.

Con aquel minivestido resultaba un poco complicado llegar hasta el puerto USB. Lo consiguió tras un par de contorsiones y se puso a descargar los dos enormes bloques de información. Casi al instante, el friki le dijo:

—Oye, perdona... pero me salta una alarma diciendo que desde ese puesto se está descargando información no autorizada.

Sandra creyó que se le paraba el corazón. ¡Pues claro que lo tenían todo conectado! Cerró los ojos, respiró hondo y se puso a pensar, como si tuviera quince años y la acabaran de pillar con una chuleta en un examen.

—Bueno, es que... es que tengo un problema. La he cagado pero bien —improvisó—. Metí la pata con un análisis, y el proyecto ha ido avanzando sin que nadie se diera cuenta del error. Anoche me quedé hasta las tantas para revisarlo todo, porque la presentación es esta tarde, y por fin encontré el fallo. Solo tengo unas horas para solucionarlo si no quiero que me pillen.

Estaba tan nerviosa que hasta se le humedecieron los ojos de verdad.

—Ya, pero es que... te has bajado dos índices enteros.

—Es... es un error bastante grave. Atañe a varios campos del proyecto. Confundí los datos de una columna con los de otra, y ahora no tengo manera de rectificarlos si no veo la misma página que consulté la primera vez. Lo que pasa es que no sé cuál es.

El friki contrajo la frente. ¡Estaba colando! Sandra se felicitó: la mentira le había quedado de lo más verosímil.

—Vale, pero... ¿no me lo podrías haber explicado al principio en lugar de montar el numerito de que te cacheara? Puedo meterme en un lío muy gordo por una cosa como esta.

—Lo siento mucho, de verdad. Pensaba que sería más fácil, copiar los archivos y ya. No quería causar problemas. Y no tenía ni idea de que podía confiar en ti. Al fin y al cabo, ni siquiera sé tu nombre.

El chico estuvo pensando unos segundos.

—En el sistema ha quedado registrado que alguien se ha descargado esos índices, y en el listado de consulta no hay nadie apuntado a esa hora en ese puesto —dijo con tono serio.

A Sandra se le contrajeron las tripas. La había hecho buena.

El informático miró el reloj. Después se giró, dándole la espalda, y Sandra oyó el ruidito de un objeto cayendo sobre la mesa.

—¿Qué haces? —susurró ella.

—Perdona que esté nervioso... es que no trabajo muy bien bajo presión. Ya está. Te ayudaré. La jefa volverá en veinte minutos. Podría hackear el servidor temporal y limpiar el historial.

Ella se llevó la mano al pecho. El corazón le latía desaforadamente.

—¿Puedes hacer eso? No te imaginas cuánto... Te debería un jamón. O dos.

Él no pudo evitar deslizar su mirada hacia las piernas de ella, como si les tuviera miedo.

—Los prefiero pegados al cerdo correspondiente, gracias. Soy semivegetariano. Como algunos invertebrados si son de proximidad.

—¿Tipo... mejillones?

—Sí. Por ahora parece que los moluscos no sufren, o al menos no en un grado mayor a una lechuga.

Al oír estas palabras, que parecían sacadas de una película futurista, Sandra recordó un estudio que vinculaba las tendencias sexuales alternativas con las dietas ecologistas.

Mientras el informático tecleaba a toda prisa para salvarla, a Sandra le sorprendió notar que estaba tranquila. De algún modo, se sentía protegida por el informático. Hacer las cosas en equipo era mucho mejor que sola.

—Misión cumplida.

—¿Ya está? ¿Se ha borrado el registro?

—Sí, pero más vale que te vayas porque volverán en cualquier momento. Suerte con la presentación, espero que te dé tiempo a enmendar el error.

Sandra compuso la sonrisa más falsa de su vida.

—Por cierto, ya que has dicho antes que no sabías ni mi nombre... es Jorge.

—Pues me has salvado la vida, Jorge.

En cuanto llegó a casa, tras recibir un susto de infarto por parte de Sigmund, que la esperaba agazapado tras el sofá, se puso a trabajar.

Lo primero que tenía que hacer era cribar aquella enorme cantidad de datos y extraer variables significativas. Empezó por los factores más evidentes: el tabaco, por ejemplo. Ella fumaba poco, seis o siete cigarrillos al día, pero eso bastaría para que alguien que odiase el humo la descartara. Tenía que comprobar cuáles eran los emparejamientos con mayor éxito: si dos fumadores, o un fumador y un tolerante al tabaco.

Otro factor importante a la hora de buscar pareja era el salario. Según un estudio, que la mujer ganara más que el marido aumentaba la probabilidad de divorcio en un cincuenta por ciento. Un signo de lo profundamente machista que seguía siendo la sociedad en el siglo xxi.

En el mismo estudio en el que se advertía que las mujeres que ganaban más que sus parejas se arriesgaban al divorcio, encontró que muchos de los indicadores del éxito profesional de la mujer jugaban en su contra a la hora de encontrar pareja. Tanto el nivel educativo como la frecuencia de viajes y la popularidad en redes sociales eran mucho más altos entre solteras o divorciadas que entre las casadas.

Las estadísticas también recomendaban que su hombre perfecto fuera algo mayor que ella, entre tres y cinco años, para ser exactos. Que no fuera un consumado deportista, ya que Sandra era claramente una persona de interiores. Que hubiera vivido la mayor parte de su vida en una ciudad. Encontró variables tan curiosas como la de que tuviera un grupo sanguíneo distinto al suyo. Y no dejaban de aparecer nuevos parámetros a tener en cuenta.

Iba a tardar unos cuantos días, pero Roma no se construyó en una noche.

4

Sábado, 17 de febrero - lunes, 19 de febrero

El sábado, tras una mañana de lo más productiva, fue al *spa* con Leonor, y mientras disfrutaban de una terma aromática cubierta de pétalos le contó su nuevo proyecto. Para Leonor, que se había casado por segunda vez y ya tenía hijos, la vida de Sandra representaba un ideal de libertad, soltería y aventuras fascinantes.

—¡Qué buena idea! Como todas las que tienes. Me acuerdo de esa de hacer *vapers* con sabores de comida para la gente que quiere adelgazar. O la de incluir juguetes en la fruta, como en los huevos de chocolate, para que a los niños les apetezca más comérsela. No sabes lo bien que me vendrían esas dos cosas, sobre todo lo de la fruta. Cada vez que vamos al supermercado hay que comprarles algo. Estoy segura de que si se empaquetara la fruta con envoltorios de colorines, como si fuera una golosina o una sorpresa, funcionaría. ¿Por qué no lo pones en marcha?

—Ahora quiero centrarme en buscar pareja. Me da la impresión de que cuando tenga eso solucionado de una vez por todas, todo será más fácil.

Leonor se echó a reír.

—Cariño, las parejas no hacen magia. Al final, todos estamos solos.

—Pero es muy agradable tener a alguien a quien contarle todo...

—Sí, como lo sería tener más dinero o un buen grupo de amigos o vivir en un sitio precioso. Te lo digo yo, que de todo eso solo tengo la pareja y la cambiaría por cualquiera de las otras tres. Pásame ese aceite, que lo quiero oler... y haz el favor de relajarte, que tienes una postura muy tensa. ¿Para qué hemos venido?

Sandra le hizo caso. Se recostó en la terma y, una por una, fue relajando cada parte de su cuerpo. Le sentó de maravilla.

—Tienes unas ideas estupendas, y creo que serías una empresaria excelente —dijo Leonor.

Pero Sandra pensó que su amiga estaba proyectando sus propios deseos de independencia y autonomía. Reforzó su determinación: primero se ocuparía de encontrar pareja y después de sí misma.

Tras un domingo dedicado por entero a analizar datos, y una mañana de lunes trabajando a medio gas, en contra de su costumbre, pues escamoteó tiempo de Zafiro para su investigación privada, Sandra llegó a casa con tantas ganas de hincarles el diente a sus montañas de datos que ni siquiera vio el libro que esperaba pacientemente a que alguien lo devolviera a la biblioteca.

Cuando llevaba un par de horas enfrascada en el proyecto sonó el timbre. Por la manera de llamar, solo podía tratarse de una persona.

—Joseba, qué bruto eres...

—¿Qué te pasa que estás toda *missing* y no contestas ni los wasaps? ¿Estás follando?

—Pues no, pero pronto tendré a alguien con quien hacerlo. Y será el mejor de todos.

—¿Y eso? ¿Te lo vas a comprar por catálogo?

—No, mucho mejor. Voy a hacer que sea él quien venga a mí.

—Oye, no habrás empezado a creer en energías cósmicas y en la ley de la atracción y todo eso, ¿verdad? Pruébate esto, anda.

Su amigo le entregó un jersey que acababa de comprar. Como le encantaba ir de tiendas y Sandra lo odiaba, le había dado permiso para que adquiriera en su nombre las prendas que considerase que podían quedarle bien.

—No, no te preocupes. En cuanto lo tenga acabado te hablaré de ello, pero por ahora prefiero mantenerlo en secreto.

—Está bien, como quieras. En ascuas me tendrás mientras tanto. A ver, tírate del jersey hacia abajo. Eso es... Y ahora siéntate, a ver cómo se pliega. Mmm... no me convence.

—Joseba, este jersey no tiene nada de malo.

—Pero no es el mejor. Y ya que te has puesto a buscar

novio, más vale que te impregnes de esa mentalidad. Solo queremos la mejor opción posible. Ninguna de las demás merece que gastes tu tiempo, o, lo que es lo mismo, tu dinero.

Sandra asintió.

—Es verdad. Tienes toda la razón. Hasta ahora he vivido como si el tiempo fuera infinito, como si pudiera equivocarme un millón de veces. Pero ahora voy a ser eficiente y voy a encontrar a la persona perfecta.

—Estoy impresionado. Seguro que con esa determinación vas a encontrar a alguien mucho mejor que cualquiera de tus ex. Aunque he de decir, por otra parte, que el listón no está muy alto.

—No estaban tan mal...

—Sí, igual que ese jersey... Mira, Sandra, no te hablo como amigo, sino como uno de los agentes de seguros mejor pagados de España. Y me pagan una pasta porque soy capaz de tasar un bien con rapidez y exactitud. Eres psicológicamente estable, estás sana, tienes una mente rápida, ganas un sueldo por encima de la media, con contrato indefinido, no tienes deudas ni vicios aparte del tabaco, y ese lo tienes controlado. Tienes una piel estupenda, un cabello bonito, un tipazo natural. Eres un bien que, del uno al diez, puntuaría entre el ocho y el nueve según el país. Sin embargo, ninguno de tus novios pasaba del seis, y eso siendo generoso.

—Gerardo era guapo. Y alto, y tenía buen gusto para la ropa. Y olía muy bien.

—Sí, pero eso era cuando íbamos a la universidad. Me gustaría verle ahora, o, mejor aún, cuando tenga cuarenta. Los chicos de pelo largo se quedan calvos enseguida.

—No sé si esa afirmación es muy científica. Pero es verdad que está calvo, alguien subió hace poco una foto en la que estaba él.

—Pues eso. Tenía buena pinta, pero nada más. El típico poeta de medio pelo con mucho morro y poco talento. Si tenía ese perfil a los veinticinco, a estas alturas ya será un putero de frecuencia semanal.

—Vaya, no lo había pensado... ¿Tú crees?

—Eso dice la estadística. Ya sé que vosotros os dedicáis a los hábitos de consumo y esas cosas, pero yo me enfrento todos los días a los datos feos, a las causas de denuncia y de muerte. No sabes la de dinero que se ahorraría la gente en detectives y, sobre todo en malos matrimonios, si se miraran esos números antes de casarse.

Sandra se quedó pensativa recordando la universidad.

—¿Te acuerdas de tu novio de entonces, el Edu? ¿El que vestía en plan Bowie e iba lleno de piercings cuando nadie los llevaba?

A Joseba se le ensombreció un poco la mirada.

—Era todo un personaje, eso está claro —continuó Sandra—. Una vez apareció con un secador enredado en el pelo. Y otra con un montón de ranas vivas sujetas con cuerdas...¡Menuda se montó en la facultad! Y todo eso lo hizo antes de que existiera Lady Gaga.

—Prefiero que no hablemos de él —cortó Joseba con cierta amargura.

Sandra se sorprendió de lo mucho que ese tema seguía afectando a su amigo. En su momento pasó por una depresión. Sandra se sintió bastante culpable porque fue ella la que pillo al Edu dándose el lote con otro. No habría sido de buena amiga no decir nada, pero Joseba no había vuelto a tener pareja, y desde entonces se burlaba del amor.

—Bueno, volviendo a Gerardo —Sandra cambió de tercio—, la estadística no es lo mismo que la verdad. Aunque nueve de cada diez hombres que fueron golfos en la universidad luego se conviertan en clientes de prostitución, eso no significa que Gerardo tenga que ser uno de ellos. Cada persona tiene la posibilidad de salirse de los grupos a los que parece estar condenada.

—Digamos que la probabilidad es tan baja que no compensa arriesgarse —respondió Joseba—. Ese tipo era una mala opción desde el principio, y sabes perfectamente que ninguna Spice Girl lo habría escogido. Bueno, a lo mejor Ginger en un mal día después de un par de *scotchs*. Pero no le duraría tres añazos como te duró a ti. Y el segundo...

—Matías se ganaba muy bien la vida. Y era muy detallista.

—Vivir de la noche nunca sale bien. Todos nuestros clientes con ese perfil han acabado teniendo problemas. Hay una morosidad muy por encima de la media, por no hablar de la delincuencia...

—Pero él siempre decía que lo hacía para pagarse los estudios.

—¿Qué estudios? Una cosa es trabajar unas horas de camarero, y otra muy distinta ser un croupier solicitado.

Eso no te deja tiempo para nada. Pero, vaya, sorpréndeme... ¿A qué se dedica ahora?

—A lo mismo —rezongó Sandra—. Y no, no consiguió estudiar. Y eso que tenía muy buena cabeza.

—Sí, creo que era el mejor de los tres. Porque el último... menuda pieza. Y no se te ocurra mencionar sus buenas cualidades.

—No es que tuviera muchas...

No era verdad. Enrique tenía una sonrisa preciosa, una conversación que siempre resultaba interesante y unos modales exquisitos, sobre todo cuando estaban en público, algo que Sandra valoraba mucho. Nunca se había entendido tan bien en la cama con nadie. Pero no era buena idea acordarse de eso, y mucho menos decirlo en voz alta.

—Menudo capullo. Cómo me alegré cuando te lo quitaste de encima.

«No me lo quité de encima...», pensó Sandra. «Fue él quien se libró de mí. Un tipo que no solo malvivía escribiendo el horóscopo en un periódico, sino que encima creía en él. El más machista de todos los tíos con los que he salido, y me tenía en el bote. A lo mejor no soy un ocho después de todo.»

Joseba le atrapó la cara entre sus manos.

—Te estoy leyendo la mente. No vayas por ahí.

—Cuando hay un elemento en común en varias situaciones, lo más probable es que el problema esté en ese elemento. Y lo que tenían en común todas mis relaciones fallidas era... yo.

—Menuda gilipollez, *my dear*. Las relaciones humanas no «funcionan» o «no funcionan». Cada una es distinta y todas sirven para aprender. Con la cantidad de gente a la que se conoce a lo largo de la vida, lo normal es que la mayoría de esos vínculos no se conviertan en el más importante. Es cuestión de suerte, y de intentar escoger con un poco de prudencia en lugar de tirarte a la primera piscina que te encuentres.

Sandra agachó la mirada, sintiéndose culpable.

—No hay nada malo en ti —insistió Joseba—. Quien te encuentre va a sentir que le ha tocado la lotería. Lo único que tienes que hacer, cuando tengas una piscina delante, es repetirte la siguiente frase: «El mundo está lleno de piscinas».

—Vale, eso haré.

—A ver, repite la frase.

—«El mundo está lleno de piscinas.»

—Exacto. Y tú no te vas a meter en ninguna que no esté rodeada de rocas, iluminada desde dentro y llena del agua mineral que bebe Madonna.

Ella se lo imaginó tan claramente que le dio la risa.

En cuanto Joseba se fue, Sandra se puso manos a la obra. Para realizar un proyecto tan ambicioso como encontrar al hombre perfecto iba a necesitar mucho espacio. Pero era una de las ventajas de vivir sola: podía hacer con su casa lo que le diera la gana... siempre que le pareciera bien a Sigmund, por supuesto.

Se trataba de una tarea tan titánica que otra persona quizá se hubiera desanimado. Pero Sandra tenía claros sus objetivos y sabía, por antiexperiencia, que solo es posible terminar lo que nunca se ha abandonado.

Decidió hacerse un mapa con todos los datos disponibles. De los que acababa de conseguir, muchos no servirían; otros solo valdrían de algo combinados entre sí y, por último, esperaba encontrar factores clave que le simplificaran el trabajo. Trazó el siguiente esquema previo:

	Mujeres	Hombres
– Factores que influyen en la atracción inicial – Factores que influyen en la convivencia – Factores que influyen en la duración de una pareja a largo plazo		
– Factores que causan fracaso en las primeras etapas de la relación – Factores que causan el abandono de la pareja a medio o largo plazo		

Contempló ese grafico inicial y sacudió la cabeza con satisfacción. Ya tenía varios cajones en los que ir guardando los datos, y si daba con algún estudio interesante que no encajara en ninguna de aquellas categorías crearía un nuevo apartado para él.

Ordenar la información era una de las claves del trabajo estadístico. Sin un hilo que les diera sentido, sin un esqueleto que los sustentara, los datos, por muchos que fueran, no eran más que paja. De hecho, cuanta más información existía, más fácil resultaba perderse entre su oleaje e ignorar las respuestas escondidas en sus entrañas.

En cierto modo, a eso se refería el filósofo italiano

Gianni Vattimo cuando hablaba de «la sociedad transparente», y eso fue antes de que el uso de internet se convirtiera en algo cotidiano. El exceso de información puede sepultar los hechos relevantes entre miles de informaciones prescindibles, verdaderas y falsas. La supuesta objetividad de los medios de comunicación se ve constantemente alterada solo por la selección de la información que se privilegia.

Sigmund la observaba trabajar, intrigado. De vez en cuando cambiaba algún papel de sitio, algo preocupado por la falta de caso. Su rostro felino expresaba claramente: «¿Qué es esto que resulta más interesante que yo y que mantiene absorbida a mi humana durante horas?».

La labor de criba era minuciosa, pero iba dando frutos. Tras revisar solo la cuarta parte de los datos, Sandra ya había encontrado siete parámetros válidos. Dos horas después, era evidente que la cosa avanzaba. Lo que había comenzado siendo un esquema de cinco puntos que habría cabido en un folio, ahora era un metro cuadrado de observaciones, listas y apuntes.

Impaciente, Sigmund se puso a maullar.

—Ya voy, ya voy... Pero ya puedes ir acostumbrándote a que te haga menos caso, porque me va a salir un novio estupendo. Si te portas bien, quizá te busque un apaño a ti también.

Sigmund levantó la barbilla, ofendido, lo que significaba: «Yo no necesito a nadie, estoy por encima de semejantes trivialidades».

Rosa repasó la lista de «deudores», como ella los llamaba. Había escogido esa palabra en lugar de otra más amable, por ejemplo «pendientes», para no apiadarse. En el mundo de las bibliotecas no servía de nada ser blanda.

La bibliotecaria tenía muchos enemigos: la ausencia de calefacción en el edificio, las partidas económicas cada vez más reducidas, los clientes que se pasaban el día viendo porno... Pero en lo que más tiempo empleaba era en combatir el despiste, por decirlo benévolamente, o la falta de cuidado, por llamarlo por su verdadero nombre.

La tal Sandra Bru no había vuelto el viernes para devolver el libro, como dijo. Ni el lunes tampoco. Rosa, que tenía la sensación de que no era la primera vez que esa chica se retrasaba, consultó el historial de préstamos. Temía encontrarse una de esas usuarias que no le daban ninguna importancia a cumplir el plazo. O, aún peor, de las que perdían los libros.

Lo que encontró no la tranquilizó demasiado. La tal Sandra, siendo una lectora habitual, a todas luces era caótica. A veces devolvía mucho antes de la fecha límite, pero lo habitual era que se retrasara, a veces semanas. Una vez fue un mes entero. A pesar de la corriente de simpatía que le produjo la selección de libros que se había llevado, a Rosa le saltaron las alarmas.

Dejó entrar el aire en sus pulmones y lo fue soltando despacio. Escribió en un papelito autoadhesivo el nombre y el teléfono de la deudora y lo pegó en el sitio más visible de su mesa. Si al día siguiente no había devuelto el libro, la llamaría.

5

Miércoles, 21 de febrero

Sandra llegó a la oficina tras haber dormido poquísimo, como cuando iba a la universidad después de cuatro horas de sueño. Y estaba tan llena de energía como en aquella época. Era como si el proyecto la hubiera rejuvenecido. Se había pasado la mayor parte de la noche despierta, pero sabía que su piel estaba resplandeciente de energía.

No hay que hacer caso a los anuncios de cosméticos. ¿Quién puede creerse que las pestañas tripliquen su volumen o que el cabello se recupere de seis meses de agresiones con una mascarilla? No, la publicidad no hace otra cosa que explotar las debilidades. Lo que hace que una persona destaque no es el aroma, ni el vestido, ni los zapatos. No es el maquillaje, ni la crema antiarrugas. No es el pelo, ni la manera de bambolearse al caminar. Lo más atractivo en una persona es que tenga un proyecto.

—Vaya, has vuelto a las gafas —le comentó Amanda—. Pues las lentillas te quedan mucho mejor.

—Pues nada, cuando quiera ligar contigo ya sé qué ponerme —bromeó Sandra.

Vieron aparecer a Jorge el informático, que venía repartiendo galletas, y Amanda susurró:

—Mira la camisa que lleva.

Sandra reconoció que lo más seguro es que tuviera razón. Incluso para una analfabeta en los códigos de la vestimenta, las camisas rosa tenían un significado. No eran la última moda entre los leñadores de Alaska, precisamente.

Jorge se acercó a su zona y dejó un plato de pastas de limón de aspecto delicioso. Le oyeron comentar la receta con Mercedes de contabilidad.

—Tengo un truco para sustituir el *lemon curd*, porque hacerlo de verdad da muchísimo trabajo. Pelo con cuidado el limón, solo lo amarillo, que lo blanco queda amargo; lo pico bien, y luego bato la piel con un poco de agua. Lo echo en la sartén con la misma cantidad de azúcar y lo cocino a fuego lento hasta que queda cremoso. Se le puede añadir jengibre. Se hace enseguida y queda muy parecido al original.

Cuando llegó hasta ellas, Sandra dio un mordisco a una pasta, y estaba tan rica como parecía. Amanda se deshizo en elogios, y dijo que le encantaban los hombres que cocinaban y que ojalá su marido se animase. Jorge miró a Sandra, esperanzado.

—¿Te gusta? Si quieres te paso la receta.

—Bueno, es que no soy muy de repostería.

Jorge pareció desmoralizarse.

—¿Y cómo te alimentas?

—Pues básicamente de humus con zanahorias y guacamole con nachos —confesó Sandra—. Y bastantes palomitas de maíz.

—Yo tengo una máquina en casa. —Jorge sonrió—. Para el *home cinema*. Me encantan los musicales, pero claro, un musical sin palomitas...

Con el rabillo del ojo, Sandra vio que Amanda levantaba las cejas en plan «te lo dije».

Al llegar a casa, deseosa de terminar la tarea que había emprendido, Sandra se encontró con que el gato se la había liado parda con los papeles.

—¿Por qué tienes que hacer estas cosas, Sigmund? —le riñó—. Sabes perfectamente que esto es importante para mí.

El felino volvió la cabeza, displicente, lo que equivalía a: «Me aburría y esos papeles estaban ahí. Que te sirva de lección por haberme ignorado ayer durante toda la tarde y parte de la noche».

—Conque esas tenemos, ¿eh? —respondió Sandra. Se acercó como si fuera a hacerle carantoñas, pero en cuanto el gato se confió, lo enganchó y lo sacó a la terraza.

Resopló, frustrada. Estaba impaciente por avanzar y no quería perder el tiempo ordenándolo todo. Pero al hacerlo, dos papeles que antes estaban separados se juntaron, y eso produjo una inesperada y prometedora asociación de datos. Hasta ese momento no había tenido en cuenta que el orden en el que cada persona nace dentro de la familia, es decir, si es hermano mayor, intermedio, pequeño o hijo único, puede condicionar su perfil afectivo.

Añadió la variable a su mapa, y de pronto pensó que si al contemplar los papeles desordenados se le habían ocurrido cosas nuevas, quizá debería utilizar aquella técnica. Y así lo hizo: una vez que hubo cribado los bloques tal y como estaban, cogió todos los papeles y los arrojó al suelo, sentándose en medio de una pequeña piscina de ideas. Y se echó a reír.

Desde la terraza, Sigmund la contemplaba mientras pensaba: «Lo que más temía ha sucedido. Mi humana se ha vuelto completamente loca y ahora seré un gato vagabundo y no volveré a probar esas deliciosas latitas de salmón».

Sandra, por su parte, estaba feliz como una niña el primer día de playa, chapoteando entre todas aquellas encuestas y gráficas. Y buscó un poco por aquí y un poco por allá, a su antojo, y de ese modo caótico obtuvo varias ideas más.

Eran casi las dos de la madrugada cuando Sandra, triunfante, consiguió imprimir el retrato robot de su chico ideal. Se quedó mirando esos siete folios como si fueran un hombre de verdad, e incluso tuvo la tentación de besarlo.

Un momento. Estaba sola y no la veía nadie salvo el reprimido de su gato. Si le apetecía besar a un puñado de folios grapados, ¿por qué no iba a hacerlo?

Es más, se había percatado de que tenía apetito. Se había saltado la cena con todas esas horas de trabajo. De modo que calentó una crema de calabaza, abrió una botella de vino blanco y puso la mesa para dos.

—Cariño, tenía tantas ganas de conocerte —le dijo al informe psicológico de su hombre ideal.

Él respondió con un silencio viril.

—No eres la primera persona imaginaria con la que me relaciono, ¿sabes? Tengo experiencia en este sentido. Por lo menos tú acabarás siendo de verdad, no como mi hermana o mi padre.

Sandra señaló el retrato de Asimov que colgaba en la pared.

— Mi padre y yo tenemos mucho en común. Los dos somos cerebrales e idealistas. Gracias a él siempre tuve interés por los números, y por eso en psicometría, la asignatura más difícil de la carrera, saqué matrícula de honor. Con la recomendación personal del profesor conseguí mi primer empleo. Así que ya ves cuánto le debo...

El informe asintió calladamente.

—Respecto a Iris... eso es un poco más complicado. Nunca le he hablado de ella a mi madre, ¿sabes? Bueno, ni a ella ni a nadie. Eres el primero a quien se lo cuento.

Sandra se bebió la copa de un trago y se sirvió otra.

—Ya que mi madre me había adjudicado un padre ficticio, por todo eso del modelo masculino equilibrado, pues yo pensé que por qué no iba a inventarme una hermana si me daba la gana. Una hermanita pequeña con la que jugar y a la que enseñarle cosas. Mi madre trabajaba en Iberia y nos hablaba mucho de Bettina, una piloto que era muy guapa y hablaba muchos idiomas, así que yo jugaba a que era Bettina e Iris era mi copiloto. No te creas que era una mandona: siempre dejaba que hiciera ella de Susan Calvin, que era a lo que más jugábamos. Porque a mí me salía muy bien hacer de robot.

Con mirada nostálgica, Sandra le dio otro trago a su vino.

—Ya, ya sé que no queda serio que una psicóloga haya tenido amigos imaginarios. Por eso nunca se lo he dicho a nadie. En la carrera, una chica confesó que una vez vio un fantasma y la gente se metió tanto con ella que acabó dejando los estudios. Aprendí que para desempeñar nuestra profesión lo importante no es estar equilibrado, sino parecerlo.

Sandra recogió la mesa y se despidió de su cita.

—Espero que me vaya bien contigo cuando por fin te conviertas en un príncipe azul. Buenas noches.

Sandra dejó entrar a Sigmund y se fue a dormir. Lo intentó de verdad, quedándose muy quieta en la cama, haciendo ejercicios de relajación e incluso contando ovejitas, hasta que al final todas ellas acabaron teniendo la burlona cara del gato gris. Pero no había manera de conciliar el sueño, a pesar de que llevaba varias noches durmiendo poco. Era como si algo se lo impidiera.

Reconoció los síntomas, aunque nunca habían sido tan bestias. Estaba a punto de tener una idea. Y una de las gordas.

A Sandra siempre le había interesado el porqué de las cosas, la raíz, lo que hay debajo. Le fascinaba la historia de los inventos y de los inventores. En el laboratorio del instituto había un póster que mostraba una antigua terma, y en el lateral se veían los pies mojados de alguien que salía precipitadamente dejando un reguero de gotas.

En el cartel podía leerse ¡EUREKA! en letras griegas. Se dice que Arquímedes salió corriendo desnudo por las calles de Siracusa cuando hizo el descubrimiento de su histórico principio.

Sandra siempre se había preguntado cómo sería tener una iluminación que te haga olvidarte de todo, hasta del pudor y el frío. Había fantaseado con que algún día se le ocurriría una idea que la haría estremecerse, que la sacudiría de los pies a la cabeza. Pero, a pesar de haber tenido muchísimas ocurrencias de lo más variado, ninguna la había golpeado con la intensidad suficiente para llevarla a cabo.

Sin embargo... Sin embargo, aquella noche tuvo la certeza de que eso estaba a punto de ocurrir. Era una sensación extrañísima. Se parecía a eso de tener una palabra en la punta de la lengua. En este caso era como si esa idea luminosa, esa inspiración salvadora, estuviera a solo unos centímetros de su cabeza, sobrevolándola.

Cerró los ojos. Llevaba días concentrada y su cerebro estaba sobrecargado de datos, de estímulos, de pistas. Solo debía encontrar qué tenían en común todos los motivos de separación de las parejas. Si podía dar con la fórmula de la infelicidad, del fracaso sentimental, tendría un excelente punto de partida. ¿Qué era lo que hacía que el amor terminase?

Entonces, como si descendiera del cielo, una idea muy simple se abrió paso entre todas las demás. Se hizo sitio a patadas y empellones. Y Sandra supo que era la que estaba buscando: lo que hacía fracasar el amor eran los fallos de las personas, lo insoportables que somos todos y cada uno de los humanos del planeta Tierra. Es sencillo sentirse atraído por unos ojos bonitos, una sonrisa alegre, una voz cálida o una confortable cuenta corriente. Lo difícil es mantener el interés más allá de unos meses.

¡Tenía que inventar un sistema de búsqueda basado en los defectos! Algo que los colocara en el centro, que los utilizara como factor principal para descartar opciones. Si desde el punto de vista de la teoría del apego se estimaba que solo el tres por ciento de la población era psicológicamente madura, entonces el noventa y siete por ciento tenía patologías en mayor o menor grado. Y eran esas patologías las que debían ser compatibles con las de la otra persona. Necesitaba crear un algoritmo que descartara a los candidatos en función de las taras propias y ajenas.

Saltó de la cama. Corrió hasta el montón de papeles que había en el suelo y los revisó a toda velocidad. Encontró la lista de motivos que la gente había sugerido: «Le olían mucho los pies», «Tenía la manía de dormir con la ventana abierta», «Le hacía más caso al gato que a mí», «Era capaz de pasarse horas sin hablar»...

¡Eso era! Tenía que montar su propia web, quizá una app. Elaboraría el catálogo definitivo de defectos, y le preguntaría a cada candidato en cuáles se veía reconocido y cuáles sería incapaz de soportar. Les parecería un test divertido, y responderían con más sinceridad que si estuvieran tratando de agradar.

Entonces le vino algo más a la cabeza. Se levantó bruscamente y le pisó la cola a Sigmund sin querer, y tras pedirle perdón doce veces, trepó al taburete y se adentró en las profundidades del altillo donde guardaba los apuntes de la carrera. Bajó la pesada caja haciendo equilibrios, poniendo en peligro su vida, y no paró hasta encontrar lo que estaba buscando.

Cuando lo hizo, lo sostuvo delante de ella con una mirada de profunda satisfacción.

—¡Sabía que algún día serviría para algo!

Hacía años que no pensaba en aquel escrito, del que tan orgullosa se sintió en su día y que tanto le costó perfilar: «Estudio unificado de la personalidad en función de los datos estadísticos».

Ese trabajo de fin de grado requirió cientos de horas de entrevistas. La intención de Sandra era ambiciosa: lograr a través de la estadística la conjunción de diferentes escuelas en un solo sistema simplificado. Tomó como punto de partida los ocho arquetipos de Jung, las divisiones esbozadas por la teoría del apego, los dieciséis tipos de Myers-Briggs, los veintisiete del eneagrama, y utilizó las variables de Eysenck y de Cattell.

La catalogación no correspondía a criterios personales, que una estudiante de último curso difícilmente podía tener, por falta de madurez y de conocimientos, sino que se basaba en la psicometría. Sandra realizó a quinientas personas los test de personalidad de todos los sistemas para observar estadísticamente los entrecruzamientos entre ellos. Y obtuvo algunas conclusiones interesantes. Un profesor le pasó datos de un estudio acerca de las correlaciones entre algunas de esas teorías y los resultados coincidían en bastantes puntos, algo que animó a Sandra. Sin embargo, como el trabajo carecía de un tamaño de muestra que se considerase relevante, nadie había sabido en qué emplearlo. Pero ahora, tantos años después, Sandra sí que lo sabía. ¡Vaya que si lo sabía!

¡Todo ese material era oro puro! Sintió una enorme descarga de energía. Iba a encontrar el amor gracias a todo lo que había de erróneo en ella misma. Su estudio unificado de la personalidad sería el motor del sistema de compatibilidad de la web, o de la app, para encontrar pareja. En ese trabajo tenía hasta los test para identificar los arquetipos. Ahora solo faltaba redactarlos con gracia, de manera que estuvieran relacionados con los defectos de las personas.

Entre los puntos clave para el éxito de una pareja a largo plazo, conseguidos gracias a los datos de Zafiro, y aquel trabajo que llevaba dormido tanto tiempo en el altillo disponía de todo lo necesario para crear la herramienta que la conduciría hasta el hombre perfecto. Cayó en la cuenta de que había robado los datos prometiéndose que solo los utilizaría de manera privada. Montar un negocio no sería del todo ético, ya que las bases de datos en realidad pertenecían a su empresa... solo que esta los había conseguido, a su vez, con argucias poco transparentes, sin revelar nunca lo que almacenaban ni con qué objeto, y, desde luego, sin avisar de que después iban a traficar con ello. Por otra parte, las variables estadísticas estarían tan elaboradas que era improbable que Zafiro pudiera rastrear su procedencia.

Pero sacar un producto al mercado sería arriesgado porque existía un testigo. El informático de las galletas, Jorge, tenía información que podría perjudicarla si algún día Zafiro descubría el «filtrado» de datos y la llevaba a juicio. De repente, una idea más: le pediría que se asociara con ella. De todas maneras, necesitaba un informático para desarrollar una app, y de ese modo se garantizaría su silencio.

Buscando amigos comunes, encontró su perfil en una red social y le envió un mensaje algo misterioso para citarle en un bar el sábado siguiente. Iba a pensar que era una loca de remate por enviarlo a las tres de la madrugada. Pero el mundo no es de los neuróticos que se preocupan por la imagen que dan a los demás, sino de los que persiguen sus sueños.

6

Sábado, 24 de febrero

Aquella noche, Sandra soñó con Isaac Asimov. La escena siempre era parecida: el escritor estaba en su despacho, rodeado de libros y papeles. Ella se le acercaba, disculpándose por molestarle, y él se mostraba amable pero distraído, pensando en millones de cosas a la vez.

—Papá, he tenido otra idea...

—¿Otra más?

—Sí, es acerca de...

Pero el escritor nunca tenía mucho tiempo para escucharla.

—Sandra, tienes que poner en marcha tus ideas. Al menos una de ellas. Te lo llevo diciendo muchos años. Debes darte esa oportunidad. Aquello que pensaste para instalar granjas de autosubsistencia en África basadas en especies invasivas, como la chumbera, realmente merecía la pena. ¿Recuerdas que estuviste investigando durante semanas y encontraste plantas muy interesantes, solo para rendirte después? Incluso diseñaste un cuchillo para pelar las hojas sin dañarse las manos.

—Pero, papá, si de verdad eso fuera una buena idea ya se le habría ocurrido a alguien ponerlo en marcha, ¿no crees?

—Las ideas son caprichosas, pequeña. Son como semillas que nunca se sabe dónde van a germinar. También era muy buena la iniciativa para elevar una propuesta de ley en la que se exigiera que todos los refrescos se vendieran en polvo. Se evitaría un enorme gasto en el transporte de toda esa agua, por no hablar de los envases.

—Y el aluminio de las latas tiene un proceso de reciclaje costoso, ya lo sé. Pero son ideas poco realistas. ¿Cómo iba a enfrentarme yo sola a los titanes de los refrescos? ¿Poniendo un puesto en la calle para reunir firmas? Seguro que me multaban solo por intentarlo.

El escritor refunfuñó.

—Puedes empezar por algo más pequeño. ¿Qué tal si montas una empresa para comercializar bebidas deshidratadas? Estarías aportando tu grano de arena, contribuyendo en la dirección adecuada.

Sandra no supo qué responder. Montar una empresa... Él lo decía como si se tratara de algo sencillo, pero a ella no le parecía tan fácil. Asimov se impacientó al verla tan dubitativa.

—El mundo se divide entre los que tienen un sueño que los impulsa hacia delante y los que quieren detener los sueños de los demás. Tu madre y yo pertenecemos al grupo de los soñadores, hija. ¿Y tú?

—Yo... yo...

Sandra se quedó bloqueada, algo que, por otra parte, le sucedía con frecuencia en presencia de su padre. Siempre tenía tan poco tiempo para hablar con ella... Era como si no pudiera pasar ni cinco minutos sin escribir. Para él, su obra era una sustancia adictiva.

—¿Tú qué, pequeña? Tanto estudiar las ciencias de la mente, y me da la impresión de que aún no te conoces lo bastante a ti misma...

La imagen del escritor se volvió borrosa mientras retomaba su tarea, y Sandra se despidió de él.

—Hasta pronto, papá...

El sábado, Jorge llegó a la cafetería cinco minutos antes de la hora. A ella le gustó que fuera puntual, era una cualidad muy recomendable en alguien con quien quieres empezar un negocio. Pensar en la palabra «negocio» la hizo sentir bien. ¡Por fin iba a poner en marcha una de sus ideas! Su padre estaría orgulloso.

Él barrió el local con la mirada sin reparar en ella. Le hizo falta un segundo vistazo de reconocimiento para localizarla.

—¿Por qué llevas gafas de sol? —le preguntó al sentarse.

Sandra levantó las cejas.

—Pues... porque están de moda —improvisó.

Lo cierto era que tenía la sensación de estar haciendo algo prohibido, y el anonimato le resultaba reconfortante. Jorge puso cara de «no comprendo a las mujeres».

—Vale.

—Bueno, pues te he pedido que vinieras porque... para proponerte algo.

El friki miró un lado y a otro, nervioso.

—Algo profesional, no te asustes.

—¡No estaba asustado! —dijo, aún más nervioso y... asustado.

—¿Desea tomar algo? —le preguntó a Jorge una camarera especialmente atractiva a la que él ni siquiera miró dos veces. Otro punto para la teoría de Amanda.

—Un... cortado descafeinado de sobre con leche de soja no muy caliente, y dos sobres de azúcar moreno —recitó de carrerilla.

—Veo que siempre pides lo mismo.

—Es difícil mejorar lo que funciona a la perfección.

—Pues yo creo que todo se puede llevar a un nivel aún más eficiente. De hecho, estoy trabajando en mejorar algo, y de paso hacer algo de dinero. Solo hay un pequeño inconveniente...

Jorge la miró.

—Oye... ¿te importaría quitarte las gafas de sol? Es raro no poder ver los ojos de la persona con la que estás hablando.

Sandra se las quitó. Después de todo, estaba allí para proponerle una actividad no del todo legal, y necesitaba transmitirle confianza.

—De acuerdo —dijo en voz baja—. Ante todo, me gustaría pedirte perdón porque el otro día no fui sincera contigo.

A Jorge se le levantaron las cejas del susto.

—Lo sabía... —susurró, apretándose las manos—. Seguro que estás metida en un follón de los gordos. Me van a despedir...

—No te agobies, por favor. No es para tanto.

La camarera llegó con el café y Jorge se recompuso.

—Está bien. Cuéntame por qué te cubrí como un imbécil. Espero que haya un buen motivo.

Sandra se quedó paralizada. Llevaba todo su discurso ensayado, y pensaba enfocar la conversación como una oportunidad de ganar dinero. Pensaba venderle a Jorge que quería hacer la app para obtener beneficios y nada más. Pero tenía que ser sincera si quería que la creyese.

—El año pasado me dejó mi novio, y desde entonces he estado sola —soltó.

Jorge se quedó visiblemente sorprendido.

—Hasta ahora no he sido muy buena eligiendo a los hombres, y pensaba que con los datos de Zafiro podría configurar el perfil de pareja con el que sería más probable que la cosa diera resultado. Tendría como consejera la experiencia de miles de personas. Sabría qué edad debería tener el chico que buscaba, cuáles serían sus segmentos de población, etcétera.

El informático la estudiaba tratando de diagnosticar si todo aquello era verdad.

—O sea, que pretendías que el *big data* te proporcionara un retrato robot del hombre con el que sería más... probable que tuvieras una buena relación.

—Eso es —dijo ella, aliviada al ver que él lo había entendido a la primera a pesar de lo mal que se lo había explicado.

—Vale, pero... ¿y lo que te gusta? ¿Eso no importa?

—Mis gustos no me han llevado por la dirección adecuada, así que estaría bien probar otra cosa. Me puse a diseñar ese retrato robot y encontré algunos factores relevantes a la hora de que una relación sea duradera.

—Bueno, tiene cierta lógica. Esas variables las has obtenido de un estudio carísimo y muy reciente...

—Me di cuenta de que la mejor manera de encontrar la pareja perfecta era hacer mi propia app. De ese modo, además, podría ayudar a un montón de personas.

—Con datos que no te pertenecen.

Sandra suspiró.

—Jorge, esos datos tampoco les pertenecen a ellos. La mayor parte de los usuarios de redes sociales ni siquiera saben que están siendo estudiados, y muchos no son conscientes de haber dado autorización para ello.

—O ni siquiera la han dado. En eso tienes razón.

—Les exprimimos información prácticamente en cada gesto. Analizamos la frecuencia con la que utilizan determinadas palabras, les sacamos perfiles completos de personalidad y después se los vendemos al mejor postor. Hace falta ser un usuario experto para saber que cada vez que autorizas cookies estás permitiendo que un set de datos pase a varios clientes. La gente ni siquiera sabe lo que es una cookie de rastreo, ni cómo acumulan información.

Jorge asintió.

—Es verdad, no es ético, pero quien ha arriesgado dinero para reunir y ordenar todos esos billones de datos es Zafiro.

Ella lo miró fijamente.

—¿Qué pasa? ¿Que quieres ser la Robin Hood del

siglo XXI, robando a los ricos los datos que ellos les han robado a los pobres?

Sandra se rio, pero al mismo tiempo lo observó para saber qué opinaba.

—Aunque haya sacado algunas variables de sus muestreos, eso sería información interna de la app. Ningún usuario podrá acceder a la arquitectura de los test y de los sistemas de matching. Creo que sería imposible que alguien estableciera un vínculo entre ambas cosas.

Jorge torció un poco el gesto.

—Sigue si gustarme demasiado.

—Solo he utilizado unos cuantos datos como guía para construir otra cosa. Además, el código ético de Zafiro no es precisamente cristalino. De hecho, me parece que ni siquiera lo tienen. Una vez me pidieron que hiciera, junto con una ginecóloga, un estudio sobre los momentos hormonales más delicados de las mujeres, es decir, en qué fases lunares estaban más depresivas, para venderles no sé qué cosmético carísimo. Es uno de los campos de interés de sus estudios. Quieren saber cuándo somos más vulnerables psicológicamente, y por tanto más propensas a necesitar un «consuelo» o a gastar dinero en mecanismos sustitutivos.

—Sí, soy consciente de lo poco éticas que son las campañas destinadas al público infantil, por ejemplo, y que ya suponen casi un cuarenta por ciento de nuestros anunciantes.

—Y eso por no hablar del tremendo machismo que impregna casi todos los anuncios a los que contribuimos, creando unos modelos de género realmente dañinos.

—Ellos dicen que solo reflejan cómo es la sociedad.

—Si fueran documentales, a lo mejor ese argumento podría sostenerse. Pero los anuncios venden ficciones muy estilizadas, seres humanos tan retocados que podrían ser de plástico, con modelos de conducta muy intencionados.

Se quedaron en silencio.

—No sabes la de veces que me he planteado dejar de trabajar para ellos —confesó el informático.

Sandra sonrió.

—Bienvenido al club. Míralo de este modo: nadie saldría perjudicado. Si nosotros utilizamos esa información para crear un servicio que ayude a la gente, ¿en qué interferimos con los estudios de mercado de Zafiro? Estaríamos haciendo algo completamente al margen de su campo de negocio.

—¿Có-mo que «no-so-tros»? —silabeó Jorge.

—Bueno, eso, que te quería proponer que te unieras a mí. Necesito un programador.

Jorge se masajeó la frente.

—Bueno, no es tan grave como me temía —confesó—. Pensaba que estabas robando esos datos para vendérselos a la competencia.

—¡No, nada de eso! Una vez que terminemos de usarlos, los destruiremos.

«En cuanto encuentre un buen novio, por mí como si todos esos datos acaban en un volcán de lava hirviendo», pensó para sus adentros.

—Recapitulemos —dijo él, recomponiendo su máscara profesional—. Crees que los sistemas de búsqueda de pareja son mejorables y tienes algunas ideas sobre cómo ofrecer ese servicio de manera más eficiente.

—Exacto —corroboró ella—. He esbozado un esquema de parámetros de compatibilidad según los datos relativos a parejas de larga duración. Me estoy basando en los defectos que la gente considera más difíciles de aguantar para crear una rejilla de descarte. Puedo construir la arquitectura de prioridades, es algo muy parecido a lo que hago en el trabajo, pero no puedo programarlo sola.

—Los defectos... interesante —musitó Jorge.

Sandra no sabía por qué le estaba contando su idea sin que él hubiera accedido a participar.

—No tienes por qué contestarme ahora —le dijo Sandra—. Entiendo que es una decisión importante.

—Hace mucho tiempo que no tomo decisiones —respondió él.

Ella se quedó bastante extrañada con esa respuesta, que le recordó el estereotipo según el que los frikis son inútiles para la vida real. Entonces le vino a la cabeza una de las frases de Asimov que tenía enmarcadas en el salón:

—«Nunca dejes que tu moral te impida hacer algo que está bien».

Jorge levantó la cabeza, asustado de nuevo.

—¡Esa es una frase de...!

—... Asimov.

—¿Te gustan sus libros?

—Es un poco más complicado... pero sí, claro, me gustan mucho los que conozco. Aunque me faltan por leer como ciento ochenta —bromeó.

—¿Quieres decir que te has leído más de trescientos libros de Isaac Asimov?

A Sandra le empezó a dar vergüenza todo aquello. ¿Qué pasaba, que era demasiado friki para aquel superfriki?

—Empecé de pequeña. Y son entretenidos —se excusó.

Se hizo un silencio. Jorge la observó como si fuera un acertijo en chino.

—En la universidad monté un club de seguidores de Asimov —confesó Jorge—. Solo me apunté yo.

Qué cosas... Hacía tan solo unos días había estado pensando en cómo sería el director de un club de fans de Asimov, y ahora tenía uno delante.

Con cierta solemnidad, el informático se sacó del bolsillo un dado de seis caras y lo sopesó, observándolo como si el objeto estuviera a punto de decir algo. A Sandra le dieron ganas de esconderse tras las gafas de sol: definitivamente, no era demasiado friki para aquel friki.

—Siempre he sido muy indeciso —explicó—. De pequeño lo pasaba fatal cada vez que tenía que escoger entre varias posibilidades. Según un proverbio chino: «Aquel que se piensa demasiado si dar un paso, se pasa la vida apoyado sobre un solo pie». Hay otro que dice: «La indecisión es el ladrón de la oportunidad». Los asiáticos le han dedicado mucha más atención que los occidentales a esto de las dudas y lo mucho que son capaces de bloquearnos.

—Yo prefiero reunir todos los datos disponibles para tener el máximo control sobre la decisión.

—Justo lo contrario de lo que hago yo. En la universidad leí un libro, *El hombre de los dados*, en el que un hombre decidía no tomar ninguna decisión, y siempre llevaba un dado que las tomaba por él. Para mí, esa idea resultó una auténtica revelación.

—¿Y cómo lo haces?

—Pues cuando se trata de una cuestión de sí o no, como en este caso, le adjudico «no» a los impares y «sí» a los pares.

—Entonces ¿vas a decidir si te unes al proyecto... tirando un dado?

—Eso es. Así es como me quito de encima el dilema.

Jorge respiró hondo, cerró las dos manos formando una esfera, agitó el dado durante varios segundos y después lo lanzó sobre la mesa. Se notaba que tenía experiencia, ya que su gesto era controlado y parecía que sabía dónde iba a caer.

El dado se detuvo en el seis.

—Tirada ganadora —dijo ella con una sonrisa.

Él resopló.

—Eso espero. No me gusta nada eso de que vayamos a usar material que no nos pertenece, pero hace tiempo que estaba buscando un nuevo proyecto para programar y creo que esto tiene potencial.

—Estupendo. Pues quedaremos dentro de unos días para...

—¿Dentro de unos días? ¿Qué clase de empresa ilegal de alta iniciativa es esta? Creo que deberíamos aprovechar el fin de semana para adelantar trabajo.

Sandra se mordió el labio. Aquello no era ninguna tontería, pero trastocaría sus planes con la familia y los amigos.

—Tienes razón. Deberíamos empezar cuanto antes.

—Pues venga, empecemos.

—¿Ahora mismo?

—Yo estoy libre —dijo Jorge con una sonrisa.

A Sandra le sobrevino una oleada de agobio. Aquello iba demasiado rápido. Una cosa era fantasear con llevar a cabo un proyecto y otra ponerse a ello implicando a otras personas. El dado de Jorge seguía sobre la mesa. Sandra lo cogió y lo observó.

—Parece que los números siempre tienen cierta autoridad.

—Sí, hay algo fascinante en ellos. Y cuanto más los estudias, más te intrigan, y más cosas quieres seguir conociendo sobre ellos.

Ella inspiró una larga bocanada de aire.

—Está bien. Voy a probarlo. Si sale par, cancelaré mis planes y empezaremos esta misma tarde.

Y el dado se detuvo en el seis.

7

El piso de Jorge estaba entre Alonso Martínez y Chueca. Era uno de los barrios más caros de Madrid, y mientras subían las escaleras de madera Sandra se preguntaba cómo se las apañaría Jorge para pagar el alquiler o la hipoteca con un solo sueldo. Al entrar en el piso encontró la respuesta. Era un espacio muy pequeño, lo justo para que viviera una persona. Pero estaba muy bien aprovechado.

—Es alucinante... —se admiró Sandra.

Qué decoradores tan buenos tenían los gais. Todo el apartamento parecía un cine antiguo. Los asientos de la salita eran butacas de terciopelo recuperadas de una sala de las de antes, y enfrente tenía una pantalla de proyección, que ocupaba toda la pared, enmarcada por un telón rojo.

—Me gusta ir al Rastro los domingos y buscar objetos con personalidad propia. Como ves, no tengo mucho sitio, pero para mí es importante que la casa sea un lugar especial porque paso mucho tiempo en ella.

—¿Esa máquina funciona? —preguntó Sandra al ver una gran tostadora de palomitas *vintage*.

—¡Claro! Vamos a hacer unas cuantas, trabajaremos más a gusto.

—Te gusta el cine, ¿eh?

—Sí, supongo que es mi gran pasión. Sobre todo, las comedias clásicas y los musicales. Tengo una colección bastante impresionante, por si quieres echar un vistazo. —Señaló una estantería llena de archivadores de CD.

—¿Todo eso son comedias? —dijo asombrada—. Con lo que me cuesta encontrar alguna que no haya visto...

—Hay muchas en blanco y negro. ¿Ves cine clásico o solo películas recientes?

—Soy un poco vaga para buscar entretenimiento, me suelo conformar con lo que ofrecen. Pero es verdad que casi siempre escojo cosas ligeras y alegres, evito los dramones y las películas violentas. Por eso tengo la sensación de que no hay demasiadas comedias: porque las repiten y ya las he visto todas.

—¿Y cuáles son tus favoritas?

Un maravilloso perfume a palomitas recién hechas llenó la habitación, y Sandra se sintió muy a gusto. Tuvo la impresión de que podría hacerse amiga de Jorge, si las circunstancias lo permitían y Joseba no se ponía celoso. No sería la primera vez que se ponía pelusón si Sandra conocía a algún chico que él considerase competencia para el puesto de «amigo gay».

Por otra parte, no tendría sentido intentar que Joseba y Jorge conectaran, ya que eran polos opuestos. Seguramente, Jorge pensaría de Joseba que era demasiado *destroyer* en su militancia, en la que no faltaba un afeminamiento exagerado. Y para Joseba, Jorge debía de ser uno de esos «gais conservadores» dispuestos a integrarse sin rencores en la sociedad heteronormativa. Un blando y un acomodado.

—Mis comedias favoritas —se centró Sandra—. Pues... las grandes. *Con faldas y a lo loco*, *Mujeres al borde de un ataque de nervios*, *Bridget Jones*, aunque el libro es aún mejor...

—*La vida es un largo río tranquilo* —continuó Jorge—, *Amanece que no es poco*, *Uno, dos, tres*, *Ninotchka*, *La estrategia del caracol*, *Micmacs*...

—Esas dos últimas no las he visto.

—¿Que no has visto *Micmacs*? —se escandalizó él—. ¡Eso no puede ser!

Cogió uno de los archivadores negros numerados y sacó dos discos que metió con cuidado en una funda rígida.

—Aquí la tienes. El próximo día que nos veamos me la devuelves.

La miraba como si hubiera estado caminando por la calle sin zapatos y a él no le hubiera quedado más remedio que regalarle el único par que poseía. A la Sandra psicóloga le pareció entrañable. Obviamente era neurótico, con cierta obsesión por el orden. Algo introvertido, quizá utilizara las comedias para contrarrestar una visión negativa del mundo.

—Cuéntamelo todo.

Ella abrió su portátil.

—Está bien. El sistema de emparejamiento de larga duración con más éxito comprobado parece ser una página web de Estados Unidos que maneja veintinueve parámetros diseñados por psicólogos, puedes verlos aquí. Es un sistema que funciona desde hace años y que se va perfeccionando con el uso.

—Ya veo... algunos son factores psicológicos, otros ambientales, y algunos se refieren al modo de vida.

—Este servicio no sería aplicable en nuestro país, porque tiene en cuenta factores culturales que aquí serían diferentes. Lo lógico sería partir de los datos que ya conocemos acerca de parejas de larga duración en nuestro territorio.

Sandra le mostró un extracto ordenado de los índices de Zafiro y su trabajo de fin de grado.

A Sandra le sonó el teléfono justo en ese momento. En la pantalla apareció un número anónimo. Como estaban en plena reunión, decidió no cogerlo.

—Veo que te lo has trabajado a fondo... ¿Qué significa cada color?

—Sí, necesitaba saber si había datos suficientes para poner esto en marcha. Y vaya si los hay. Los marcadores amarillos significan que hay un muestreo grande de población que indica que determinado factor es relevante, lo cual permitiría crear una categoría de emparejamiento.

—¿Y el naranja y el verde?

—El naranja son muestreos de menos de diez mil personas, que no se consideran estadísticamente significativos pero que se pueden tener en cuenta. Y el verde, estudios limitados a un subgrupo, cuyas características quizá no puedan extenderse a la mayor parte de la población.

El informático echó un vistazo a los datos. Sandra decidió que estaba guapo cuando pensaba.

—Veo que muchos datos se refieren a rupturas sentimentales —observó él.

—He hecho una lista para agruparlas. Según el índice, el factor más determinante para la ruptura de una pareja a largo plazo es la pérdida de la atracción física inicial. Ese es un aspecto imposible de cuantificar para un sistema informático, pero hay otros que sí podemos tener en cuenta. Por ejemplo, el coeficiente de infidelidad. Existen unas cuantas variables que nos permitirán asignarle a cada persona una previsión del riesgo de que cometa una traición amorosa. Respecto a los hombres, aquellos más propensos a poner los cuernos son los que tienen una altura superior a la media, los que son muy activos en redes, los camareros, cosa que no creo que sorprenda a nadie, y aquellos cuyas edades acaban en nueve.

—Pues no estoy en ninguno de esos subconjuntos —bromeó Jorge.

—Pues si tienes novio, seguro que le gustará saberlo —dijo Sandra guiñándole un ojo.

Jorge se echó a reír.

—¿Novio? ¿Crees que soy gay?

Ella se apresuró a disculparse.

—¡Lo siento! No sé por qué he pensado que lo eras. Por lo de llevar galletas al trabajo, supongo, y los musicales...

—No, si no me parece ofensivo que me tomen por

gay... En general me parecen más civilizados que los heteros y supongo que me siento identificado con ellos en muchas cosas. Es solo que...

Jorge se quedó en silencio.

—Nada, que no pasa nada. Sigamos con la app. Por cierto, ¿la haremos para emparejar chico-chica o estará abierta a otras opciones?

—Pues en una primera etapa para heteros, porque la mayor parte de los datos que tenemos se refieren a ellos. Quiero decir, a nosotros. Bueno, a los heteros, ya me entiendes.

Sandra se ruborizó. De repente estaba a solas con un soltero, en su casa. Le entraron ganas de tomarse una copa, pero siguió con las palomitas.

—Bueno, ¿y cuáles son los factores de infidelidad a tener en cuenta en las mujeres?

—Te vas a reír, pero una de las categorías de riesgo es que sean rubias o vayan teñidas de ese color. También presentan desviación de la norma las adictas a las compras, las nacidas en verano y las maestras de primaria.

—¿Y eso que suele decirse de las azafatas de avión y las enfermeras?

—No está comprobado. No hay que creerse todo lo que se dice por ahí.

Sandra se colocó el pelo. ¿Quería estar guapa para el friki?

Jorge terminó de echar un vistazo al proyecto.

—¿Tienes test para medir todas estas variables?

—Sí, aunque tengo que redactar de nuevo las preguntas para enfocarlas en los defectos. Se me ha ocurrido un eslogan: «Confía en lo que siempre va a estar ahí».

Jorge lo pensó.

—Buscar pareja sin intentar poner en el escaparate todo lo bueno, sino lo malo. Es ingenioso. ¿Tienes pensado algún nombre?

—Aún no, espero que se nos ocurra algo por el camino...

—Vale, ya me he hecho una idea de lo que tenemos. Me parece que sería más sencillo limitarnos a una versión para app, sobre todo si he de hacerlo yo solo. De todas formas, no estamos haciendo esto con ánimo de lucro sino para ayudar a la gente, ¿verdad? Y para que tú encuentres novio.

—A lo mejor a ti también te sirve para conocer a alguien.

—Yo no creo que esas cosas se puedan buscar. Todo lo importante sucede de manera imprevista, caótica, por entropía. O bien, como se cuenta en *El gen egoísta*, es culpa de nuestra programación genética, sobre la que tampoco tenemos demasiado control. Por eso llevo siempre los dados. Confío más en el azar que en mi capacidad de decisión, que ha demostrado ser un desastre.

De modo que Jorge no estaba satisfecho con sus elecciones del pasado... Sandra cambió de tema para no preguntar.

—Respecto al coste para los clientes, creo que deberíamos posicionarnos a medio camino entre las más cutres, que suelen ser gratuitas, y las grandes, que cuestan de quince a veinte euros al mes. Si nuestro servicio costara entre tres y cinco euros al mes tendríamos un rasgo diferencial importante. Y nos aprovecharíamos de un factor psicológico en la toma de decisiones, tal y como lo describe Dan Ariely: entre varias opciones, la gente siempre tiende a preferir la intermedia.

—Me parece bien. Los clientes tienden a no valorar lo gratuito. Por cierto, se te dan bien los números, y sin embargo trabajas como psicóloga...

—Es que lo soy. Bueno, al menos es la carrera que estudié. Como siempre se me dieron bien las matemáticas, el profesor de psicometría me recomendó que me especializara en esa área, resultaría más sencillo quedarme en la universidad como profesora si así lo deseaba.

—Pero acabaste en Zafiro...

—Pagaban mucho mejor —bromeó ella.

Jorge se quedó pensativo.

—Si se te daban bien las matemáticas, ¿por qué no estudiaste ciencias?

Ella lo pensó durante un rato.

—Sacaba buenas notas en todo. Las matemáticas me gustaban si comprendía para qué servían las herramientas. Por ejemplo: calcular el volumen de un cilindro o saber a qué hora se cruza un tren con otro tren. Eso lo entendía muy bien. Pero las abstracciones a las que no les encontraba un lado práctico me costaban más.

—Es curioso, porque la mayor parte de los matemáticos lo que quieren es dejarse llevar por las alas de lo infinito...

—Mira, ese podría ser el título de una novela.

—¿De Asimov? Antes me has dicho que lo de Asimov era «complicado». Me ha picado mucho la curiosidad.

—Sí, pero esa es una historia un poco larga, y hoy se trata de trabajar, ¿no? La influencia más importante que ha tenido en mí Asimov es, precisamente, que me animó a estudiar psicología.

—¿Por... la psicohistoria?

—Exacto. La idea de que las mentes humanas son como las moléculas de un fluido, y que es posible predecir sus reacciones conjuntas cuando la masa de individuos es lo bastante grande me resultó tan sugestiva... Está relacionado con el efecto masa descrito por Freud, la famosa presión de grupo.

Sandra observó a Jorge, con su pelo algo despeinado, con ese aire de científico loco, y pensó que quizá en otro momento de su vida se habría interesado en él, porque era del tipo de chicos fascinados con el azar que le atraían antes. Lo que no tenía claro era por qué esa obsesión con todo lo aleatorio y lo impredecible, ya que, al contrario que esos novios previos, Jorge era de ciencias.

—Y tú, ¿estudiaste informática en la universidad?

—No, físicas en Salamanca...

Sandra tenía recuerdos desagradables asociados a esa ciudad, pero intentó no pensar en ello.

—... Pero siempre tuve el *hobby* de programar, y como no hay tantos sitios en los que te paguen por dar respuesta a las grandes preguntas del universo, pues aquí estoy, haciendo aplicaciones para buscar novio.

Ella intentó no molestarse con el comentario, y prefirió tomárselo a broma.

—Bueno, a veces las cuestiones amorosas pueden ser igual de complicadas... Dicen que si cada persona es un mundo, dos personas son un universo.

—Mmm... Ya. Bonita frase, y es verdad que las relaciones entre los individuos tienen un grado de complejidad muy alto. Pero uno nunca deja de soñar con ser el nuevo Einstein...

—Bueno, el peinado lo tenéis casi igual —se burló Sandra.

—El caso es que me especialicé en teoría cuántica. Y supongo que de ahí viene mi interés por el azar. Uno de mis sueños es visitar la mayor colección privada de dados del mundo, que está en La Haya. Yo mismo tengo algunos muy interesantes. Pero te los enseñaré otro día, pongámonos manos a la obra.

El teléfono de Sandra volvió a sonar, se trataba del mismo número desconocido. Apagó el móvil y se pusieron a trabajar.

Sandra regresó a su casa bien entrada la noche, con una sonrisa enorme. El proyecto iba por buen camino. Jorge le daba confianza y además su compañía era muy agradable. Qué pena que estuviera tan obsesionado con lo impredecible.

Se puso a pensar en el dado de Jorge y en esa absurda costumbre de dejar su vida en manos de un poliedro regular. Era evidente que la idea del azar resultaba tranquilizadora para muchas personas, algo que no compartía, pues ella cuando más relajada estaba era cuando tenía sensación de control. Estaba segura de que a Asimov le pasaba lo mismo. Le gustaba estar en su casa, escribiendo, y nunca tomó un vuelo tras su breve experiencia militar. Resultaba irónico que uno de los primeros escritores que llenó el planeta de novelas de astronaves hubiera renunciado a conocer su propio mundo. Pero le gustaba leer de todo, saber de todo, ser una enciclopedia viviente. Aquello era otra manifestación del bienestar que se siente al tener el control de las cosas, en su caso, los campos del saber.

Sin embargo, había mucha gente fascinada por lo incontrolable. La prueba era la tremenda cantidad de dinero que recaudaban cada año las loterías, casinos y casas de apuestas. Había algo poético, o quizá romántico, en lo que quedaba fuera de todo alcance.

Los novios que le habían durado más tiempo pertenecían a ese grupo. El último, Enrique, compraba lotería en todos los lugares que visitaba, porque decía que si tocaba en alguno de ellos se quedaría con la espinita para siempre. Sandra le preguntaba en broma por qué se quedaba con la espinita de no haber cogido el coche para recorrer todos los pueblos de España.

Enrique creía tanto en «lo que la ciencia no puede explicar» que se dedicaba a escribir los horóscopos de varias publicaciones, y lo peor era que se los creía. Pensaba que podía conocer el signo de una persona nada más verla, y a pesar de la cantidad de veces que fallaba, tenía la sensación de que sus aciertos eran mucho más frecuentes que sus errores, y que estos se debían al «poderoso peso del ascendente». Sandra opinaba que había acabado por dejarla porque ella no tenía el signo que él considaraba adecuado.

Matías, por su parte, era croupier, así que se ganaba la vida con el azar. Y a pesar de que cada día era testigo de cómo había mucha más gente que perdía que gente que ganaba, y veía personas que se arruinaban por creer en la suerte, seguía evitando pisar las rayas entre las baldosas de la acera, jamás pasaba por debajo de las escaleras y pegaba un respingo cada vez que veía un gato negro.

Su novio de la universidad, Gerardo, era un apasionado de Cortázar, y en concreto de su novela *Rayuela*, en la que un hombre recorre la ciudad intentando encontrarse por casualidad con su amante en lugar de quedar con ella en un sitio y a una hora. De hecho, Gerardo jugaba a hacer lo mismo con ella, pero claro, pasearse cerca de la facultad justo a la salida de las clases no era igual de arriesgado.

Gerardo pensaba que el amor verdadero tenía que estar relacionado con el destino, y que no podían existir el uno sin el otro. Se pasaba la vida buscando «señales» que confirmaran o desmintieran que su vínculo con Sandra había sido aprobado por el universo, o bien lo contrario, y su estado de ánimo y su manera de tratarla variaban según esas supuestas señales que se empeñaba en buscar e interpretar. A veces resultaba un poco agotador. Sandra pensaba que en realidad él buscaba los mensajes adecuados para hacer lo que le apetecía.

Su teléfono volvió a sonar. Era el mismo número de Madrid que no le sonaba de nada y que no tenía grabado en la agenda. Debía de tratarse de una de esas molestas centralitas de empresas de telefonía. Como tenía por costumbre cada vez que identificaba uno de esos números, Sandra lo añadió a la agenda con el texto «no coger». No quería que nada la distrajera de lo importante.

Y lo importante era que el próximo novio de Sandra, fuera quien fuese, tendría que ser una persona racional que no creyera en los poderes ocultos del azar.

El ordenador de Rosa, la bibliotecaria, tenía acumulados varios recordatorios acerca de Sandra. Era sábado por la tarde, no se trataba del mejor momento para llamar a nadie, pero ya había pasado una semana y no había ido a devolver el libro. Con lo despistada que era, seguro que se le había olvidado por completo. Y eso no podía ser.

Se decidió a llamarla por teléfono, pero no hubo suerte. Después esperó un rato a que Sandra le devolviera la llamada, pero como eso no ocurrió, lo intentó de nuevo.

Rosa trató de serenarse. Una semana no era para tanto, después de todo. El lunes volvería a intentarlo.

Pero eso tampoco sucedió. Una gastroenteritis con complicaciones hizo que ni ese lunes ni el siguiente Rosa pudiera llamar a Sandra para recordarle que tenía que devolver el libro.

8

Semana Santa, 26 de marzo - 31 de marzo

Sandra no recordaba haber tenido unas vacaciones tan bien aprovechadas como aquella Semana Santa. Ni siquiera el verano en que se sacó el carnet de conducir mientras paseaba perros por la mañana, daba clases particulares por la tarde y además estaba empezando su historia con Gerardo, que no era un novio de bajo mantenimiento.

No tenían que volver a Zafiro hasta el lunes. La empresa tenía una política de conciliación de la vida familiar que les venía muy bien a quienes no tenían hijos. Pasaron esos días en un torbellino de trabajo, coordinándose con Palma, la diseñadora a la que habían encargado la imagen corporativa y a la que habían pagado a medias en tanto que socios. Sandra y Jorge descubrieron que formaban un equipo excelente, con muy buena comunicación. A veces ni siquiera tenían que acabar las frases para entenderse.

A ella le sorprendió un poco que él tuviera tanto tiempo disponible. Eso reforzó su opinión de que el informático tenía un perfil de tipo ermitaño, y que por sistema evitaba imposiciones familiares o sociales.

—¿Tus padres viven en Madrid? —le preguntó.

—No, en Toledo. Les gustaría que estuviera casado y les diera nietos, y cada vez que los veo me lo recuerdan. Pero ahora podré decirles que he hecho esta app, y que gracias a ella habrá muchos más bebés en el mundo.

—No sé si se conformarán con eso —dijo Sandra riéndose.

Y volvieron al algoritmo.

Sandra apenas dormía, y cuando lo hacía se despertaba en mitad de la noche con una idea para apuntar. Solo hizo descansos para ver las dos comedias que le había prestado Jorge, que le resultaron muy inspiradoras y le dieron aún más ganas de trabajar. Era como estar poseída por una furia creativa. Durante el día pasaba muchas horas diseñando con Jorge las opciones y los menús de la app. Eso hizo que Sandra tuviera la oportunidad de conocer mejor al informático. Era un vicio suyo como psicóloga. No podía evitar trazar el esquema de la personalidad de la gente a la que trataba. Para ella cada ser humano era un pequeño acertijo.

En poco más de una semana, consiguieron diseñar el esqueleto del sistema de búsquedas basado en los numerosos tipos de personalidad que Sandra había definido en su trabajo de fin de grado.

—Explícame cómo va todo esto de las categorías del apego —le pidió Jorge.

—Es una de las clasificaciones más básicas de las personas en función de los estilos afectivos, por eso me pareció útil ordenarlo todo a partir de ella. Esta teoría explica que las personas, desde que nacemos, mostramos un estilo de apego «ansioso» o «evitativo», en mayor o menor grado. Resumiendo mucho, los ansiosos son aquellos que necesitan mucho afecto y atención, y por lo tanto lo buscan, y los «evitativos» se sienten incómodos con el contacto humano, se saturan con facilidad. Y aquí ves que los ansiosos, que son la mayor parte de la población, se dividen a su vez en tres tipos: obsesivos, depresivos y dápicos. En *Con faldas y a lo loco*, por ejemplo, los tres protagonistas son ansiosos de diferente estilo. Joe es controlador agresivo, Jerry es cuidador y Sugar es complaciente de perfil dápico. Dentro de cada categoría hay muchos grados, desde lo sano hasta lo patológico.

—¿Y se puede evolucionar o estamos condenados a quedarnos con lo que nos tocó?

—Siempre se puede mejorar, con trabajo personal. Conocer el propio tipo de personalidad ayuda mucho a controlar mejor las tendencias. Me he dado cuenta, al hacer los test, de que preguntar «¿qué deseas?» es casi lo mismo que preguntar «¿quién eres?».

A la hora de tomar una decisión, si se quedaban bloqueados, era el dado quien la tomaba por ellos, lo cual, según comprobó Sandra, efectivamente ahorraba mucho tiempo.

—De todas maneras, yo creo que ese dado está muy bien entrenado —bromeaba ella—. Me da la impresión de que la mayoría de las veces «decide» a tu favor.

—Pues a mí me da la impresión contraria, creo que suele estar de acuerdo contigo.

—Deberíamos llevar la cuenta.

—Sería una pérdida de tiempo adicional, y queremos que esto vaya deprisa, ¿verdad? Vamos a repasar la compatibilidad según los tipos de personalidad. No quieres incluir el horóscopo, ¿no? —preguntó Jorge.

—No me parece significativo, nunca he encontrado estadísticas que corroboren los perfiles psicológicos atribuidos a cada uno de los signos.

Sandra suspiró. Pensar en el horóscopo siempre le recordaba a Enrique.

—Tenía un ex que estaba convencido de que podía adivinar el signo de una persona solo con mirarla. Lo intentaba con mucha frecuencia y no acertaba casi nunca. Estuve tentada de hacer un recuento, pero me pareció demasiado cruel.

—Hablas bastante de tus ex.

—¡Pues tú muy poco!

Jorge reflexionó sobre ello.

—Es que hablar de las exparejas al final es hablar de uno mismo. Supongo que no se me da bien hablar de mí.

A Sandra a veces le frustraba lo poco que compartía Jorge. Pero a efectos de productividad estaba bien, porque eso hacía que se centraran en lo importante.

—Las parejas con un nivel educativo y cultural parecido destacan sobre las demás, de modo que tenemos que privilegiar este tipo de emparejamientos. Por otra parte, aquellas cuyos miembros tienen profesiones pertenecientes a distintos campos suelen ser más duraderas —dijo Sandra.

—Sí, los datos son muy claros al respecto. Sucede lo mismo con la afinidad política, y con los valores éticos. Es lógico, porque el punto de vista sobre el mundo suele estar muy determinado por la posición social.

—No vamos a emparejar a un tuno con una activista vegana...

Jorge se echó a reír.

—Pues igual se llevaban bien.

Entonces se miraron y dijeron a la vez:

—«Nadie es perfecto».

Se echaron a reír por la coincidencia hasta que Sandra, de repente, se puso seria.

—Jorge, ese puede ser el nombre. De la app, quiero decir: Nadie es Perfecto.

—¿No es un poco largo? Los que he visto suelen tener una sola palabra.

—Venga, saca el dado, que lo estás deseando —bromeó ella.

Jorge se lo tomó en serio.

—Si sale un seis, se queda ese nombre.

Agitó el dado formando una caja con sus manos y lo arrojó sobre la mesa. Salió un seis.

—¡Es el destino! —celebró Sandra.

—De acuerdo. Pues nos quedamos con Nadie es Perfecto, que además es una verdad como una casa.

—Estupendo. Tener el nombre es un gran avance. Sigamos con la lista de factores importantes en la compatibilidad. Estas dos cosas que hemos dicho, la política y el nivel sociocultural parecido, las tengo marcadas en rojo porque son factores a los que conviene dar prioridad.

—Pero hay parejas que tienen niveles educativos diferentes y les va bien.

—Sí. No se trata de impedir que puedan producirse esas uniones si en todo lo demás son compatibles. Siempre tiene que haber cierta elasticidad.

—En amarillo tenemos «verbalidad», que es la propensión de las personas a expresar con palabras sus emociones y vivencias. Pero hay muchas parejas en las que uno habla mucho y otro poco, y funcionan bien, así que no parece un factor concluyente. En la misma categoría está la gente que prefiere pasar más tiempo en el exterior o los que siempre quieren estar bajo techo. Y también la orientación al estatus, es decir, el tiempo que se dedica al día al cultivo de la vida social o laboral fuera del trabajo.

Siguieron analizando una por una todas las variables y cotejando con los datos estadísticos qué porcentaje de importancia debían adjudicarles: la iniciativa o proactividad, la afición a la rutina, la dependencia, la necesidad de cambios periódicos y el grado de flexibilidad respecto a la monogamia.

—Eso de la no monogamia está de moda, ¿no? —dijo Jorge, como dando a entender que aquel no era su rollo.

—Vistas las cifras de infidelidad conyugal... Los datos indican que hay un cinco por ciento de parejas heterosexuales que han decidido no ser monógamas, pero la gente que estaría dispuesta a abrir su pareja son el veintidós por ciento de las mujeres y el cuarenta por ciento de los hombres.

—¿Y a ti qué te parece? —preguntó Jorge, con cierta timidez.

—Como psicóloga, creo que si las dos personas lo desean y existe mucho diálogo al respecto, no tiene por qué influir negativamente en la solidez de la pareja.

—¿Y como mujer? ¿Como Sandra?

—Nunca me ha apetecido ser infiel, pero es verdad que tampoco he tenido relaciones demasiado largas. Creo que si me hicieran sentir querida y me dieran estabilidad podría intentarlo. Si lo piensas, es un poco raro que la gente no pueda tener la libertad de vivir experiencias bonitas con otras personas. Es como si por tener un amigo no pudieras tener ningún otro, o si por trabajar en un sitio se te impidiera realizar ninguna otra actividad.

—Es decir, que la monogamia no tiene por qué ser el sistema perfecto.

—Eso es. De hecho, gran parte de las rupturas están relacionadas con el miedo a perder al otro.

A Sandra le vino a la cabeza el ejemplo de Joseba y el Edu, que tan felices fueron hasta que unos cuernos los separaron para siempre.

—Esto nos lleva al tema del fracaso de las parejas. He visto que has sacado una lista de los motivos más frecuentes. Según estos datos, el porcentaje más alto de rupturas se da en las semanas centrales de diciembre. Tiene sentido. De ese modo se evitan las fiestas de Navidad.

—Exacto. No soportar a la familia del otro es uno de los motivos más repetidos entre las causas de separación.

—Vaya... Debe de ser verdad eso de que el infierno son los demás —bromeó él.

—Otra fecha frecuente de rupturas son los días posteriores a San Valentín. Pero el propio 14 de febrero es uno de los días con menos rupturas del año.

—Ya, quedaría un poco feo dejar a alguien justo ese día —dijo Jorge.

Sandra tragó saliva. Jorge no sabía que ella había estado exactamente en esa situación, y que era un tema un poco delicado. Seguía teniendo asociado ese día con Enrique, y con lo feliz que creía haber sido a su lado. Por supuesto, como psicóloga sabía que el hecho de que él hubiera interrumpido la relación de golpe hacía que ella la recordara mejor que como fue en realidad.

—¿Hola?

—Perdona, es que... Me pone de mal humor hablar de San Valentín. Es una celebración artificial que la gente utiliza como excusa para reforzar una idea errónea del amor.

Jorge la observó con cara de «me parece que te has sacado ese argumento de la manga, y en realidad me estás ocultando cosas».

—Ya, es un poco irritante. Y más desde que existen las redes sociales. La gente pone unas fotos que son puro almíbar, y casi todas dan sensación de falsedad y vacío.

Sandra trataba de dominar sus recuerdos, pero no pudo evitar que la memoria la llevara al primer San Valentín que pasó con Enrique, seguramente uno de los mejores días de su vida. Solo llevaban saliendo unos meses, y se suponía que no iban a hacer nada especial porque aún no iban en serio y, de todas maneras, la celebración era una tontería. Pero Enrique la sorprendió llevándola a Salamanca, donde fueron a visitar el huerto de Calisto y Melibea, a los pies de la muralla. En ese escenario vivieron su amor los personajes de *La Celestina*. Allí, rodeados de quinceañeros que se devoraban a besos, él le regaló una pulsera de plata y le dijo que era la chica más especial con la que había salido y que quería intentarlo en serio con ella.

Si esta historia se la hubiera contado una amiga, la Sandra psicóloga habría fruncido el ceño, asegurando que un hombre capaz de darle tanta importancia a una fecha convencional, hasta el punto de convertirla en un punto de inflexión para su compromiso, pero que después utiliza esa misma fecha para romper, tiene un perfil clarísimo de inmadurez, y por tanto no es una pareja deseable. Pero como la Sandra mujer tenía la mala suerte de haberlo vivido en primera persona y de haberse creído a pie juntillas las promesas de Enrique, le había costado un poco más racionalizar todo aquello.

—Entonces, a efectos prácticos —resumió Jorge, tratando de devolverla a la tierra—, el día más significativo para las parejas no es el 14, puesto que todas sobreviven a esa fecha, sino el día siguiente, el 15 de febrero. Si todo sigue yendo bien después de la sobredosis de fotitos y arrumacos, es que no se trataba de una pose para cumplir las expectativas sociales, sino de algo verdadero.

—Supongo que podría resumirse de ese modo. El amor que logra sobrevivir a las celebraciones del amor, incluyendo el matrimonio, es el que demuestra ser estable y tiene posibilidades de futuro.

—Si me vuelvo a echar novia le diré que no tenemos que celebrar el 14 sino el 15 de febrero.

—Anda, cuéntame algo de ti. ¿Has tenido muchas relaciones?

—Solo dos que puedan llamarse así. La primera duró cuatro años y la segunda aún menos, solo dos. No sé si es que yo era el doble de insoportable o la mitad de tolerante.

Pero, aunque intentó quitarle peso a sus palabras mediante el humor, en el tono de Jorge había amargura. A la psicóloga le pareció significativo que él hubiera dicho «aún menos», como si cuatro años le parecieran poco, cuando era una duración normal. Tuvo la impresión de que Jorge consideraba que sus relaciones habían sido un fracaso y de que tenía miedo de emprender una tercera.

Como si le hubiera leído la mente, Jorge confesó:

—Me da miedo que exista un patrón. Si la segunda relación duró la mitad que la primera, a lo mejor la tercera dura la mitad que la segunda, y así sucesivamente, como si estuviera condenado a amores cada vez más efímeros.

—Qué visión más pesimista... Parece una leyenda trágica o la fábula de un amor encantado. Es más, como estadística te aseguro que sería improbable que tus relaciones siguieran un patrón matemático a no ser...

—... que lo provocara yo —continuó Jorge—. Eso se llamaría «profecía autocumplida», ¿no?

—Así es.

Se hizo un silencio algo opaco, y Sandra trató de romperlo con un chiste.

—Para elegir novia no usas los dados, ¿verdad?

—Creo que nunca he elegido a nadie en mi vida. Siempre han venido a mí, por un motivo o por otro.

—Pues mira, eso es una suerte para alguien a quien no le gusta tomar decisiones.

9

Domingo, 1 de abril

A lo largo de los siguientes días, Sandra terminó de redactar los test y se los pasó a amigos de confianza para probarlos. A Leonor le pareció muy divertido y le encontró un montón de mujeres dispuestas a ayudar. Como faltaban chicos heterosexuales, Sandra le pidió a Jorge que rellenara uno. Este lo hizo a regañadientes.

—¿Estás contestando en serio o te lo estás inventando? —le preguntó Sandra.

Jorge se sonrojó.

—¿Y eso qué más da? Es de prueba.

—No tiene sentido probar un test psicológico si no se dice la verdad. Y además, quiero saberlo.

—Anda, ponte con lo tuyo, que te queda muchísimo por hacer. Y, por cierto, ¿tú no lo rellenas?

Sandra esquivó la pregunta diciendo que como ella misma había creado esos test, no tendría utilidad que los probara. Pero la realidad era que, al ver las respuestas de

Jorge, temió que si él supiera sus resultados se daría cuenta de lo tremendamente compatibles que eran. Y le daba algo parecido al pudor que Jorge contara con esa información.

El domingo previo a la vuelta al trabajo, Maite insistió en comer con Sandra, ya que hacía mucho tiempo que no se veían. Ella accedió a regañadientes. La aplicación estaba a punto y quería colgarla lo antes posible. Pero refrenó sus ansias y se dijo que por pasar dos horas con su madre no se retrasaría tanto.

Comieron arroz con champiñones. Maite sugirió un posible encuentro con Pablo, pero Sandra evitó el tema: ya lo conocería cuando surgiera. Para llevar la conversación hacia otro lado, le contó por encima su proyecto.

—Me parece interesante, y si lo haces tú seguro que está bien. Me alegro de que por fin estés poniendo en práctica una de tus ideas. ¿Y ese chico que te ayuda es majo?

Sandra le habló un poco de Jorge mientras su madre la observaba con atención.

—A ti te gusta ese chico —diagnosticó Maite.

—Ay, mamá, que no tengo quince años. Ya soy mayorcita para darme cuenta yo sola de quién me gusta y quién no.

Maite puso una sonrisa de «sí, sí, di lo que quieras, pero te conozco desde que naciste y sé perfectamente lo que te pasa».

—Por cierto, Fran se va a casar.

—¿En serio? ¿Fran, el que una vez acabó acorralado por las cinco chicas con las que salía engañándolas a todas?

—Ese mismo. Ya han empezado con los preparativos y pronto mandarán las invitaciones. Así es la vida. Y es más joven que tú.

—Mamá, no vayas por ahí, que no te pega nada. No querrás convertirte en una de esas madres que cada vez que ven a sus hijas preguntan que para cuándo los nietos, ¿verdad?

—¿Y qué tiene de malo querer nietos? Tampoco hace falta que sean demasiados, con dos o tres me conformo.

Sandra respiró hondo. Entre todas las cargas que conllevaba ser hija única, quizá aquella fuera la más pesada.

—No sé si alguna vez tendré hijos, mamá. Pero es normal que tengas el impulso de cuidar niños. Puedes ofrecerte como voluntaria en una guardería.

—Mira qué bien te sale la voz de psicóloga —se burló Maite.

A las cuatro, Sandra ya estaba en casa de Jorge, deseosa de darle los toques finales a su obra conjunta. El entusiasmo, que había funcionado como cafeína pura, permitiéndoles estar noches enteras redactando y programando, había acabado por pasar factura en forma de fatiga. Tras hacer la última revisión de la funcionalidad de todos los test, Sandra se desmayó en el sofá. La despertó el olor a palomitas.

—Oye, creo que esto ya está —anunció Jorge.

Sobresaltada, Sandra levantó la cabeza del cojín sobre el que se había quedado dormida.

—¿Qué? ¿Dónde?

Jorge se echó a reír.

—Vaya pinta tienes. Se te han quedado marcados los cojines en la cara.

Sandra, con el ceño fruncido, se frotó la piel.

—¿Qué día es? ¿Hoy o mañana?

—Pues mira, en físicas teníamos un profesor al que le encantaba empezar la clase con preguntas como esa. Pero como no creo que estés para anécdotas, iré al grano: es domingo, son las 22.57 y acabo de terminar la app.

—¡Pero eso es una noticia estupenda!

—¡Sí! ¡Por eso te he despertado!

Jorge tecleó algo y el salón se llenó de música festiva. A continuación, fue hacia el sofá donde estaba tumbada Sandra y tiró de ella.

—*Ceee-leee-brei-shon!*

Improvisaron un baile bastante ridículo.

—¿Qué hago? ¿La subo ya? —chilló Jorge por encima de la música.

—¿No habría que revisarla una última vez? —gritó Sandra.

—¡Lo he comprobado todo mil veces! ¡Y siempre se pueden corregir los *bugs*!

—¡Pues venga! ¡Dale al botón!

—¡¡SÍÍÍ!!

—¡ESE RUIDO! —gritó el vecino.

Jorge bajó un poco la música y extendió la pantalla de

control de la app. En el centro, había un gran botón con el texto:

ACTIVAR

—*Let's do this!* —le dijo a Sandra, y le cogió la mano para apretar juntos el botón. La página empezó a cargar.

—¡Ahhh! —gritó ella, emocionada—. ¡Lo hemos hecho!

—¡Alguien tenía que hacerlo! —dijo él tocando una guitarra imaginaria.

Sandra se le unió con una batería de aire.

—¡Oye, no se te da mal! ¡Montemos un grupo!

Sandra redobló sus esfuerzos con las baquetas imaginarias.

—¡Me muero de hambre! —dijo Jorge mientras seguía tocando—. ¡Llevo trabajando sin parar desde esta mañana! ¿Crees que habrá algo abierto a estas horas?

Sandra se echó a reír.

—¿Qué te crees, que sigues en Toledo?

—¡No tiene nada de malo ser de provincias!

Sandra tiró por los aires sus baquetas imaginarias.

—No, pero vivir en una de las ciudades más maravillosas del mundo y no saber que puedes cenar a cualquier hora de la noche... ¡Vamos a celebrarlo! ¡Invito yo!

La Semana Santa estaba a punto de terminar, y la chica esa seguía sin devolver el libro.

Rosa, en su casa, ya no necesitaba notitas para recordar el nombre completo de Sandra Bru. Incluso sus teléfonos, el fijo y el móvil que nunca cogía, se le habían grabado a fuego. Su libro había sido el único que no había conseguido recuperar a lo largo de las fiestas.

¿Dónde se había metido? Normalmente acudía un par de veces por semana a la biblioteca, pero el último mes no le había visto el pelo.

La había dejado mensajes hasta en las redes sociales. ¡Se había tenido que hacer una cuenta solo para eso! Como siguiera sin responder, se vería obligada a coger el toro por los cuernos.

10

Lunes, 2 de abril

Si Sandra no hubiera estado tan ensimismada pensando en su recién lanzada app y al mismo tiempo preocupada porque pudiera descubrirse que había robado datos a su empresa, quizá habría advertido algunas cosas fuera de lo normal aquel día de vuelta al trabajo.

Para empezar, Marcos le sonrió como si fuera una serpiente a punto de devorar un colibrí. Para continuar, su compañera de mesa, Amanda, cuya capacidad de disparar palabras superaba con creces sus nada despreciables pulsaciones por minuto, estaba sospechosamente callada. Y, por último, Sandra encontró su silla manchada de una sustancia pegajosa. Pensó que a alguien se le habría caído una bebida y la limpió sin darle importancia.

Ni siquiera se le pasó por la cabeza echar un vistazo a su alrededor y fijarse en la mirada asesina que le estaba lanzando su compañera Gema. Nunca se habría dado cuenta de que allí estaba sucediendo algo extraño si la susodicha Gema, al cruzarse con ella en el office, no le hubiera tirado por encima un café y después se hubiera largado sin pedir disculpas.

—Pero ¿qué le pasa a esa? —le comentó a Amanda al regresar a su sitio, después de arreglar el desaguisado como pudo.

—Pues... No hace falta ser muy lista, ¿no? Lo que le pasa es que está colada por tu novio.

—¿Cómo dices?

Amanda puso cara de enteradilla y soltó un largo suspiro.

—Ya no puedes mantenerlo en secreto.

Con un gesto deliberadamente pausado para crear expectativa, Amanda sacó el móvil y le mostró un vídeo que había recibido por WhatsApp. En él se veía a Sandra cenando con Jorge, muy sonrientes. Levantaban las copas y brindaban con una expresión que a cualquiera podría parecerle de amor. Por si eso fuera poco, alguien había decorado el vídeo con pajarillos cantores, una lluvia de corazones y una música de violines que volvería diabético al mismísimo compositor de *Love Story*.

—No es lo que parece —aseguró Sandra.

—Chica, no hay por qué avergonzarse de salir con un chico de sexualidad dudosa. Vosotros veréis cómo os las apañáis *in bed*.

—No es que me avergüence... Quiero decir que NO estamos saliendo. Así que nada de *bed*.

—Para gustos están los colores. Al menos no está casado, ya he hecho averiguaciones.

Sandra trató de seguir trabajando, pero de repente sintió el peso de todas las miradas posadas en ella desde todos los rincones de la oficina.

—¿Quién te ha mandado ese vídeo? —le susurró a Amanda.

—Marcos. Como le metiste un corte el otro día, ha decidido vengarse un poquito.

«Menudo resentido», pensó Sandra. Era una invasión de su vida personal. ¿Y si realmente estuviera saliendo con Jorge y hubieran decidido mantenerlo en secreto? Aquello era una prueba de que ella y Jorge tenían una relación fuera de la oficina, y quizá alguien atara cabos respecto a la aplicación.

Por un momento pensó que si decía que estaba saliendo con Jorge tal vez desviara las posibles sospechas. Pero no debía dejarse llevar por la paranoia. La app no mostraba el nombre de ninguno de los dos, y nada en ella podía vincularse con las bases de datos de Zafiro. No, no fingiría que estaba manteniendo una relación emocional solo por el miedo a la posibilidad infinitesimal de ser descubiertos.

Entonces llegó a la oficina Leonor, algo tarde, como de costumbre.

—Sandra, cariño, ven un momento. Tengo que contarte algo...

—Ya me he enterado —dijo Sandra.

—Vaya. No me ha dado tiempo a decírtelo por mensaje. No le des importancia —le susurró su amiga, cariñosa—. En diez minutos a todo el mundo se le habrá olvidado.

Gracias a ella, Sandra consiguió calmarse y se puso a trabajar. Al rato le vino a la memoria una de las frases de Amanda.

—Oye, ¿de verdad crees que a Gema le gusta Jorge?

—Pues claro. Se le nota muchísimo. Pone una cara de tonta cada vez que lo tiene delante... Pero no temas. Con esos muslazos y esas cutículas y ese peinado que parece que se lo hacen con una motosierra... y los jerséis de abuela que se pone... No me extraña que ni siquiera un friki medio gay se fije en ella. Bueno, perdón, que a ti también te gusta, es que no lo asimilo. El tío debe de estar alucinando de que una mujer como tú se haya fijado en él.

—Y dale. ¡Que no estamos saliendo!

Sandra levantó la voz un poco más de lo recomendable un segundo después de que todo el mundo se callara, con lo que su declaración de soltería resonó por toda la planta.

El motivo de que se hubieran quedado en silencio era que uno de los jefes había bajado a la planta, cosa que ocurría pocas veces.

Víctor Zafiro en persona estaba en el puesto de Marcos, con una actitud rígida que no presagiaba nada bueno. Desde donde estaban no podían oír qué sucedía, pero a Marcos se le notaba bastante agobiado.

—Qué rebueno está el muy... —masculló Amanda, refiriéndose, evidentemente, a Víctor.

—Seguro que se pasa el día haciéndose limpiezas de cutis —se burló un compañero.

—Pues a ver si te pasa la tarjeta, que a ti no te vendría

mal una. Da gusto ver a un hombre que se cuida, para variar.

Cuando Víctor se fue, la gente volvió a comportarse de manera relajada. Todos excepto Marcos, que se levantó y se dirigió al archivo. Se detuvo antes de entrar, pareció pensárselo mejor y en lugar de ello fue directo hacia Sandra.

—Dile... Dile a tu novio...

Sandra lo observó, divertida. Por lo visto, fuera lo que fuese lo que había sucedido con Víctor Zafiro, Marcos pensaba que era culpa de Jorge. Así solía funcionar el sentimiento de culpa: generando paranoia. Que se lo dijeran a ella.

—¿Qué quieres que le diga, Marcos?

Sandra vio el miedo en los ojos de su colega. Se trataba del temor ancestral al hechicero de la tribu, al que es capaz de comprender los signos que para los demás no significan nada y controlar los elementos. En el siglo XXI, ese poder pertenecía a los informáticos.

Marcos entrecerró los ojos. La ira le modificaba la postura, haciendo que le temblaran los hombros y los labios.

—Solo era una broma, ¿vale? Tampoco es para ponerse así. Hay gente que no tiene sentido del humor —gruñó, y se alejó de allí echando humo.

Amanda miró a Leonor, y tuvieron que hacer un esfuerzo para no echarse a reír.

Un poco más tarde, Sandra pasó a ver a Jorge. Este se escapó del cubículo del archivo y acompañó a Sandra al exterior con la excusa de que esta se iba a fumar un cigarrillo.

—¿Le has hecho algo al ordenador de Marcos?

El informático miró hacia el techo con expresión pícara.

—Puede...

—El jefe en persona ha bajado a echarle la bronca.

—Se lo ha ganado. Llevo todo el día soportando los comentarios de los cotillas de mis compañeros. Y en realidad le he hecho un favor, así aprenderá a no descargarse porno desde el trabajo. Hay que ser imbécil.

—Bueno, ¿qué tal ha ido el primer día de la aplicación? —le preguntó ella.

—Hemos sobrepasado la expectativa de perfiles creados. Los anuncios han dado resultado. Pero hay algo que me preocupa. Tengo la sospecha de que podría existir una brecha de seguridad. Me sentiría más cómodo si contratáramos a alguien para garantizar la estanqueidad del sistema. Y lo cierto es que si interpretamos este arranque como una previsión de usuarios, todo indica que nos lo podremos permitir.

—Me parece bien.

Pasaron unos minutos en silencio, disfrutando del aire fresco y de las vistas de aquel barrio de Madrid, abundante en vegetación.

Sandra, que casi siempre lo había visto en interiores, pensó que Jorge estaba más guapo a la luz del día. Apagó la colilla en el cenicero, civilizadamente provisto por la empresa en los pocos rincones habilitados al respecto.

—¿No crees que te has pasado un poco con Marcos?

—Me han contado lo que te dijo el otro día.

Y Jorge miró a Sandra a los ojos, diciéndole con la mirada muchas más cosas de las que estaba expresando con palabras.

Entonces ella tuvo la incómoda, vertiginosa sensación de que el tiempo se había detenido en esa mirada, en ese momento de comprensión. Era una epifanía en cierto modo comparable a su gran «eureka» de unos días antes.

Percibió con claridad que Jorge sentía cosas por ella. Por eso recordaba su nombre y las visitas que había hecho al archivo en el pasado. Por eso se puso nervioso, no por su minivestido ni las lentillas. Por eso la ayudó. Por eso aceptó programar la app y por eso estaba pasando tanto tiempo con ella.

—Te espero esta tarde sobre las cinco. A ver si me ha dado tiempo de encontrar a alguien para lo de la seguridad, tengo a un par de personas en mente.

Sandra se despidió con una sonrisa tensa. Si se hubiera visto desde fuera, habría pensado que ese gesto expresaba: «Madre mía, ¿y ahora qué hago yo?».

Solo tenía un par de horas para cambiarse la ropa manchada. Al entrar en su portal ya había decidido cuál de los conjuntos diseñados por Joseba se pondría. Lo había lavado hacía dos días. Pero lo primero que vio cuando entró en casa fue que Sigmund había arrasado con la ropa tendida.

—Pero ¿por qué haces estas cosas? ¿Es que no eres feliz en nuestro matrimonio?

Sigmund compuso su mejor cara, con la que lo decía bien claro: «Si esto fuera un matrimonio yo tendría tantos cuernos que no cabría por la puerta».

El vestido negro estaba hecho un desastre. Tenía un par de arañazos visibles, además de estar lleno de pelo gris.

—Me debes setenta euros. Me parece que los voy a descontar de tus latas.

«Ya veremos. Al final te compadecerás de mí, como siempre», le comunicó no verbalmente su despótica mascota.

Sandra se metió en la ducha, utilizó el gel caro y se pasó la cuchilla para estar impecable. Como si tuviera una cita. Y entonces se quedó quieta, con la cuchilla en la mano y el agua chorreándole. Acababa de comprender que se estaba depilando porque a ella también le gustaba Jorge. Su madre e incluso la cotilla de Amanda se habían dado cuenta antes que ella.

Estuvo tentada de llamar a Joseba para que la ayudara, pero se contuvo. No tenía que dejar que Jorge notara nada, así que lo mejor sería escoger uno de los conjuntos que utilizaba para ir al trabajo. ¿El mismo que llevaba el día que él le dijo su nombre? No, eso era dar demasiadas pistas. Mejor que fuera otro cualquiera.

Antes de salir de casa, vio en el mueble de la entrada el libro que tenía que devolver a la biblioteca. Lo llevaría esa misma tarde, en cuanto regresara. También tenía que comprar mandarinas y latas para el tirano de angora.

Cuando llegó al edificio de Jorge, se miró en el espejo del ascensor y sitió el impulso de soltarse el pelo. También se pellizcó las mejillas y se puso un poco de color en los labios. Se había dado cuenta de que Jorge le hacía tilín, pero ¿por qué estaba haciendo todo eso? Se suponía que estaba creando una app precisamente para encontrar al hombre perfecto, no para conformarse con el primero que pasara.

—¡Hola! —la saludó Jorge—. He hecho galletas. Las acabo de sacar del horno.

—¡Huelen bien! ¿Son de canela? He traído cerveza sin alcohol, pero creo que no pega mucho con...

—¡Hola! —dijo una tercera voz.

Sandra se sobresaltó. No se esperaba a nadie más allí. ¿O era que Jorge, después de todo, vivía con alguien y no se lo había dicho?

La respuesta apareció frente a sus ojos en forma de Gema. La informática, radiante de felicidad, se había cambiado de ropa (por voluntad propia, no porque nadie le hubiera tirado un café encima) y hasta se había maquillado. Sandra no sabía si parecía la gemela buena o la mala de la chica de por la mañana.

Sandra sonrió, algo tensa, y miró a Jorge con los ojos llenos de preguntas.

—Ya te dije que iba a pedir ayuda para asegurarnos de que la estanqueidad del sistema es total. Gema es la persona del departamento que más confianza me ofrece.

Mientras se sentaban para comenzar la reunión alrededor de las galletas, Gema empezó a parlotear de manera incomprensible sobre las medidas de seguridad que iba a implementar y Sandra, disimuladamente, le escribió a Jorge un mensaje instantáneo:

SANDRA: Me parece que este tipo de decisiones las deberíamos tomar entre los dos.

El móvil de Jorge vibró. Él no hizo ademán de cogerlo, pero Sandra le dio una suave patada por debajo de la mesa. Quizá no fue tan suave, porque el informático puso cara de dolor. Sandra le señaló sutilmente el teléfono. Jorge captó la indirecta y leyó el mensaje. Y después miró a Sandra sin comprender nada.

JORGE: Pero si ya te consulté lo de añadir a una persona de seguridad...
SANDRA: Pero no hacía falta que fuera del trabajo, eso lo hace todo más complicado. Y encima justo «ella».
JORGE: No sabía que te cayera mal.
SANDRA: No es a mí a quien... Mira, da igual. Ya no tiene solución.

Y era verdad. Una vez que Gema sabía de la existencia de la app, estaban obligados a contar con ella. A esas alturas sería demasiado arriesgado sacarla del proyecto, ya que nada le resultaría más fácil que delatarlos a Zafiro.

Sandra intentó mostrarse amable. Hizo lo posible para que no se le notara la incomodidad. Tomó notas y se comportó como en cualquier reunión. No era la primera vez que tenía que trabajar con alguien a quien ella no habría elegido, ni sería la última.

Cuando Gema acabó de exponer su estrategia para

aumentar la seguridad, añadió algunas sugerencias para que la aplicación fuera más ligera y otras para aumentar la difusión. Sandra vio en la cara de Jorge que pensaba que esas propuestas eran brillantes. Tuvo que reconocer que Gema parecía muy buena en lo suyo.

Jorge le agradeció su ayuda, quedó en mandarle no sé qué materiales que ella necesitaba, y la despidió diciendo que él y Sandra aún tenían cosas de las que ocuparse. En cuanto se quedaron solos, Jorge se disculpó.

—Tienes razón, no debería haber llamado a alguien de la empresa. Pero es que conozco a Gema, sé de sus capacidades, y realmente tiene el perfil que...

—No te preocupes, lo hecho, hecho está. Es solo que... Bueno, que esta mañana Gema ha estado muy rara conmigo, me ha tirado un café encima sin disculparse, y unas horas después me la encuentro toda sonrisas. Ha sido un poco extraño.

Jorge frunció el ceño.

—Para una vez que no utilizo los dados, voy y meto la pata.

Sandra no pudo evitar pensar que quizá el motivo de que Jorge hubiera actuado impulsivamente, en contra de su costumbre, y de que se hubiera decantado por Gema, se debía a que le gustaba. Y era bastante obvio que ella estaba interesada en Jorge, no había más que verla. Se había arreglado tanto para la reunión que parecía que iba a competir en una carrera de Drag Queens. «Qué cabrona eres, Sandra», se reprendió para sus adentros.

Pero no quería dedicarle ni un minuto a eso. Lo importante era que gracias a Gema la app sería un producto más competitivo, capaz de atraer a más gente, entre otros al hombre de sus sueños. Por fin, de una vez por todas.

Al salir a la calle se sintió aturdida. Tuvo la sensación, tan familiar, de que se le estaba olvidando algo. Antes de ir a casa de Jorge se había dicho que después haría algo... ¿qué era? Tenía demasiadas cosas en la cabeza.

En un flash, le vinieron a la memoria las imágenes del vídeo en el que los pajaritos y los corazoncitos amenizaban su cena con Jorge. Y todos los comentarios que había recibido sobre la buena pareja que hacían... Sacudió esos pensamientos. ¿Qué era lo que tenía que hacer después de la reunión con Jorge?

¡Ah, sí! Comprar mandarinas y latitas de salmón para Sigmund. Eso era.

11

Lunes, 16 de abril - viernes, 20 de abril

Quince días después, los números de la app habían reventado cualquier expectativa. Habían ayudado mucho un par de reseñas en blogs de solteras, y el comentario de un famoso youtuber al que, en solo doce horas, la app le había encontrado a una chica con la que estaba encantado.

A pesar de que trabajaba con tendencias, Sandra nunca dejaba de asombrarse del efecto dominó que inundaba las redes cuando algo se hacía viral. Pasó el miércoles y el jueves desbordada por las peticiones de anunciantes, a las que tenía que responder escamoteándole tiempo a su trabajo. Por una parte, no quería contaminar con demasiada publicidad la experiencia del usuario, pero, por otra, aceptar anuncios hacía que el precio del servicio fuera aún más barato, atrayendo más clientes. El viernes, con la aprobación de Jorge, contrataron a Antón, un publicista recién licenciado que le había recomendado Joseba (Sandra no quiso preguntar cómo lo había conocido) para que se encargara de la prensa y los anunciantes.

Ese mismo viernes por la tarde, sola en su casa, se sorprendió pensando que echaba de menos a Jorge. Al haber trabajado codo con codo se había acostumbrado a su presencia.

Pero era mejor que no se vieran tanto. Si sus sospechas resultaban ser ciertas, y Jorge albergaba algún tipo de sentimientos hacia ella, lo mejor sería poner un poco de distancia. Al fin y al cabo, estaba a punto de conocer al hombre estadísticamente adecuado para ella.

Volvió a mirar el número de usuarios inscritos en la app. Lo hacía demasiadas veces al día, estaba enganchada a la sensación de euforia que le producía saber que tantísima gente estuviera interesada en probar su sistema. Había calculado que necesitaba que se registraran treinta mil hombres para maximizar sus posibilidades de dar con uno óptimo, y estaban a punto de alcanzar ese número.

La entrada de dinero estaba siendo tan rápida que habían tenido que pedir ayuda a un gestor. Ni Sandra ni Jorge habían percibido aún beneficios de la empresa, ya que todo se estaba yendo en pagar a Gema, a Palma, que tenía que ocuparse de constantes actualizaciones, a Antón y al propio gestor. Hasta el momento, Jorge se estaba ocupando de los *bugs*, pero apenas daba abasto, y pronto habría que delegar en alguien.

Pensar en que había creado puestos de trabajo, aunque fueran parciales, para todas esas personas le producía al mismo tiempo una sensación de orgullo y de responsabilidad. Por una parte, sentía que todo aquello estaba yendo demasiado deprisa, y por otra le parecía lo más natural que así fuera. Si había algo que la gente necesitaba desesperadamente era afecto y amor.

La cabeza se le fue a Gema. Pensaba demasiadas veces en ella. ¿Que le gustaba Jorge? Estupendo, todo para ella. Sandra combatía conscientemente la desconfianza que le provocaba la informática. Tenía la desagradable sensación de que no era de fiar, algo muy típico cuando se padecen celos.

Como psicóloga, militaba en contra de los celos. La mayor parte de las veces eran el espejismo tras el que se ocultaban miedos e inseguridades Se sentía celosa de Gema porque veía amenazada la intimidad que había estado compartiendo con Jorge. Y no tenía derecho a albergar sentimientos posesivos hacia él: en primer lugar, porque ni siquiera estaban liados, y en segundo lugar porque los sentimientos posesivos eran una mierda.

El tiempo que Sandra había pasado haciendo la app con Jorge, todas esas horas de complicidad, creatividad y camaradería, había sido solo eso: un arrebato profesional que estaba dando muy buenos frutos. Quizá en el futuro siguieran siendo amigos, y quizá no. Pero se había tratado solo de trabajo.

Quizá lo que la estaba incomodando era que Jorge no hubiera dado ningún paso. ¿No se suponía que ella le gustaba? ¿Por qué no se lo había dicho claramente? Esa falta de iniciativa por parte de él hería su orgullo.

Se levantó, decidida a quitarles importancia a todos esos pensamientos. Ya no tendría que pasar tanto tiempo con Jorge y, aunque lo echaba de menos, sabía que al final sería para bien. Toda la energía que había puesto en la app le traería a alguien más adecuado. Así que decidió crearse un perfil. No tenía sentido retrasarlo más, la cantidad óptima de perfiles se alcanzaría en pocos días. Respondió rápidamente a las preguntas, que se sabía de memoria, y le dio a «enviar».

Puso una lavadora, fregó los platos y ordenó el mueble de los zapatos. Después volvió a consultar el móvil, enganchada al crecimiento de los resultados. Ver cómo las cifras iban aumentando ante sus ojos era algo hipnótico.

Entonces sucedió algo extraordinario: la cifra de inscritos empezó a crecer a un ritmo rapidísimo. Los usuarios masculinos llegaron a treinta mil y siguieron subiendo. La velocidad de la progresión hizo que se le acelerara el pulso. Se sobresaltó cuando sonó el teléfono.

—Sandra, ¿estás en casa? —Era Jorge

—Eh... Sí. Estoy mirando las inscripciones... ¡es alucinante!

—¿Te viene bien que vaya? Puedo llegar en media hora.

Al colgar, Sandra se dio cuenta de que nada le apetecía más que ver a Jorge. Y de repente tuvo clarísimo que quería intentar una relación con él. No sabía si les había unido el azar o precisamente todo lo contrario, si el intento de buscar al hombre perfecto había dado sus frutos antes de tiempo. Daba igual. Lo importante era que Jorge se había mostrado amable desde el primer minuto, convirtiéndose en su cómplice, y que desde ese momento le había demostrado que podía confiar plenamente en él. Era un cielo, muy mono, su casa era genial, tenía muy buen gusto para las películas, y era casi tan fan de Asimov como ella.

Mientras desplegaba esa lista de cualidades, Sandra se enfadó un poco consigo misma. ¿Por qué esa contabilidad? ¿Desde cuándo era necesario cuantificar todos los puntos a favor de alguien, como si estuviera tasando a esa posible pareja? No tenía que pensar en Jorge, ni en nadie, en términos mercantiles, sino (pero era tan difícil) ser consciente de que estaban a gusto juntos, de que se comunicaban no solo con la mente sino también con el corazón, y de que podría estar empezando a surgir algo bonito y profundo entre ellos.

Quizá la app había quedado tan bien justo a causa de esa compatibilidad entre ellos, de esa manera en la que sus respectivos talentos y cualidades eran capaces de complementarse. Sí, en cierto modo, ese proyecto compartido era la prueba «viviente» de que entre ellos había algo especial.

La ocasión requería una ayudita extra.

—¿Joseba? ¿Estás despierto?

—Mmmpf... ahora sí.

—Es un asunto de la mayor importancia.

—Prefiero tus arrebatos cuando no estoy hecho polvo.

—Anda, échame una mano con la ropa y después te vuelves a dormir.

No era la primera vez, ni la segunda, ni la tercera, que Sandra despertaba a Joseba para pedirle consejo estilístico. Su amistad se mantenía viva porque, a cambio, Sandra había pasado muchas muchas horas escuchando las penas amorosas de su amigo y haciéndole terapia gratuita.

—¿Qué pasa esta vez? ¿Alguna reunión de esas supermegaferolíticas?

—No, un chico.

—*Whaaat?* ¡Pero bueno, chiquilla, ponme al día!

—Uno del trabajo. Un informático algo tímido. Lleva el pelo revuelto a lo científico despistado.

—Me matas con esa tendencia tuya al perfil bajo. Si yo tuviera tu físico ya habría pescado a algún director de orquesta neoyorquino.

—Tu físico no tiene nada que ver. La cuestión es que solo te fijas en gente problemática. Me gusta el informático porque es un tío sensato.

—*BO-RING!*

Para Joseba, lo contrario de «aburrido» era el riesgo. Era capaz de tirarse de cabeza a piscinas con un palmo de agua. Pero ese no era el rollo de Sandra, ni lo había sido nunca.

—Vamos al grano. ¿La falda negra o la roja?

Media hora después, Sigmund maulló amablemente a modo de bienvenida, y observó con aprobación la entrada de Jorge. Este no pareció darse cuenta del esfuerzo de Sandra por estar atractiva, algo que a ella le gustó. La trataba igual cuando iba con su pijama de la NASA que cuando iba vestida para matar.

—Tenía que enseñarte esto en persona —le dijo entusiasmado, mostrándole el móvil—. Esta es la web de Ipsum, una empresa que se dedica a estimar el valor de las aplicaciones de cara a inversores. Pues resulta que hoy nos han incluido en su sección de destacados, y nos han tasado en más de medio millón de euros.

—¿Qué?

Sandra miró la pantalla entre la incredulidad y la lipotimia.

—Madre mía... ¿Eso significa que si la vendiéramos ahora podríamos recibir esa cantidad?

—En teoría sí.

—¡Pero eso es lo que vale una casa en el centro!

—¡Ya! ¡Es increíble! Por otra parte, tendremos problemas con Hacienda si no cambiamos el...

—¡No hablemos de trabajo durante un rato! Vamos a celebrarlo, ¿de acuerdo? Con un poco de suerte podremos dejar...

Jorge, con una sonrisa que le llenaba la cara, agarró la de Sandra con las manos.

—Eres un genio —le dijo.

Sandra acusó el impacto de aquella palabra. Jamás se había sentido tan reconocida, tan admirada por un hombre. Sus arrebatos de creatividad siempre les habían parecido algo excéntrico, divertido. Pero para Jorge eran algo válido e importante.

Así que Sandra, sin pensárselo mucho, le besó.

Jorge no besaba como ella había imaginado: indeciso, casi temeroso de molestar; quizá algo blando. Pensaba que sus besos tendrían el sabor de la inexperiencia. Sin embargo, aquel contacto fue pura electricidad. Estaba tan cargado de magnetismo que la habitación entera, el mundo entero, empezaron a dar vueltas a su alrededor. Era como si la verdadera personalidad del informático, su identidad secreta, estuvieran siendo reveladas.

Sin embargo, en ese momento excepcional de elevación y descubrimiento, Jorge se separó de Sandra. Parecía aturdido.

—Necesito... necesito pensar un poco —dijo.

—Pensar —repitió Sandra, algo herida, y esa única palabra significaba: «¿Cómo puedes preferir pensar, que es algo que haces todo el rato, a vivir este momento único, con lo que me ha costado dar este paso?».

Jorge dio un paso atrás. Estaba serio.

—Es mejor que me vaya.

Y aunque la Sandra mujer deseaba que se quedara para hablar, para trabajar o cualquier cosa que lo mantuviera cerca, la psicóloga se mostró inflexible.

—Como quieras —respondió educada, como si todo aquello no tuviera importancia.

12

Lunes, 23 de abril

Sandra se despertó desconcertada. Cuando los sucesos de la noche anterior regresaron a su memoria, no supo interpretarlos. No comprendía si Jorge se había ido porque no estaba interesado en ella o precisamente porque le asustó la intensidad de aquel beso.

Se quitó de encima a Sigmund y decidió que se pondría el modelo de la tarde anterior para ir a trabajar. Eso le indicaría a Jorge que ella seguía en la misma disposición. Y si él al final no quería nada, no estaba de más verse guapa para subir la autoestima.

Cuando entró en el edificio notó que algunas miradas se posaban descaradamente en ella. Era un fastidio que cuando te arreglabas para una persona las demás también pudieran verte. Justo al subir al ascensor, creyó ver que la observaba, de refilón, Víctor Zafiro, el mismísimo jefe. Ahí sí que se sintió un poco halagada. Era muy atractivo, con esa sonrisa permanente, esos ojos verdes y esa tremenda confianza en sí mismo. Seguro que solo salía con supermodelos, y quizá incluso fuese más joven que ella.

—Hija, cómo te has esmerado —le soltó Amanda cuando llegó a su puesto—. Cómo se nota que eres soltera y tienes tiempo que perder...

Otras dos compañeras se interesaron por los motivos de lo que ellas consideraban un «cambio de look», por lo que Sandra dedujo que su aspecto del día a día era tirando a desastroso. Aquel era el reverso de los cumplidos, sobre todo cuando estaban expresados con sorpresa. Sandra no satisfizo la curiosidad de sus compañeras. Con todo lo que se habían burlado de Jorge por llevar galletas al trabajo y todos esos rumores de que era gay... Se merecían un poco de incertidumbre. Solo le contó la verdad a Leonor cuando se tomaron el café de las once.

—Es normal que un friki como él se sienta intimidado por una chica como tú. Puede que piense que solo estás jugando, y que si se da permiso para enamorarse le destrozarás vivo.

—Pero me gusta de verdad...

—Eso solo lo puede asegurar el tiempo.

Sandra no vio a Jorge hasta después de comer, tras un par de intentos infructuosos.

—Jorge, ¿qué tal? —le saludó, como si hiciera seis meses de su último encuentro.

—Hola. Bien, normal. Esta tarde te mandaré un e-mail con los pasos a seguir para lo de Hacienda...

—Me gustaría hablar contigo sobre... sobre lo que pasó anoche.

—Te creaste un perfil en la app —le reprochó él.

De modo que era eso. Se le había olvidado borrar el perfil cuando decidió intentar algo con Jorge.

—Fue para probar, haciendo el tonto. —Le quitó importancia—. Antes de que llegaras.

Silencio.

—Me hacía ilusión probar mi propia app. Nuestra app.

El peso del plural hizo que Jorge tragara saliva. Sandra se dio cuenta de lo desconcertado que estaba. Su mirada expresaba «¿qué pretende esta chica, volverme loco? Se crea un perfil para buscar por ahí y luego parece que quiere algo».

Entonces irrumpió, entusiasta, Gema.

—¡Hola, colegas! ¡Superbuenas noticias en... nuestro pequeño secreto!

Sandra y Jorge estiraron dos sonrisas más tensas que el cable de un puente y mantuvieron unos minutos de charla informal, no sin dificultad. Antes de irse, aunque Gema estuviera delante, Sandra tuvo el impulso de decirle a Jorge:

—Me... me gustaría verte esta tarde.

Jorge pareció pensárselo.

—No, tengo trabajo que acabar. Voy con retraso por culpa de actividades... extralaborales. Mejor otro día.

El informático se estaba comportando como si no se hubieran besado. O peor aún: como si prefiriera evitarla.

Sandra regresó a su puesto entre sorprendida y decepcionada. Era la primera vez que Jorge no se mostraba solícito y encantador con ella. Se le había hecho imprescindible, tan atento siempre, como si en cierto modo estuviera esperando a que ella estuviera preparada. Pero cuando eso sucedió, y Sandra por fin dio el paso, él dejaba de estar disponible de repente.

Le entró una llamada de número desconocido. La silenció.

—Me voy a fumar un cigarro —le anunció a Amanda.

—¿Otro? ¡Pero si acabas de venir de fumarte uno!

—No tenía la suficiente nicotina.

Necesitaba tomar el aire. En estos casos venía bien recurrir a la azotea del edificio.

Sandra contempló cómo Madrid se extendía en todas las direcciones, como una alfombra mágica. Hacia el noroeste se veían de lejos las montañas nevadas. Luego estaban esos edificios gigantescos, y más allá el gran parque del recinto ferial. Al este, pasada la plaza de toros de Las Ventas, después de la M-30 y de la M-40, crecían nuevos grupos de viviendas donde antes solo había descampados. Y hacia el sur, desde donde ella estaba, se veía el centro histórico de la ciudad, esos lugares que había recorrido de joven, las calles en las que se había citado tímidamente con sus futuros novios o con quienes no llegaron a serlo.

Las ciudades tienen un mapa emocional que se superpone al trazado verdadero. Había algunos barrios que a Sandra le gustaban, a pesar de que tal vez no fueran los más bonitos, porque en ellos le habían pasado cosas buenas. A otros, quizá más majestuosos, les tenía cierta manía por estar contaminados de experiencias negativas.

Por ejemplo, Estrecho y Valdeacederas, para ella eran especiales porque allí estaba la casa de su abuela, y por esas calles había paseado con su primera pandilla de amigas. Con ellas había ido al cine «sin mayores» por primera vez, con doce o trece años, a una de las salas de Bravo Murillo.

Y también estaban los rincones especiales del centro, como el jardín de San Andrés, o el paseo desde la calle Segovia, por debajo del viaducto, hasta la muralla árabe y luego por el Manzanares. Allí era donde se reunía con el grupo de la universidad con el pretexto de estudiar, aunque acababan estudiando más bien poco.

De modo que allí estaba ella, recordando, con una sonrisa nostálgica, todos los estratos de su pasado como si fueran otras vidas y pensando en qué le depararía el destino, cuando le vibró el teléfono. Era un aviso de la app. No como administradora, sino como usuaria. Tenía una nueva coincidencia.

Instintivamente, Sandra se arregló el cabello, como si fuera a conocer a alguien. Había dado instrucciones al sistema de que solo la avisara si la coincidencia era superior al noventa por ciento. No estaba para perder el tiempo en tonterías. Respiró hondo, y cuando abrió el mensaje vio que la compatibilidad era nada menos que de un noventa y siete por ciento. Era más de lo que se había atrevido a esperar.

Volvió a inspirar para no acelerarse. Llevaba tanto tiempo deseando encontrar a la persona adecuada que aquello empezaba a afectarle emocionalmente, y no le parecía sano hacerse demasiadas ilusiones.

El perfil del usuario «Céfiro451» no tenía foto ni nombre. Solo las características del chico. Tenía la misma edad que ella, lo que estaba bien. En el estudio de personalidad se decía que era vital y optimista, con iniciativa propia. Nunca se había casado. Y sus defectos eran justo los que Sandra había escogido como más soportables.

Releía el perfil, sorprendida de que hubiera alguien que cumpliera todos los requisitos que ella había dibujado previamente, cuando le saltó un mensaje privado.

Era de Céfiro451. Estaba online.

Sandra tuvo un momento de duda. No quería parecer ansiosa. Si lo abría inmediatamente, el chico quizá pensase que estaba desesperada y perdería el interés. Por otro lado, él podía ver que estaba online. A lo mejor se tomaba a mal que no respondiera.

Decidió no comerse tanto la cabeza y abrió el mensaje.

> CÉFIRO451: ¡Buenas! Tu perfil está muy bien, pero no me puedo tomar una caña con él. ¿Qué tal si nos vemos, por ejemplo, mañana por la tarde, sobre las 19, en la cafetería ecológica de la calle Navas de Tolosa?

Sandra sonrió. Le gustó lo que expresaba ese primer mensaje. Seguridad pero no prepotencia. Iniciativa sin dar sensación de imponer. Conocía bien la cafetería ecológica, un oasis en pleno centro.

No se lo pensó demasiado y respondió:

> SANDRA: ¡OK! ¡Allí nos vemos!

Y recibió una sonrisa de vuelta. Sin más. El chico no le había pedido su número ni había insistido en darle el suyo. Simplemente se había comprometido a estar a una hora en un sitio y había dado por supuesto que ella haría lo mismo, como si no existieran los móviles. Como si lo normal fuera la confianza entre las personas.

Rosa, la bibliotecaria, había ido ya dos veces a casa de Sandra, pero no tuvo suerte. Una de esas veces, agobiada por la falta de respuesta, metió la mano en su buzón y encontró una carta de su trabajo, el grupo Zafiro. Una sencilla búsqueda en redes de contactos laborales le indicó que Sandra trabajaba en el edificio central, en Concha Espina.

En su pausa para el desayuno, de solo media hora, llamó a un taxi para minusválidos y se plantó en dicha oficina.

—Vengo a ver a Sandra Bru.

—¿De parte de quién? —preguntó el recepcionista.

—De una amiga.

—Tiene que dejarme su documento de identidad.

Rosa frunció el ceño.

—No lo llevo.

—Entonces no puede pasar. Avísela para que baje ella.

Rosa marcó el número de Sandra. Como era de esperar, no obtuvo respuesta.

—Perdona, pero es que no me contesta y es MUY IMPORTANTE que contacte con ella.

El recepcionista cruzó una mirada cargada de significado con la guardia de seguridad, que se acercó al mostrador.

—Mire, ya le he explicado cómo funciona esto. Sin su documento de identidad no puedo hacer nada. Y ahora le agradecería que...

—¿Qué trabajo te cuesta llamarla, hombre? —estalló la bibliotecaria—. ¡Soy Rosa, Rosa Mínguez! ¡Sandra Bru sabe perfectamente quién soy!

Si aquella mujer no hubiera estado en una silla de ruedas, la vigilante de seguridad la habría sacado de allí de inmediato. Como concesión a su minusvalía, el recepcionista transigió y marcó el número de Sandra. Después de seis tonos sin respuesta, le dijo a Rosa:

—No está en su puesto. Puede usted esperar en esa zona habilitada.

Pero Rosa no tenía demasiado tiempo, porque se le acababa la pausa del desayuno. Tras diez minutos más sin saber nada de Sandra, se vio obligada a tomar otro taxi de vuelta.

Todo aquel asunto estaba empezando a agobiarla bastante.

13

Martes, 24 de abril

Menuda catástrofe. Con su despiste permanente, Sandra no había avisado a tiempo a Joseba para que la ayudara con la ropa para la cita con Céfiro451. El resultado fue que tuvo que escogerla ella misma y, nada más salir de casa, por las miradas de extrañeza de algunas mujeres, supuso que llevaba una pinta algo rara.

Le habría gustado no fumar durante las horas previas a su encuentro, pero los momentos antes de una cita prometedora, y más si es a ciegas, no están precisamente libres de ansiedad. De modo que acabó fumando. Otro pequeño desastre. Compró chicles para enmascarar en lo posible el olor a cenicero.

Cuando llegó al lugar de la cita, lo primero que vio, antes siquiera de entrar en la cafetería, fue a su jefe. Bueno, al principio no estaba segura porque él llevaba gafas, pero un examen atento confirmó sus sospechas.

Se dio la vuelta, asustada. ¡Qué vergüenza! Aunque

no pensaba que Víctor Zafiro supiera quién era ella, cabía la posibilidad de que sí la reconociera. Y menudo corte que su megajefe fuese testigo del encuentro entre dos desconocidos que claramente habían utilizado un servicio de búsqueda de pareja... Por no hablar de las torpes primeras conversaciones. La cafetería era pequeña y no dejaba mucho espacio para la intimidad sonora.

Se quedó unos minutos fuera pensando qué hacer, y decidió que lo mejor era proponerle al chico quedar en otro sitio, el bar gallego de un poco más arriba de la calle. Así lo hizo, y el mensaje fue leído casi al instante.

En ese preciso momento, Víctor Zafiro salió de la cafetería. Sandra se giró bruscamente para que no la viera, y escribió en el chat:

> SANDRA: ¡Falsa alarma! Podemos quedar en la cafetería ecológica. Ya estoy aquí.

Relajada y sonriente, se sentó en uno de los cálidos sillones orejeros de terciopelo marrón y pidió un refresco ecológico de limón y jengibre. En la cafetería no había demasiada gente, un par de parejas de estudiantes y un jubilado con pinta de poeta maldito que escribía con furia en una moleskine. Ninguno de ellos podía ser su cita.

En pocos minutos conocería por fin a Céfiro451, su hombre perfecto hecho realidad. Ojalá le pareciera atractivo...

Y entonces vio que Víctor Zafiro entraba de nuevo en la cafetería y se quedaba en la puerta observando el interior. Tragó saliva.

—¿Te has olvidado algo? —le preguntó la camarera.

—No, no... Es solo que...

—Como antes has salido con tanta prisa...

Víctor miró a Sandra de manera inquisitiva. Ella esbozó una sonrisa tensa.

—Perdona... Tú eres la chica que estaba fuera hace un momento, ¿verdad?

Qué vergüenza. Sandra tenía la sensación de que todos los ojos estaban puestos en ellos. Seguro que el poeta sesentón encontraría material para sus escritos.

—Sí, soy yo...

Víctor le mostró el chat en el teléfono.

—¿Te suena esto de algo?

Se echaron a reír, y la tensión que Sandra había sentido se disolvió en el acto. Pero mientras reía no podía dejar de pensar: «Tengo una cita con el guapísimo, encantador y millonario Víctor Zafiro... Y encima las gafas le quedan de lujo. Esto no puede estar pasando. Seguro que no le intereso lo más mínimo, pero al menos lo pasaré bien esta noche».

—Me llamo Sandra —le dijo, tendiéndole la mano mientras le buscaba en los ojos algún signo de reconocimiento, pero no lo encontró.

—Víctor —dijo él—. Encantado.

La boca de Sandra se abrió para meter la pata diciendo «Ya lo sé» o algo parecido, pero su mente la frenó a tiempo. No era la mejor manera de empezar la conversación. Lo adecuado era que hablaran de cosas intrascendentes, que se conocieran sin ese filtro. Ya tendría tiempo de decirle que era empleada suya.

No era la primera vez que Sandra tenía una cita a ciegas, pero sí fue la más fluida de todas las que recordaba. Enseguida encontraron temas de conversación, y su sentido del humor era bastante parecido. Eso le hizo pensar a Sandra que la app funcionaba, y se llenó de orgullo profesional.

Víctor no era como lo había imaginado. Para empezar, no vestía de traje. Si ella no supiera de quién se trataba, pensaría que era un profesor, un diseñador industrial o... vamos, que tenía un empleo normal. Eso le gustó. En realidad, solo le había oído dar un par de charlas en la empresa y mantener un par de conversaciones en los pasillos. Quizá habían sido sus prejuicios respecto a la gente con mucho dinero los que habían dibujado un chico algo caprichoso, altivo, que solo pensaba en sus negocios y que reservaba su amabilidad para la gente de su estatus socioeconómico. Pero Víctor resultó ser muy cercano y normal, de costumbres poco ostentosas; fue un encanto con la camarera de mediana edad.

Hablaron de música, de series, de cómo solían pasar los fines de semana. Y o bien Víctor estaba disimulando para no asustar en la primera cita, o bien era un tipo más normal de lo que cabría esperar. No habló de yates, sino de excursiones a Segovia. No mencionó el hipódromo, pero contó que le gustaba ir a patinar sobre hielo. Sandra empezó a pensar que, después de todo, quizá sí que hubiera una posibilidad para el romance.

—¿Cómo estás de apetito? —dijo él.

Ella miró el reloj. Ya llevaban hablando más de dos horas. El tiempo se le había pasado rapidísimo...

—¿Te apetece que cenemos algo por aquí cerca? Han abierto un sitio nuevo que me gustaría probar.

A Sandra le pareció prometedor que quisiera pasar más tiempo con ella, pero temió que la llevara a algún sitio exclusivo, de los de setenta euros el cubierto. Consideraba un despilfarro gastarse en una sola cena lo que costaba comer durante quince días, y no estaba acostumbrada a los entornos lujosos ni a sus protocolos.

Sin embargo, el lugar al que la llevó era un restaurante especializado en todo tipo de sopas: frías, templadas y calientes, innovadoras y tradicionales, ligeras y espesas. Solo tenían eso. Las servían con panecillos acordes con cada una. Sandra sonrió. La gente a la que le gustaban las sopas le despertaba una simpatía inmediata.

La cena fue muy agradable. Desde el primer momento estuvo cómoda, disfrutando de la personalidad alegre de Víctor. Charlaron sobre un montón de temas y ella descubrió que tenían más intereses en común de los que habría imaginado. Después de varias horas, ella por fin se atrevió a confesarle que trabajaba para él. No habría tenido sentido ocultárselo.

Víctor se mostró confuso.

—Pero entonces... sabes que vengo de un entorno acomodado.

Sandra lo miró con cara de «algo más que acomodado».

Víctor frunció el ceño.

—Vaya.

Ella lo observó como psicóloga.

—¿Te incomoda que lo sepa? ¿No es algo que suelas mencionar en las primeras citas?

—No, prefiero llevarlo con discreción. No quiero que condicione la manera en la que la gente me percibe. Y las chicas... —Respiró hondo—. Las chicas que me gustan se suelen asustar cuando descubren cuál es mi familia.

Hasta entonces no había surgido el tema de las parejas anteriores, por parte de ninguno.

—¿No sales con chicas de tu entorno?

Él negó con la cabeza.

—Tengo buenas amigas que son aristócratas, o grandes empresarias, pero nunca me he sentido atraído por ellas. Las veo... no sabría explicarlo, como... poco auténticas. O han vivido demasiado poco, por estar siempre hiperprotegidas, o se han lanzado a lo bestia, sin el freno de la falta de dinero.

—Pero lo mismo podría pensar alguien de ti, ¿no?

—¡Ya lo sé! Por eso las chicas normales, por así decirlo, se asustan. Supongo que entre las mujeres en mi situación puede haber alguna que no sea lo que se esperaría de ella, como creo que me pasa a mí. Pero nunca he encontrado a alguien así.

—O eso o tienes una parafilia con las «normales» —soltó la Sandra psicóloga.

Víctor la miró a los ojos para saber si lo decía en serio.

—¿Y eso sería un problema, doctora?

—Creo que hay fijaciones bastante peores —dijo con una sonrisa.

Y entonces se besaron.

14

Abril - mayo

Sandra y Víctor empezaron a salir. Se veían a diario, aunque fuese para tomar un café rápido, pero lo normal era que estuviesen juntos varias horas. A Sandra le asustaba un poco tanto interés. Al principio tuvo que acostumbrarse a llamarle «Víctor» en lugar de «jefe», que era lo que le salía de forma natural.

También tuvo que perderle el miedo a ir en moto, ya que él era un apasionado de las dos ruedas. Conducía muy bien, se deslizaba por las calles con una gran facilidad de movimientos. Le encantaban los rincones inusuales, las peculiaridades arquitectónicas, las excepciones en el tejido de la ciudad. Era un coleccionista de experiencias improbables, y disfrutaba compartiéndolas. Sandra descubrió lugares de Madrid que jamás sospechó que pudieran existir.

—Hoy te voy a llevar a Viena, ¿te apetece?

Y, sin salir de la capital, él le hacía un recorrido por

todos los lugares que recordaban a algún rincón de la ciudad austríaca o que escondían una curiosidad relacionada con ella, como un delicioso pastel o una referencia literaria. De ese modo viajaron a Roma, a Londres e incluso a Bagdad.

Víctor vivía en un piso alto de la Torre de Madrid, en pleno centro. Sandra había admirado muchas veces el emblemático edificio al pasar por la Plaza de España y había fantaseado con poder visitarlo algún día, de modo que cuando se quedaba allí a pasar la noche no cabía en sí de gozo. El clima empezaba a permitir cenar en la terraza, que tenía unas vistas espectaculares del parque del Oeste.

Solo llevaban una semana saliendo cuando él fue a buscarla a su puesto de trabajo para ir a comer juntos. Lo hizo sin consultarla, y sin darse cuenta de que con eso estaba haciendo pública la relación. Enseguida saltaron los rumores, pero esta vez nadie se atrevió a hacer memes al respecto.

—¿Te estás follando al jefe? —le preguntó Amanda.

—No —respondió Sandra.

Y era verdad, porque hasta entonces no habían tenido ningún encuentro sexual. Habían dormido juntos, abrazados, pero no había urgencia por ninguna de las dos partes de pasar a mayores, lo que a ella le parecía bastante sano.

Amanda no volvió a preguntárselo. Sandra suponía que se limitaba a dar por sentado que sí, porque en la cosmovisión de su compañera un chico no iba a recoger todos los días a una chica si no recibía algo a cambio.

Lo que sí comentó Sandra era que había contactado con Víctor a través de la app, lo cual hizo que la mayoría de sus compañeros solteros se crearan perfiles sin tener ni idea de que pertenecía a Sandra y a Jorge.

Sandra estuvo meditando si debería decirle a Víctor que era la creadora de Nadie es Perfecto. Pero si él se enteraba de que tenía una pequeña empresa, en algún momento querría saber más cosas, y era cuestión de tiempo que descubriera que nada menos que tres de los empleados de la app habían salido de Zafiro y que compatibilizaban ambas tareas. No todo el mundo se lo tomaría bien.

Sandra, por tanto, tuvo que eliminar de su apartamento cualquier rastro de su trabajo intensivo en la app, y lo metió todo en el altillo. Víctor no pasaba demasiado tiempo allí, principalmente porque Sigmund le mostraba una antipatía tirando a feroz. Cuando él estaba en casa, el gato no dejaba de maullar de la manera más molesta posible, de mover cosas e incluso tirarlas. Arrojó detrás del mueble de la entrada el libro que Sandra tenía que devolver a la biblioteca, algo de lo que ella se dio cuenta días más tarde, cuando fue a barrer.

—Tengo que devolver este libro.

Otro motivo de que Víctor no se pasara el día en casa de Sandra era que las reuniones de Nadie es Perfecto, que ya contaba con siete colaboradores, se hacían allí dos veces por semana, ya que el piso de Jorge era demasiado pequeño.

—Oye, menudo exitazo has tenido con tu perfil, ¿no? Ya me podrías dar algún truco —le dijo Gema a Sandra en cuanto la vio.

—¿Así que esto funciona de verdad? —preguntó Palma—. Pues me voy a hacer un perfil yo también.

—Vaya que si funciona —anunció Gema a los cuatro vientos—. ¡Menudo pez gordo ha pescado aquí la Sandra!

Jorge volvió la cabeza con curiosidad. Tenía a Sigmund sentado en su regazo. Como Sandra se temía, en el cubículo de los informáticos los cotilleos no corrían tanto como en el mundo real.

—¿Ya estás saliendo con alguien? —le preguntó.

Sandra asintió despacio.

—Tío, ¿no te has enterado? Se ha ligado nada menos que al jefe. A Víctor Zafiro.

Sigmund maulló, irritado, en cuanto escuchó ese nombre.

Jorge palideció.

—No lo sabía. Enhorabuena —murmuró.

—¿Y tú, Jorge, no te vas a crear un perfil? —le preguntó Antón—. Yo me lo haría si no lo hubierais montado todo para heteros.

—Si las cosas siguen yendo como hasta ahora, esperamos poder completar el sistema —aseguró Jorge—. Y la verdad es que no, no tengo intención de hacerme ese perfil. No creo que esas cosas deban buscarse. Me parece un poco forzado.

—¿Así que no crees en buscar rollos? ¿Solo en encontrarlos? —le preguntó Gema.

—Algo así —dijo Jorge, evitando mirar a Sandra.

—Oye, pues si quieres ya has encontrado uno —soltó Gema.

Todos se rieron y aplaudieron el morro que le había echado.

—¡Di que sí, que las chicas también tenéis que lanzaros! Si no, somos siempre nosotros los que corremos el riesgo —dijo Sergio, el contable.

Sandra sintió un nudo en la garganta. Buscó a Jorge con la mirada, y sus ojos se cruzaron durante un instante. Ella fue perfectamente consciente de que en esas décimas de segundo sus ojos le suplicaron que no aceptara salir con Gema.

Jorge se quedó en silencio hasta que terminaron los aplausos.

—Bueno, Jorge, ¿qué dices? A mí me parece un buen plan. ¡Algo así no ocurre todos los días! —le urgió Antón.

—Cállate, a ver si le dice que no y luego te lo pide a ti —bromeó Sergio.

La cosa estaba dejando de tener gracia, sobre todo porque Jorge no decía nada.

—Por qué no —concedió, por fin, con media sonrisa.

Todos volvieron a aplaudir con redoblado ímpetu.

Empezaron a repasar el orden del día, pero mientras Antón explicaba algo acerca de que tenían que hacer fotos de gente más variada porque estaban recibiendo quejas debido a la falta de representatividad, Sandra no pudo evitar enviarle un mensaje a Jorge.

SANDRA: ¿De verdad vas a salir con Gema o lo has dicho para salir del paso?
JORGE: No veo motivo para no intentarlo. Tenemos cosas en común y es una chica atractiva.

Sandra volvió a percibir esa presión en la garganta, como si se le cerrara desde dentro.

SANDRA: Pues enhorabuena a los dos.

Jorge se limitó a contestar con un sucinto «gracias». Cuando le tocó hablar a él, comentó aspectos técnicos de la contratación de los servidores para los que necesitaba la aprobación de Sandra. Esta no tenía ganas de pensar y le dijo a todo que sí, asegurando que preferiría que las decisiones que tuvieran que ver con cuestiones técnicas las tomara él solo. O con Gema.

Cuando los miembros del equipo se fueron, Sandra tomó una decisión: tenía que quitarse de la cabeza a Jorge de una vez por todas y acostarse con Víctor, también de una vez por todas.

Hasta el momento, la relación que mantenía con su atractivo jefe se basaba en compartir experiencias agradables y divertirse juntos. Vamos, que, salvo besarse de vez en cuando, todo eran cosas que podría haber hecho con un amigo gay. O con una amiga lesbiana. Con cualquier persona de cualquier orientación sexual incompatible con la suya, vaya.

Sin embargo, la tensión sexual no resuelta con Jorge empezaba a ser difícil de sostener. El recuerdo de aquel beso explosivo flotaba constantemente en el espacio, y cuando estaban juntos no hacían más que tropezar y balbucear, y evitaban mirarse a los ojos. Tenía que verle menos.

Lo único que podía equilibrar las cosas era acostarse con Víctor. De ese modo sabría si podían convertirse en una verdadera pareja. Si todo iba bien en la cama, Sandra acabaría olvidando lo que podría haber tenido con Jorge.

Por supuesto, podía racionalizar esa decisión de varias maneras. Los seres humanos tienen una asombrosa capacidad para el autoengaño, para justificar cualquier capricho utilizando el relato que más convenga. Y en este caso, «capricho» rimaba con «despecho». La imagen de Gema apareció en su cabeza en una dolorosa ráfaga.

Aunque era consciente de que la mayoría de las decisiones no se tomaban con la cabeza, Sandra sabía que el impulso que la estaba llevando a meter en su cama a Víctor estaba muy lejos de ser el correcto, porque no tenía que ver con la relación entre ella y Víctor, sino con la tensión entre ella y Jorge. Pero reprimir ese impulso conllevaría una frustración que no le apetecía nada absorber.

Víctor respondió enseguida a la invitación de Sandra.

VÍCTOR: ¿Subo algo para cenar?
SANDRA: OK

Al cabo de media hora, Víctor se presentó con una cesta de picnic.

—¡Qué chula! Es de las que tienen compartimentos para los cubiertos y los platos.

—Pues te la puedes quedar —dijo Víctor—. Venía con la cena.

Sandra arqueó las cejas. En menudos sitios compraba Víctor si, en lugar de un envase desechable de aluminio, le habían dado semejante envoltorio... No quería ni pensar lo que costaba esa cena para no sentirse culpable.

—Esto viene con un mantel y todo lo necesario para cenar en el suelo —dijo él.

A Sandra le divirtió la idea de fingir que estaban en el campo, o en un parque parisino. Apartaron la mesa y extendieron el mantel de loneta, uno de esos a cuadros blancos y rojos como en las películas de Doris Day.

Entonces una bola de pelo gris saltó por sorpresa sobre Víctor.

—¡Ahhh!

—¡Sigmund! ¿Qué haces?

Sandra se apresuró a agarrar al gato, que bufaba con muy malos modales a pocos centímetros del rostro del intruso.

—¡Qué susto, joder!

—Creo que es la primera vez que te oigo decir un taco —comentó Sandra, divertida, mientras «guardaba» en la terraza a un Sigmund muy protestón.

—¿Dónde nos habíamos quedado antes de que ese meteorito nos interrumpiera?

Se sirvieron dos copas de rosado espumoso. Sandra trató de relajarse a pesar de que el «meteorito» estaba arañando el cristal como una furia. Cerró los ojos y respiró el aroma del carísimo perfume de Víctor. Él se acercó lentamente, le acarició el cuello con la frente, le dio un beso detrás de la oreja y le susurró al oído:

—Me siento muy afortunado de estar aquí, quitándole el sitio a tu gato.

Ella se echó a reír.

—¡Así no hay manera de concentrarse!

—¿Y qué tiene eso de malo? El sexo también puede ser divertido.

Sandra tampoco le había oído pronunciar esa palabra, y le resultó excitante.

Como para demostrárselo, Víctor se puso a hacerle cosquillas.

—¡No! ¡No hagas eso! ¿No te acuerdas de lo que puse en el perfil de la aplicación?

Él se detuvo de inmediato.

—Sí, sí... Es verdad. Probemos otra cosa. ¿Los masajes sí te gustan?

Ella asintió, sonriente.

—Tomo nota de cara a una ocasión más propicia.

Sandra se preguntó qué tenía de poco propicia esa misma noche, pero no dijo nada.

Él la besó con ternura, buscando una mayor intimidad. Empezaba a estar claro que si Sandra no lo impedía, aquella noche terminarían acostándose.

La mente de la Sandra psicóloga se llenó con las estadísticas, que había repasado hacía poco, sobre el tiempo que una mujer heterosexual debe esperar antes de mantener relaciones si desea que esa relación sea duradera. Por lo visto, la cosa estaba entre tres y seis semanas. Los hombres consideraban que una chica que se reservaba era capaz de valorarse a sí misma y no estaba desesperada por tener pareja. Por otra parte, el deseo sostenido de acostarse con ella sin conseguirlo la hacía parecer más especial de lo que en realidad era, mientras que una vez que lograban meterse en su cama es misma mujer pasaba a ser percibida como algo cotidiano y disponible.

A pesar de que Sandra se hubiera tomado tantas molestias para encontrar un novio adecuado, no tenía intención de poner en práctica ese tipo de tácticas. Por un lado, pensaba que contribuían a perpetuar la ancestral dicotomía entre zorra y chica buena, pilar de la doble moral. Por otra, utilizaban el apetito sexual, la intimidad, como moneda de cambio, mercantilizando la relación. Y por último, saber cómo era un hombre en la cama era un factor importante para ella a la hora de tenerlo en cuenta como pareja.

—No dejas de pensar ni un segundo, ¿verdad? —observó Víctor—. Siempre tienes la mente ocupada en mil cosas, como un superordenador.

Ella temió que quizá esa actitud tan reflexiva no fuera muy atractiva para él.

—Me parece muy sexy que seas tan lista. —La sacó de dudas.

Y la besó con suavidad.

Por un instante, Sandra pensó en Jorge, pero cuando el beso fue adquiriendo profundidad y las manos de Víctor le acariciaron la cintura y fueron bajando hacia las ingles, quien le vino a la cabeza fue Enrique. El último hombre con el que se había acostado, con el que había tenido una intimidad compartida.

Los labios de Víctor, sus besos... eran tan diferentes de los de Enrique. Víctor era cortés, caballeroso, delicado, y la hacía sentirse como un ser exquisito y preciado. Enrique era egoísta, y a menudo solo buscaba su propio placer, pero Sandra se había acostumbrado a sentirse deseada a través de esos gestos más bruscos, más animales. Le parecía que había mucha sinceridad en su deseo.

Hizo un esfuerzo consciente por centrarse en Víctor, en su olor, en la sonrisa con la que la miraba mientras le presionaba suavemente el sexo, cosa que le gustó y no le resultó nada invasiva. Le quedó claro que, aunque su jefe no hubiera tenido relaciones de larga duración, sí que había tenido oportunidad de experimentar, y se sabía unos trucos muy eficaces. Quizá hubiera asistido a clases de tantra o cosas de esas.

Ya estaban completamente desnudos, y él lucía una erección considerable cuando le preguntó:

—¿Te parece bien que entre?

Sandra se echó a reír, no pudo evitarlo. Nunca le habían pedido permiso para penetrarla llegados a ese punto. Pero se arrepintió enseguida porque la pregunta no tenía nada de malo. Todo lo contrario.

Víctor, en lugar de agobiarse por la risa de ella, también se rio. Sandra agradeció más que nunca la facilidad con la que era capaz de hacerlo en cualquier situación, como si pudiera despertar las carcajadas a voluntad.

—Gracias por preguntarlo... Sí, me gustaría mucho que entraras —respondió.

Víctor se puso el preservativo. La miró a los ojos y, sin dejar de sonreír, apoyó la mano extendida sobre el vientre de ella y ejerció cierta presión antes de penetrarla. Definitivamente: clases de tantra.

Fue una sensación muy agradable. La presión exterior intensificaba la de dentro, de manera que, cada vez que Víctor empujaba su cuerpo contra el de ella, la oleada de placer quedaba duplicada por ese otro contacto, cálido, sobre su abdomen.

Víctor no parecía tener prisa. Estaba completamente centrado en ella, en darle un placer dilatado. Prolongó esa postura cómoda durante largo rato, como si estuviera masajeando lentamente el interior de Sandra. Era casi relajante, salvo que el placer y el calor iban acumulándose de una manera deliciosa. Ella se dejó querer, agradeciendo la suavidad y la gentileza, hasta que su cuerpo le pidió más intensidad y empezó a moverse para sugerir ese cambio de ritmo. Él comprendió lo que deseaba y se puso detrás de ella, agarrándole la cadera con las manos para asegurarse la profundidad. Cuando él sintió que estaba cerca del clímax se detuvo, sin salir, para concentrarse en frenar el orgasmo, y cuando lo hizo redobló sus embestidas. Al estar de espaldas a él y no verle el rostro, y sin apenas percibir su olor, la memoria de Sandra volvió a traicionarla, y su cuerpo se transportó al sexo con Enrique, a su ímpetu egoísta. Era el hombre con quien más había disfrutado, con una pasión que la llevaba al límite. De repente, mientras Víctor obedecía al ritmo que ella marcaba, todos los recuerdos sexuales regresaron en una violenta oleada, haciendo que Sandra echara tanto de menos a Enrique que se le escaparon un par de lágrimas al mismo tiempo que alcanzaba un potente orgasmo. Y al oírla gritar, Víctor liberó su propio placer.

Se dejaron caer, jadeando. Sandra ocultó sus lágrimas secándoselas con la almohada. Él cerró los ojos, sonriendo como un cachorro recién alimentado.

Se hizo el silencio. A Sandra le faltó algo: los rugidos de gratitud de Matías y Enrique, que la hacían sentir muy valorada, o al menos las parrafadas que soltaba Gerardo después de cada polvo comentando los pormenores.

Para Víctor, el sexo era un juego, no una prioridad. Quizá por eso era tan galante y se le veía tan poco ansioso con las mujeres: no era víctima, como tantos hombres, de una necesidad compulsiva. Sandra suponía que eso era bueno, en general. Prefería un hombre con impulsos suaves que uno con una sed de contacto que se llevara por delante su sentido común.

Por otra parte, todos los extremos eran poco recomendables. No era que Sandra tuviera un apetito sexual desaforado, creía que estaba dentro de una media saludable, sin embargo...

Medio dormido, Víctor interrumpió sus pensamientos.

—¿Te gustaría venir a pasar el fin de semana a casa de mi familia, en Zaragoza?

Sandra no supo qué decir. Como si hubiera adivinado su desconcierto, por otra parte, bastante comprensible, Víctor prosiguió:

—Ya sé que no hace tanto que salimos juntos, pero es que... creo que les vas a encantar. Me gustaría compartir contigo ese lugar, es muy especial para mí, he vivido tantas aventuras en esos jardines, con mis primos... Tengo como un millón de primos. Y dos millones de sobrinos.

En la oscuridad, Sandra dudaba. Por una parte, le imponía conocer a la familia de Víctor. Por otra, ¿qué tenía de malo pasar un fin de semana en el campo, si a él le apetecía? Ya eran mayorcitos para andarse con precauciones. Si la cosa salía bien, pues bien, y si no, no pasaba nada.

—Nunca he tenido ganas de llevar allí a ninguna chica —susurró él, como para sí mismo, ciñéndola aún más en su abrazo.

—Cuéntame cómo ha sido tu experiencia con las chicas con las que has salido —preguntó la Sandra psicóloga.

—Pues... no sé, supongo que no me parecían tan interesantes. Quizá no tropecé con las adecuadas. Era agradable estar con ellas, pero a veces pensaba que solo intentaban complacerme y que no estaban siendo ellas mismas. Y eso que muchas no conocían mi situación económica, no me quiero imaginar cómo habría sido entonces...

Sandra asintió. Muchas mujeres podrían sentirse inseguras y poco espontáneas ante un hombre tan atractivo. Y sospechaba que aunque él fingiera ser de clase media, detalles como el blanco perfecto de sus dientes y la manicura lo delataban.

—La relación que más me duró fue con una mecánica del circuito del Jarama. Pero al final solo hablábamos de coches. Y además ella había estado antes con uno de mis amigos, así que eso también hacía las cosas más difíciles. —Víctor sonrió—. Me gusta cuando te pones psicóloga. Me encantaría saber qué piensa de mí esa cabeza que no se detiene nunca.

—Pues... pues pienso que has tenido una vida fácil, pero que te ha costado encontrar personas que fueran espontáneas y naturales contigo. Por otra parte, me llama la atención esa personalidad tan propensa a buscar estímulos y alicientes... Es como si te estuvieras sugestionando constantemente para hacer la vida más especial, como si no te bastara con lo que hay.

—Nunca lo había pensado de ese modo... ¿crees que es un rasgo negativo?

—No necesariamente. Pero no hay que dejar que el autoengaño, aunque haga la vida más intensa, se vuelva más importante que la realidad.

Él se acercó a ella.

—Me parece muy atractiva toda esa sabiduría... Ninguna chica me había hecho pensar así sobre mi forma de ser.

La Sandra mujer puso fin a la conversación con un beso, algo temerosa de que él quisiera prolongar la sesión de terapia. Se había puesto algo celosa del interés en la Sandra psicóloga.

15

«En realidad, con quien te gustaría estar es conmigo», dijo Jorge.

Sandra se giró, en duermevela, sin saber dónde estaba ni a quién tenía a su lado. Segundos más tarde vio junto a ella a Víctor Zafiro. Y le resultó algo extraño. Después de pasar tantas semanas en estrecho contacto con el informático, no dejaba de ser desconcertante que al final el que se hubiera colado en su cama hubiera sido otro.

Había soñado nítidamente con Jorge. Ni con su ex ni con el hombre que tenía al lado. Qué cosas más absurdas hacía a veces el subconsciente.

Desayunaron mientras Sigmund arañaba el cristal hasta hacerle marcas. Sandra pensó que otros chicos habrían querido mantener otro encuentro sexual por la mañana, algo típico de la fase inicial de una relación. A ella no le habría importado nada que se acostaran otra vez para seguir conociendo la manera de amar de Víctor, y de paso borrar el recuerdo de Enrique, que su cuerpo se empeñaba en mantener.

—Te recojo esta noche, ¿de acuerdo? —dijo Víctor.

Sandra recordó la invitación para pasar el fin de semana con la familia. Lo había borrado de su mente, como si fuera algo que había visto en una película y no le hubiera sucedido a ella. Pero era verdad, Víctor quería presentarle a su familia.

Decidida a que aquello saliera bien, asintió. Ese fin de semana había quedado con su amiga Elena y tendría que cancelarlo, la iba a matar porque hacía mucho que no se veían; además tenía que encontrar a alguien que se hiciera cargo de Sigmund. Por si eso fuera poco, acababa de ver en el móvil que le habían entrado tres e-mails del equipo de Nadie es Perfecto. Tendría que dedicarle un buen rato a eso.

—Que sea tarde, ¿vale? Tengo como mil cosas que hacer.

—¿Sobre las nueve está bien?

Le ofreció llevarla al trabajo, pero ella prefirió tener media hora a solas con Sigmund para evitar que el gato se volviera loco.

En la oficina no vio a Jorge, y se dio cuenta de que ninguno de los e-mails del equipo era suyo.

—Hace mucho que el gay no trae galletas, ¿verdad? —preguntó Amanda, espiando su reacción con el rabillo del ojo.

Sandra a veces se preguntaba si su compañera poseía cierto grado de telepatía orientado hacia el mal.

—Mejor, menos azúcar —concluyó Amanda al no recibir respuesta. Se le daba bien contestarse a sí misma, así como lanzar indirectas venenosas.

Como psicóloga, Sandra conocía muy bien el «efecto Midas». Así llamaba su profesora preferida a la tendencia de los seres humanos a desear lo que no pueden tener. Según la leyenda, Midas quería ser rico cuando tenía amor y compañía, pero cuando obtuvo la riqueza dejó de apreciarla casi de inmediato porque deseaba, precisamente, amor y compañía. Según su profesora, en la vida es posible tenerlo todo, pero no al mismo tiempo. Hay épocas en las que se dispone de más libertad, de más cariño, de más recursos, de mayor realización, de más contacto con los amigos o de mayor éxito profesional, pero disfrutarlo todo junto es imposible porque el día solo tiene veinticuatro horas, y las energías no pueden emplearse en todo a la vez.

Esa observación de su profesora le había resultado útil en la vida. Cuando estudiaba y el dinero no le llegaba para viajes y caprichos, se decía a sí misma: «Valora la amistad, la libertad y la juventud que tienes ahora. El dinero ya vendrá». Y en los últimos años, al sentirse sola por la ausencia de pareja, se repetía: «Disfruta, que ahora tienes más dinero, reconocimiento profesional y una casa estupenda en la que vivir».

En su situación actual, la app ya no requería demasiado esfuerzo por su parte, salvo la observación de los nuevos datos, la lectura de los mensajes de los usuarios y algunos ajustes en los perfiles y los criterios de compatibilidad a partir de los nuevos datos observados. Junto a la satisfacción de comprobar que su invento funcionaba, Sandra empezaba a sentir la responsabilidad de que el empleo de varias personas dependiera de ella. Y ese era un peso al que no estaba acostumbrada. Tenía que aprender a disfrutar de una cosa sin agobiarse por la otra.

Pero con los hombres ese consejo no servía. La sociedad no permitía tener dos hombres a la vez, y tampoco se podía decir: «Voy a probar unos meses con este y luego con el otro, a ver con cuál me va mejor». Quedaba como feo.

Hasta que la monogamia dejara de ser el paradigma dominante, en el amor no se podía tener todo, ni al mismo tiempo ni en diferentes momentos. Y por eso cada elección que se tomaba tenía mucho peso.

Después del trabajo, quedó con Joseba en una terraza para llevarle a Sigmund. Su amigo había aceptado a regañadientes, pero Sandra sabía que le encantaba hacerse fotos con el gato como complemento de moda.

—Bueno, ¿qué tal con el pijeras? —dijo Joseba detrás de un batido de soja y fresas más grande que él.

—El pijeras tiene nombre, ¿sabes?

—¡Déjame adivinar! —dijo cerrando los ojos y adoptado la pose de una pitonisa—. ¡Borja! ¡Pelayo! ¡Rodrigo!

—Sabes perfectamente cómo se llama.

—Sí, un nombre victorioso, de César triunfante. El

nombre de alguien que llega y arrasa con todo. Mira, creo que le voy a llamar «Winner», que se parece mucho a salchicha vienesa. WIENERRR. Por cierto, ¿cómo la tiene, que no me has dado el parte?

Sandra no pudo evitar reírse. No pensaba contarle a Joseba que solo se había acostado una vez con Víctor, y que no había sido nada del otro mundo (algo que, por otra parte, era normal en un primer encuentro). Se burlaría de ella por mojigata.

—¿De verdad que no te importa quedarte con Sigmund el fin de semana?

—Claro que no, ya sabes que me encanta pasar el rato con alguien que tiene aún más mala leche que yo. Y tú, ¿dónde te vas con Winner?

—A la finca de su familia. Me quiere presentar a su madre, a su abuela y a no sé quién más.

—¡Por san Raphael y santa Raffaella! Este tío va en serio. Qué vértigo te debe de estar dando, ¿no? Con lo alérgica que eres a las relaciones que van deprisa.

—¿Tú crees?

—Jo, maja, en casa del herrero, cuchara de palo. Tanto observar al prójimo, y qué difícil es verse a una misma... ¿No te acuerdas del dramón que tuvimos Lola, tú y yo cuando Gerardo te quiso presentar a su padre, que había venido de visita desde Buenos Aires y solo iba a estar unos días en Madrid? O aquella vez que Matías te pidió que fueras a la comunión de su sobrina, que te dio gastroenteritis, no sé si psicosomática o directamente de mentira. Pero con este no te estás acojonando. Winnerrr...

—Es muy así, desenfadado. Siempre parece que pasa por encima de las cosas sin que le afecten, sin darles importancia a las cosas molestas, pero disfrutando de las buenas, y eso me parece muy sano y es muy agradable.

—Vamos, que has encontrado al hombre perfecto, en plan Barbie Malibú.

Sandra apagó el segundo pitillo, que nunca debería haber encendido. Fumaba el doble cuando estaba con Joseba.

—Muchas gracias por ayudarme con la ropa. Ya no me daba la vida para ir de compras.

—Ha sido todo un reto conseguir en tan poco tiempo un modelo para jugar al tenis, un sombrero de ala ancha para que se te vuele desde el descapotable y un uniforme completo de *french maid*, que seguro que es lo que le va a Winner.

—No le llames así, que luego cuando te lo presente, meterás la pata...

—Vale, lo que tú digas. Pero que sepas que en algún momento tendrás que decirme cómo la tiene.

Sigmund maulló desde su transportín, no estaba de humor. Joseba lo levantó y lo puso sobre la mesa de la terraza.

—¡Que sí, archiduquesa, que ya nos vamos! Querida, tu gato es una diva. Deberías llevarlo a la carrera de tacones.

—Muchísimas gracias por hacerte cargo de él estos días.

—Los gais con gato ligan un cuarenta por ciento más. Y yo me conformo con que me ayude a pescar a un pavo la quinta parte de divino que el tuyo.

Sandra enarcó las cejas.

—¿Pescar? ¿Quieres decir que estás dispuesto a hacer un hueco en tu vida a otra persona? ¿A una sola, quiero decir?

—Pues va a ser que sí. Estuve pensando sobre eso que me dijiste de cruzar nuevas fronteras, de atreverme con lo que nunca me he atrevido. ¿Y sabes qué? Que lo que más miedo me da es tener pareja. ¡Y de repente ese miedo se ha vuelto muy excitante!

La psicóloga cayó en la cuenta de que Joseba podía detectar claramente en ella cierta fobia al compromiso porque él la tenía a espuertas. Los defectos comunes son transparentes a ojos del otro. Y se alegró de que su amigo se hubiera decidido a buscar una relación significativa con otro ser humano. A veces, sus comentarios humorísticos escondían una profunda amargura.

Al regresar a casa se encontró con otro montón de mensajes. ¿Quién iba a imaginar que la gestión de una app daría tantísimo trabajo? Esperaba que le diera tiempo a apagar todos aquellos fuegos y hacer la maleta antes de que Wi... de que Víctor fuese a recogerla. Qué pegadizos eran los motes gais. Quizá pudieran servir para crear una escuela supereficiente de nemotécnica... «Recuérdalo todo con Drag RememberMyName». Otra idea de negocio que nunca vería la luz.

Lo que sí que demostró ser eficiente fue trabajar sin un gato subiéndose en el teclado, trepándole por los hombros hasta la cabeza y clavándole las uñas en el pelo.

Por otra parte, ahora que gestionaba un grupo de gente comprendía cosas acerca de la responsabilidad hacia otras personas que antes no imaginaba. Casi de forma inconsciente, Sandra había evitado los puestos de responsabilidad cuando se los habían ofrecido. Quizá le daba miedo tener poder sobre otras personas, y pudiera ser que ese miedo estuviera relacionado con el hecho de que nunca hubiera ejercido la práctica clínica. Era una pena que tuviera que ocultarle a Víctor esa experiencia de *management*, ya que podría aprender mucho de él, y ese factor haría que tuvieran algo más en común. Quizá más adelante.

Recibió un mensaje de Gema en el que esta le contaba, en representación de Jorge, que Nadie es Perfecto había empezado a recibir ofertas para ser comprada por grandes grupos de comunicación, Zafiro incluido. Gema recomendaba que la vendieran estando en lo alto, ya que el beneficio que obtendrían por unas cuantas semanas de trabajo sería astronómico y nunca se sabía cuánto tiempo iban a seguir dando dinero esas cosas. Al ver la cifra, Sandra sintió un pequeño mareo: con la cantidad que le correspondía podría dejar el trabajo y emprender cualquiera de sus otras ideas, pero el simple hecho de que hubiera sido Gema quien sugiriese vender le quitaba las ganas de hacerlo. Respondió rápidamente que, en lo tocante a ella, la app ya estaba en marcha, que estaba ayudando a la gente y tenía muchos clientes contentos, pero que no se cerraba a venderla siempre y cuando el comprador se comprometiera a mantener los puestos de trabajo de quienes desearan seguir formando parte del proyecto. También les dijo que se iba de fin de semana y que no podría estar tan pendiente como de costumbre.

Jorge respondió enseguida y dijo que a él le parecía un error. Por una parte, si ahora les ofrecían eso era porque los posibles compradores, gestores expertos, tenían buenos motivos para sospechar que en el futuro valdría mucho más. Sería un error táctico vender por cinco cuando al año siguiente quizá valiera quince. Por otra parte, no quería perder el control sobre su creación. Estaba convencido de que un gran grupo haría cambios que desvirtuarían la idea y la intención de la app, y de que subirían las tarifas con la única intención de llenarse los bolsillos. Concluyó deseándole a Sandra que disfrutara del fin de semana «de placer» mientras otros se quedaban en casa trabajando, algo que la irritó bastante. Ella no se había comprometido a estar disponible veinticuatro horas, siete días a la semana; para eso habían contratado a más personas.

No se molestó en contestar. Hizo la maleta con la ropa que le había recomendado Joseba, sacó los platos del lavavajillas, barrió la cocina y ordenó un poco el baño. Entre unas cosas y otras siempre le faltaba tiempo para recoger la casa. Después se sentó a descansar un rato mientras miraba las redes sociales.

Nada más entrar en la primera de ellas, su feed le destacó una imagen de Gema y Jorge, sonrientes, anunciando desde el perfil de ella que habían empezado una relación. La fotografía estaba hecha en casa de él y Gema llevaba la misma ropa que Sandra le había visto en la oficina, así que era de ese mismo día. Cuando Jorge dijo que se quedaba en casa trabajando, había omitido que no estaba solo. Y el mensaje que Gema había enviado en su nombre lo había escrito con él al lado. Era como si le estuvieran tomando el pelo al estilo del instituto.

A Sandra se le cerró el estómago. Apagó el teléfono y salió a fumar. Ya casi eran las nueve.

Rosa salió de la biblioteca a las ocho y media. Estaba decidida a localizar a Sandra Bru para que le devolviera el libro que debía.

Ya había pasado por su casa en diferentes momentos, pero no tuvo suerte. La única opción que le quedaba era hacer guardia delante de su piso hasta que la susodicha apareciera. Y eso era lo que iba a hacer. Esta vez llevaría su propio coche, que lo usaba poco para lo caro que había salido adaptarlo a la silla. Quería estar preparada para cualquier eventualidad. Necesitaba recuperar el libro fuera como fuese.

16

Víctor pasó a recoger a Sandra en otro coche diferente. ¿Cuántos tenía? Aunque ella no entendía mucho de vehículos, todos tenían interiores de cuero y pinta de ser más caros que una vuelta al mundo en ochenta días. Este era blanco, de estilo clásico, como el famoso corcel con ruedas de *Pretty Woman*.

Habían quedado en el portal, y él se bajó para darle un beso. Algo debió de notar, porque le preguntó:

—¿Estás nerviosa?

—Bueno, llevamos poco tiempo saliendo, así que lo de conocer a toda tu familia...

Víctor se levantó el flequillo de un soplido.

—Les vas a en-can-tar. De hecho, no te van a dejar en paz ni un momento.

—Eh... ¡No sé si eso me tranquiliza o me estresa más!

Víctor le dio otro beso, en la frente.

—Solo tienes que ser tú misma. Y si cualquier cosa te agobia o te molesta, me lo dices con total confianza y pensamos algo, ¿vale?

Ella se relajó. Una de las cosas que más le gustaban de él era la tremenda seguridad que desprendía. Pero no era una seguridad autoritaria, sino basada en la confianza en que todo iría bien porque lo normal era que fuera bien. Ahí saltó la Sandra psicóloga: «Siempre le han evitado los problemas. Víctor ha aceptado con naturalidad sus privilegios, seguramente desde pequeño, y los ha convertido en esa sensación de bienestar constante».

Sandra subió al coche, que tenía los asientos tapizados de auténtico tweed inglés. Enfrente de ella había una pequeña nevera surtida de tónica, bíter, vermut italiano y benjamines de champán francés.

—¿Qué pasa, que los ricos no podéis beber cosas normales? ¿Os ponen gargantas chapadas en oro?

Él se echó a reír.

—Efectivamente, les vas a encantar. Sobre todo, a mi madre.

Víctor conducía muy bien, disfrutando, con ese buen humor que le caracterizaba. Era como si le gustara sacar partido a cualquier fuente de estímulo o de satisfacción, por pequeña que fuera.

—¿Qué te apetece escuchar? Llevo jazz, bossa nova, son cubano... y Mendelssohn, por supuesto. Me encanta Mendelssohn.

Por supuesto. Tenía sentido que a un tipo feliz le gustaran los artistas felices.

—A mí también.

No tardaron en llegar a Zaragoza. La casona de la familia Zafiro estaba en un pueblo cercano. Salieron de la autovía para tomar una comarcal.

—Es una pena que lleguemos de noche y no puedas ver bien la casa, pero ya habrá tiempo mañana.

Sandra asintió. En realidad, lo de llegar de noche era una buena noticia, porque todo el mundo estaría ya acostado y no tendría que saludar a nadie hasta el día siguiente. Pero en cuanto el coche entró en el parque que rodeaba la casa, una docena de personas salió a recibirlos. Algunas ya estaban en pijama, incluyendo a una señora muy mayor en silla de ruedas.

—¡Víctor! ¡Qué alegría! ¡Dale un beso a tu abuela!

Los niños se le echaban encima. Estaba claro que el bienhumorado y atractivo Víctor era uno de los favoritos de todo el mundo.

—¡Esperad, esperad! Dejad que os presente a Sandra.

—¡Hola, Sandra! —gritó una de las niñas, saludándola con la mano.

—Sandra, esta es mi madre, Elba.

—¡Ni te imaginas las ganas que tenía de conocerte! —dijo la mujer a la que Sandra solo había visto en fotos. Era fácil reconocerla por su característico peinado rubio ceniza con una onda negra en el centro. Tenía porte de aristócrata de otros tiempos, y el cuerpo rotundo y compacto de alguien que jugaba mucho al golf y que hacía tiempo que no intentaba gustarle a nadie más que a sí misma—. ¡Víctor no hace otra cosa que hablar de ti!

¿Había un pequeño punto de celos en esas palabras? Elba desprendía autoridad en cada uno de sus ademanes. No parecía acostumbrada a que Víctor le llevara chicas.

Las presentaciones fueron agotadoras. Pascual, el mayordomo uniformado, la saludó con dos besos como un miembro más de la familia. Nunca había tratado con mayordomos y no tenía ni idea de cómo se suponía que debían comportarse. Era un hombre con ojos bondadosos, y daba la impresión de que llevaba toda la vida al servicio de los Zafiro.

Pasaron al salón para no helarse. Le llamó la atención que nadie les dijera a los niños que era hora de irse a la cama. Empezó a sospechar que quizá la visita de Víctor era tan apreciada porque no se prodigaba mucho por allí.

—Sandra, ¿verdad? —le preguntó una señora de aspecto hippie—. Dime, ¿eres de Madrid? ¿Ese es tu pelo natural?

Trató de responder lo mejor que pudo, aunque lo cierto era que estaba bastante cansada después del largo día. Como si le hubiera leído el pensamiento, el mayordomo le puso delante un humeante caldo al coñac capaz de revivir a un muerto.

Víctor le presentó a dos tímidas gemelas adolescentes, Sara y Nora, que le dijeron al unísono que querían estudiar psicología como ella. A Sandra le pareció que eran algo mayores para ir vestidas exactamente igual.

La abuela de Víctor, María Pilar, que iba en su silla de ruedas acompañada por su enfermera pero que parecía tener energía para rato, le contó que ella fue una de las primeras médicas de España.

—Hice la especialidad de ginecología porque casi todos los que estudiaban eso me parecían unos babosos, y no quería que las mujeres estuvieran obligadas a desnudarse delante de ellos. Pero a los profesores les decía que me interesaba investigar sobre la anatomía femenina, de la que se sabía muy poco, que también era verdad. ¡Y lo sigue siendo! ¿Cuántas amigas tienes a las que han diagnosticado mal o tarde endometriosis, por ejemplo? ¿Tú sabes si tienes ovarios poliquísticos?

—No hagas mucho caso a mi madre —intervino Elba—. Les hace las mismas preguntas a todas las mujeres que conoce.

—¡Estaba averiguando si es fértil o no! —protestó la anciana—. A su edad, yo ya tenía tres hijas. No hay que perder tanto el tiempo, que luego te encuentras con adolescentes cuando eres cincuentona y ya no tienes fuerzas para tantas chorradas.

A Sandra le cayó bien aquella mujer sin pelos en la lengua, y comprendió que Elba tuviera esa apabullante seguridad en sí misma. Se había criado en una familia matriarcal. Y Víctor también.

Llamaron al timbre. Se hizo un brusco silencio, en contraste con el bullicio anterior.

—¿Quién será a estas horas?

Desde el salón, oyeron que el mayordomo abría la puerta y preguntaba:

—Buenas noches, ¿qué desea?

La otra persona respondió en voz tan baja que apenas oyeron un murmullo.

Entonces Pascual entró en el salón y se acercó discretamente a Sandra.

—Preguntan por usted —le susurró.

La discreción era un mero formalismo, puesto que todas las miradas estaban fijas en ella.

—¿P... por mí? Pero si nadie sabe...

A pesar de su estupor, Sandra fue hacia la entrada; Víctor, quizá sin darse cuenta, la escoltó con gesto protector. Y de pie en el umbral vio a la bibliotecaria.

—¡Rosa! —exclamó atónita. Nunca la había visto separada de su silla de ruedas.

—¡El libro! —exclamó la bibliotecaria—. ¡El libro de...!

No pudo acabar la frase porque le temblaron las piernas. Sandra, Pascual y Víctor corrieron a socorrerla.

—¿Dónde tienes la silla? —preguntó Sandra.

La bibliotecaria señaló débilmente hacia su coche, que estaba aparcado delante de la entrada, bloqueando la salida de los demás vehículos.

Sandra corrió a buscar la silla, seguida de Víctor.

—¿Quién es? —le preguntó en un susurro.

—¡Mi bibliotecaria! ¡No tengo ni idea de qué hace aquí!

Mientras descargaban la silla y trataban de desplegarla, con bastante torpeza, Pascual exclamó:

—¡Ayuda! ¡Esta mujer se desmaya!

Víctor dejó a Sandra a solas con la silla y fue corriendo a ayudar a Rosa. Entre los dos la llevaron al interior y la sentaron en una butaca. Cuando Sandra consiguió entrar con la silla ya montada, se encontró a la familia congregada alrededor de Rosa, que trataba de recuperarse.

—¡Dejadle un poco de aire! —ordenó Elba.

—¿Tu bibliotecaria? —le repitió Víctor a Sandra.

Ella se limitó a asentir y se encogió de hombros, con expresión de «sé de esto lo mismo que tú».

La abuela decidió enviar, por fin, a los niños a la cama, y dijo que también se retiraba. Antes de subir a sus aposentos (porque en esa casa no podía haber habitaciones sino «aposentos»), le hizo prometer a Víctor que al día siguiente jugaría con ella una partida de brisca, y le recomendó a Sandra que bebiera mucha agua antes de mantener relaciones sexuales para evitar cistitis.

Sandra se sentó al lado de Rosa.

—¿Te encuentras mejor?

La bibliotecaria asintió trabajosamente.

—Sí, sí... Oye, necesito ese libro. *Oveja mansa*. Lo tienes desde...

Sandra no se podía creer lo que estaba oyendo.

—Rosa, ¿estás diciendo que has venido hasta aquí para recuperar un libro de la biblioteca?

—¡Pues claro! ¡Te he dejado como cuarenta mensajes! ¡He ido a tu ca...!

Rosa hizo una pausa para respirar. Sandra la tomó de la mano para que se tranquilizara. Empezó a temer que la bibliotecaria padeciera un trastorno mental.

—Pues sí que debe de ser bueno ese libro —oyó que le decía Elba a Víctor.

—Siento mucho el retraso en la devolución, Rosa. En cuanto vuelva a Madrid...

—¡No! —Rosa se puso tensa—. ¡Tiene que ser mañana! ¡Mi silla! ¿Dónde está mi silla?

Al parecer Víctor albergaba la misma sospecha respecto a la salud mental de la bibliotecaria, porque fue hacia ella con ademán cauteloso y la ayudó a sentarse

—Señora, intente respirar...

—¡Tengo que estar en la biblioteca a las nueve menos diez de la mañana con ese libro!

—Madre mía... Y luego nos quejamos de que los funcionarios no trabajan —masculló Elba.

—Señora —dijo Víctor con suavidad—, son casi las doce de la noche y usted no se encuentra en condiciones de conducir. No creo que pueda estar en Madrid mañana temprano.

Rosa frunció el ceño, lo que por un momento le dio el aspecto de una niña pequeña, y a continuación se echó a llorar.

Sandra se sintió muy mal. No tenía ni idea de que para aquella mujer fuera tan importante la devolución de los libros... Y encima estaba quedando fatal en su primera noche en casa de la familia de su novio.

—Rosa, perdona, pero es que no entiendo nada. He tenido unas semanas... muy ocupadas. —Tampoco era cuestión de desvelar sus actividades clandestinas precisamente delante de la mitad de los Zafiro—. Creía que lo peor que podía pasar si no devolvía un libro a tiempo era una penalización y ya está, pero si hay que pagar una multa o lo que sea, lo haré encantada. Es verdad que se me ha ido el santo al cielo...

—No lo entiendes... no lo entiendes.

Víctor y su madre se miraron en plan «menudo percal», o lo que sea que digan los ricos en lugar de «percal».

—Pues no, Rosa, la verdad es que no lo entiendo. No me explico cómo me has encontrado ni por qué has viajado trescientos kilómetros para recuperar un libro de bolsillo que debe de costar... no sé, ¿seis euros?

—¿Te crees que no lo he pensado? Pero tiene que ser ese. Lleva marca de agua, y además no podría falsificar el número interior porque los sellos son distintos a los del año en el que se compró. —Rosa respiró hondo—. Vale, ya sé que parezco una loca. A ver, por dónde empiezo... Pues mira, por el principio. Me encanta ser bibliotecaria, ¿vale? Es el sueño de mi vida. Me costó cinco convocatorias sacar la oposición, porque no sé si sabes que a esas oposiciones se presenta toda España, pero puse toda la fuerza de voluntad que tenía, que era mucha, y al final lo conseguí. Tres años más tarde, cuando me diagnosticaron la ataxia, aún no tenía que ir todo el rato en silla de ruedas. Por eso pude mantener el empleo, ya que la biblioteca no estaba adaptada para discapacidad motórica. Pero más adelante la... la cosa se complicó, y se me hizo muy difícil estar de pie, así que presenté la solicitud para que se adelantara la instalación de las rampas, que no estaba prevista hasta dos años más tarde. Reuní un montón de firmas, fui muy insistente, y lo conseguí. Hasta ahí todo bien.

Víctor le sirvió una copita de licor a su madre y otra a Sandra. Esta le dio un sorbo distraído, sin fijarse ni en el color de la bebida, y la boca se le llenó de un sabor cálido y delicioso. Más tarde tenía que preguntar qué demonios era aquello.

—¿Y qué pasó después? —le preguntó a Rosa.

—Pues que vino una jefa nueva. Y ya sabes cómo pueden ser los jefes, ¿verdad?

Víctor carraspeó.

—Bien, pues esta es como un concentrado de toda esa

prepotencia y esa mala leche que tiene el que se cree superior porque gana un poquito más que tú y te puede dar órdenes. Desde el principio va diciendo que mi productividad es la más baja de todos y amenaza con solicitar que me den otro destino. Y a lo mejor es verdad que últimamente no voy tan rápida y me cuesta más hacer las fichas, y que a veces me despisto... Pero si me mandan a otro sitio, en las afueras, tendré que dejarlo. La mujer esta dice que no quiere oír excusas y que si se pierde un solo libro más por mi culpa pondrá en marcha el proceso.

Sandra llamó a su madre, le contó que se trataba de una urgencia, y le pidió que entrara en su piso para recuperar el libro y lo llevara al día siguiente a la biblioteca. Maite le dijo que en cuanto lo tuviera le enviaría un mensaje.

Mientras tanto, Víctor fue a hacer los arreglos necesarios para que Rosa pudiera regresar esa noche. Sandra le pidió disculpas reiteradas por no haber estado más pendiente, y se anotó todos los números de teléfono de la biblioteca «de cara al futuro».

—Pues no te creas que vas a tener mucho futuro —gruñó Rosa—. Vas a estar penalizada hasta el año 3000.

Sandra sonrió.

—Eres una bibliotecaria excelente, siempre aciertas con tus recomendaciones. Te has leído casi todos los libros de la biblioteca, te gusten o no, para poder hablarle a la gente sobre ellos con conocimiento de causa. Estás al día de todo tipo de títulos, de todos los temas, sin que te importe la orientación política del autor o si está o no de moda, y gracias a ti he descubierto lecturas extraordinarias.

Víctor regresó con Pascual, y el mayordomo le ofreció a Rosa conducir su coche hasta Madrid para que ella pudiera viajar descansando. La bibliotecaria pareció pensárselo, por pudor, pero sabía que no tenía más remedio que aceptar si no quería gastarse medio mes de sueldo en un taxi.

—Muchas gracias, de verdad. Me siento mal por haberme presentado aquí de esta manera, os he interrumpido...

A Sandra le vibró el teléfono.

—Mi madre ya tiene el libro —anunció—. Mañana a primera hora estará en la biblioteca.

Y solo entonces, al tener la certeza de que el libro no estaba perdido, Rosa se echó a llorar.

17

—Cuántas emociones juntas... —le dijo Sandra a Víctor cuando ya estaban a solas en la amplísima habitación con chimenea—. Siento mucha culpabilidad por que Rosa se haya dado esa paliza y lo haya pasado tan mal.

—¿Te doy un masaje descontracturante?

—Hace poco dijiste que me darías uno, pero al final se quedó pendiente...

Víctor encendió una barrita de incienso y la puso en el suelo, cerca de la cama.

—Pues vete preparando para el mejor masaje que te hayan dado nunca. Necesito que te descubras la espalda. Túmbate ahí boca abajo y relájate. Voy a buscar el aceite.

Sandra hizo lo que Víctor le había indicado. Tenía puestas bastantes expectativas en aquel masaje. Se tumbó boca abajo y respiró el incienso, que olía a gloria. Era como estar en un festival a orillas de un río, en verano, entre puestos de dulces especiados, con una banda tocando alegres canciones bajo unos farolillos de colores.

Las manos de Víctor eran muy suaves. No ejercía demasiada presión, y aquel masaje parecía más propio de un niño que de un hombre. Sus manos no trataban de apresarla con firmeza, ni de marcar un territorio para controlarlo. Solo la exploraban, la acariciaban de manera no invasiva. Y no por ello era menos agradable.

—¿Estás relajada? Es muy importante que tengas los ojos cerrados.

—Los tengo tan cerrados que podría quedarme dormida —aseguró ella.

Entonces Víctor volvió a posar las manos sobre su espalda. Pero esta vez el masaje ya no era superficial y cariñoso, sino que se centró en trabajar las pequeñas contracturas cervicales.

—*Wow*... —Sandra se deshizo—. Qué alivio... Sí, ahí, justo ahí, menuda gozada... ¡Es increíble!

Víctor se había reservado ese talento para los masajes. Se quedó aturdida por las sensaciones que esas manos provocaron en su espalda. De hecho, la decisión que transmitían le pareció muy excitante. Aquel era un lado de Víctor que no le importaría explorar más a fondo.

—Me estás dejando como nueva —suspiró.

—Un poquito más, que aún me queda una zona por terminar.

Pero a pesar de la excelente calidad del masaje, de lo agradables que eran la temperatura y el olor de la habitación, había algo que impedía que Sandra se relajara del todo. Él debió de notarlo, porque le dijo:

—Déjate llevar...

Sin embargo, su inquieta cabecita, en lugar de seguir el consejo, se propuso averiguar qué era lo que la mantenía tensa. Se le ocurrió que era la voz de Víctor, que no sonaba donde debería sonar. Si estaba presionando sus músculos con tanta fuerza, su cabeza no debería estar tan lejos.

Casi al mismo tiempo Sandra se fijó en una zona del suelo que no había enfocado hasta entonces. Y en ella vio la sombra de dos cabezas en vez de una. O bien su noviete se estaba convirtiendo en un ser mutante, o bien...

Sandra se dio la vuelta y se encontró frente a un desconocido con bigote. Ella tenía, como suele suceder en estas situaciones, los pechos al aire.

—¡Ahhh! —chilló.

El desconocido salió corriendo de allí mientras Víctor trataba de tranquilizar a Sandra.

—¡Chisss! ¡No pasa nada, solo es un masajista! ¡Ha visto muchas mujeres en su vida!

—¿Estabas fingiendo que me dabas un masaje cuando en realidad me lo estaba dando un profesional?

Sandra no daba crédito. Entonces se sintió más aturdida que de costumbre. Era el olor dulzón lo que le estaba embotando la cabeza.

—¿Qué lleva ese incienso?

—Es una mezcla elaborada por un artista de mi confianza. Creo que le pone un puntito de amapolas.

Sandra tragó saliva. Por eso notaba rasposa la garganta.

—¿Me has dado opio?

—¡No, no! ¡Son cantidades diminutas! ¡Odio las drogas! Es solo una ayuda para la relajación.

Víctor parecía preocupado por que Sandra pensara que había intentado aturdirla.

—Sandra, lo siento mucho. Solo quería impresionarte con un buen masaje y no me ha dado tiempo a ir a muchas clases. Deseaba que la noche fuera especial.

—Pero ¿por qué es tan importante para ti sorprenderme y hacer que cada momento sea excepcional? ¿La realidad no es lo bastante buena?

—¡No, no es eso! Me encanta cada minuto que paso contigo. Supongo que desde pequeño tengo esa tendencia a entretener a la gente. Y contigo... es que no hay demasiadas cosas que te impresionen, ¿sabes?

—¿Cómo dices?

—Pues eso, que con otras chicas hacía cualquier cosita y se les caía la baba. Decían que no estaban acostumbradas a que los chicos fueran detallistas. Pero tú no te muestras admirada casi nunca, y eso me tiene un poco preocupado. Es como si tuvieras rayos X en los ojos y vieras a través de mí. ¿Alguna vez he conseguido darte una sorpresa? —preguntó esperanzado.

Sandra respiró hondo y se puso el traje de psicóloga para paliar la frustración de Víctor. Él se sirvió un bíter.

—¿Quieres algo? Tengo todas tus bebidas favoritas.

—Que no muestre signos de entusiasmo con frecuencia no significa que no valore las molestias que te tomas, y sobre todo no significa que no esté a gusto contigo.

Víctor la escuchaba atentamente.

—No hace falta que hagas tantos esfuerzos por complacerme, porque entonces me engancharé a esos esfuerzos y no a ti. Prefiero conocerte tal y como eres, y que tú me conozcas a mí. A lo mejor resulta que no soy merecedora de tantas atenciones.

—Eres la mujer más increíble que he conocido jamás —aseguró él.

Se besaron. La urgencia por borrar el episodio le dio un sabor agradable a aquel intercambio de calor. En cierto modo, se estaba disculpando por su exceso de celo. También había algo de miedo a perderla que aliñaba aún más la cosa.

—¿Podemos cerrar la puerta, por favor? —pidió ella—. No me gustaría que entrara otro señor con bigote.

—¿Qué te parece si te hago algo que nadie con bigote haría bien?

Sandra comprobó, encantada, que se refería a sexo oral. Y se lo hizo perfecto, dejándole el cuerpo completamente restaurado.

La segunda vez que se acostaron fue mucho más satisfactoria que la primera. Él estaba menos tenso por el afán de perfeccionismo, y dejó entrever algo de sus propios gustos y preferencias en lugar de tratar de complacerla en todo lo posible.

Sandra se deleitó, una vez más, en lo bien que olía Víctor, y se dijo que aunque su estilo no era al que estaba acostumbrada, merecía la pena aprender a apreciar ese sexo amistoso y enfocado al bienestar. Puede que no fuera tan espectacular como la mística trascendente de Gerardo, que hacía que cada acto fuera dramático y especial; ni tenía el toque canalla de Matías, a quien le daba morbo follar en los aparcamientos y las esquinas mal iluminadas de los conciertos; y carecía de la explosiva intensidad sexual de Enrique. No, en los encuentros con Víctor, desde luego, la tierra no temblaba ni parecía que fuera a acabarse el mundo. Pero quizá precisamente eso, a la larga, fuera más sostenible, ya que uno de los problemas que Sandra creía haber tenido con sus novios era que les costaba mantener ese voltaje pasados unos años, o incluso meses, y ese declive les causaba frustración.

Sí, podría ser que lo que le estaba ofreciendo aquel chico fuera lo mejor que había tenido nunca. Era normal que de vez en cuando le vinieran imágenes de otros hombres, así funcionaba el cerebro. A veces se echa de menos lo que se ha perdido y a veces lo que nunca se ha tenido. Pero lo sano es centrarse en lo que realmente está ahí. Esa es la clave para la felicidad.

18

Sábado, 19 de mayo

El móvil vibró.

Y luego vibró otra vez.

Cuando Sandra se despertó el sábado, entre las sábanas más suaves en las que hubiera dormido jamás, descubrió que estaba sola. Se asomó por la ventana de la habitación y vio a Víctor jugando al fútbol con los niños.

El mensaje era de Maite. El libro había llegado sano y salvo a la biblioteca, donde lo había recibido Rosa. Sandra se lo agradeció a su madre infinitamente.

Se dio una ducha rápida y bajó para unirse al resto. Fue interceptada por una chica que la condujo hasta la terraza donde se servía el desayuno. Mientras esperaba el suyo, cosa que hizo disfrutando de un cigarrillo, vio llegar a Sara y a Nora, de modo que lo apagó de inmediato. Fumar delante de niños o adolescentes le parecía una de las peores cosas que pueden hacerse.

—¡Hola! —dijeron al unísono.

Sandra les devolvió el saludo. Iban maquilladas, demasiado para aquella hora de la mañana. De nuevo, vestían de modo idéntico de la cabeza a los pies, complementos incluidos, y pidieron exactamente lo mismo para desayunar.

—Dentro de dos años tendremos que elegir universidad —dijo una de ellas.

—¿Dónde nos recomiendas estudiar psicología? —añadió la otra.

Sandra pensó que se referían a qué facultad de Madrid, o incluso de España, era mejor, pero las chicas estaban valorando universidades de todo el mundo.

Una de ellas miró a su alrededor, como si quisiera comprobar que nadie podía oírlas.

—A Nora le gusta más la Escuela Alemana y yo prefiero la Argentina, pero estoy segura de que nos pondremos de acuerdo.

—Isaac Asimov dijo que «la gente cree que la educación es algo que se termina en un momento dado». Pero, evidentemente, la carrera solo es el principio de la formación...

Sandra observó cómo las dos sacudían la cabeza de arriba abajo, y se dio cuenta de algo que le causó cierto desasosiego.

—Un momento... no sois gemelas, ¿verdad?

Las dos suspiraron.

—No —dijo Nora en voz baja—. Pero nos gusta parecerlo. Por eso hemos diseñado un maquillaje que hace que nos parezcamos más.

—En realidad nos llevamos un año —reconoció

Sara—. Pero a nuestra madre siempre le había hecho ilusión tener gemelas, y desde pequeñas nos vistieron igual. A la familia le hace gracia.

Sandra se quedó pensativa mientras las veía clavar las cucharillas en sus mitades de pomelo casi al mismo tiempo. ¿Debía atreverse a hablarles con sinceridad sobre lo poco sano que le parecía aquello?

Siguieron charlando acerca del trabajo de Sandra. Ella les explicó en qué consistía la psicometría y les dijo que la había escogido por parecerle uno de los puntos de vista más científicos sobre el estudio de la psique.

Al poco llegaron Elba y su hermana, la madre de las chicas, junto con Víctor, que estaba todo sonrosado después del partido. En la terraza se congregó la pequeña multitud del día anterior, con gente de todas las edades. Observó que en la familia Zafiro se educaba a los niños para que fueran muy afectuosos con los mayores. La abuela estaba en su salsa rodeada de pequeños. A la pregunta de uno de ellos sobre cuántos años tenía, María Pilar respondió:

—Me dicen que tengo ochenta y siete, pero yo no les hago caso. Tengo la cabeza muy bien amueblada, muy bien amueblada, solo que a veces estoy de mudanza.

A lo largo del día, Sandra aprendió mucho acerca del entorno de Víctor. Descubrió que tenía una hermana que dirigía desde Boston la parte norteamericana del negocio. A Sandra le pareció leer entre líneas que era lesbiana y que en su círculo socioeconómico no había podido manifestarlo con naturalidad. El padre había fallecido dos años antes, y Elba le dijo que desde entonces su hijo había madurado mucho y estaba intentando sentar la cabeza.

Sandra, por los comentarios de sus colegas y de la prensa, pensaba que Elba, la implacable mujer de negocios, era una figura autoritaria y dominante, capaz de imponer su punto de vista y de manipular a su antojo a familiares y subordinados. Sin embargo, tras varias charlas, se llevó otra impresión. La madre de Víctor era exagerada en su manera de expresar las cosas y su tono de voz se elevaba con frecuencia, sobre todo cuando había mucha gente alrededor, pero eso podía deberse a algo de narcisismo y no a una personalidad despótica. Y lo cierto era que el haberse educado en una familia gobernada por mujeres había alejado a Víctor de un modelo agresivo de masculinidad.

Elba no tardó en coger confianza con Sandra y enseguida le habló de cuestiones personales, lo que también contribuyó a que la psicóloga la percibiera con calidez.

—Víctor padre y yo nos conocimos en una entrevista de trabajo. Yo había pasado las pruebas para ser su secretaria, pero faltaba que él diera su visto bueno. Tuvo que elegir entre siete candidatas, ¡imagínate!, todas más altas y más guapas que yo. Pero al final me escogió a mí. Él siempre dijo que no, pero yo estoy segura de que le hice tilín desde que me vio aquel día. Me llamaba «Speedy González» por lo rápido que tecleaba. El caso es que fui su secretaria durante dos años, y menos mal, porque de joven el pobre era un desastre. No se enteraba de nada. Si no me hubiera tenido a mí para recordárselo todo y para poner en orden sus prioridades, se habría arruinado tres veces. Entonces me di cuenta de lo imprescindible que era para él, y me harté de que me pagara tan poco. Creo que en realidad lo que me ocurría era que teníamos mucho coqueteo y yo estaba frustrada de que no pasara a mayores. Los padres de él eran muy clasistas y nunca habrían permitido que su hijo se casara con una secretaria.

Sandra observó su lenguaje no verbal. Expresaba desenvoltura y ganas de caerle bien. Era evidente que tras la muerte de su marido, al que parecía que había adorado, su hijo Víctor era su persona favorita en el mundo. Pero en lugar de mostrarse como la típica madre celosa y recelosa de la nueva mujer que llegaba a la vida de su hijo, la acogía con entusiasmo.

—Entonces se me ocurrió una estratagema para acelerar las cosas. Había que resolver una cuestión burocrática en Málaga, algo que normalmente yo habría solucionado en media hora con el servicio de mensajería. Pero dejé pasar los plazos a propósito hasta que se hizo tarde, y le dije a Víctor que el aplazamiento estaba a punto de finalizar y que no quedaba más remedio que ir en persona, porque de otro modo nos caería una multa tremenda, sin contar con las repercusiones legales. El pobre se puso blanco. Me dijo que si iba solo, como yo había previsto, no tendría ni idea de cómo solucionar aquello. Suspiré y le dije que me venía fatal, pero que si me pagaba el doble las horas extras de fin de semana le acompañaría. Y eso hicimos: nos fuimos juntos de viaje, y entre la playita y el calor, ese fin de semana nos hicimos amantes.

Elba lo contaba muy orgullosa, como si eso de ligarse

al jefe hubiera sido su destino natural o su meta en la vida. Quizá diera por sentado que Sandra estaba en ese mismo club y que se había liado con Víctor para obtener beneficios y estatus. Si ella supiera su historial... Normalmente, los novios de Sandra habían ganado bastante menos que ella, y a Matías incluso tuvo que mantenerle durante una temporada.

—Así que empezamos nuestro romance, evidentemente a espaldas de todos, y pasamos así otros dos años. De vez en cuando yo forzaba alguno de esos «viajes de negocios», y poco a poco fui consiguiendo que se diera cuenta de lo imprescindible que era para él, hasta el punto de que le chantajeé. Llegué un día y le dije: «O me das un cargo directivo o me voy a la competencia en todos los sentidos». Él se esperaba algo así, y aceptó a cambio de que yo siguiera desempeñando el puesto de secretaria. Es decir, que para el resto yo era una directiva con mis propias responsabilidades, pero en realidad seguía siendo su salvavidas y su mano derecha. Necesitaba ser directiva y no secretaria a ojos del mundo para que sus padres dieran su aprobación. El pobre sabía que estaba condenado a casarse conmigo tarde o temprano, y mantuvo la situación de amantes todo lo que pudo, ¡pero al final le pesqué, claro!

La carcajada de Elba y sus ojos verdes eran en lo que más se parecían ella y su hijo.

—Así que, ya ves, en la familia existe cierta tradición de ligarse a las subordinadas. ¡No hay que avergonzarse de acostarse con el jefe! Siempre y cuando quien lo haga seas tú y no alguna pelandusca.

Por un instante, Sandra tuvo la sospecha de que Elba podía estar contándole aquello porque sus espías corporativos habían descubierto la existencia de Nadie es Perfecto, y la hábil matriarca trataba de sonsacarla creando un clima de familiaridad. Esa idea le produjo un frío incómodo. Pero enseguida descartó la posibilidad. No, aquella señora simplemente era un poco exhibicionista de sus emociones y disfrutaba contando sus batallitas. Si hubieran descubierto algo, ya les habrían cascado una demanda, porque Elba no se andaba con zarandajas. No había nada de lo que preocuparse.

—Enséñame fotos de tu familia —le pidió Elba.

Sandra le mostró en el móvil imágenes de Maite. Le habló un poco de ella y le contó que no tenía hermanos.

—¿Y tu padre?

—Cada uno por su lado —dijo.

Elba puso cara de extrañeza.

—¿Quieres decir que están divorciados?

—Sí, eso es.

No tenía ganas de contarle que sus padres no se casaron nunca, que él abandonó a Maite con la niña sin sentir ninguna culpabilidad y que jamás les ofreció ningún tipo de ayuda. No solo porque esas cosas eran de pobres y Elba la habría encasillado aún más en un estereotipo. Simplemente no le apetecía hablar de ello.

El domingo por la tarde, después de haber pasado un rato de charla con Nora y Sara, Sandra dejó de controlar sus ganas de darles el consejo que pensaba que necesitaban oír.

—Chicas —les preguntó—. ¿De verdad siempre os vestís igual?

—Claro —respondieron a la vez.

—¿Y no echáis de menos expresar vuestro propio estilo?

Ellas pusieron cara de desconcierto.

—¿No te hace gracia que seamos tan parecidas? A la gente le encanta.

—Les encanta la representación que hacéis. Pero un papel no puede sostenerse veinticuatro horas al día. Es cuestión de tiempo que sintáis la necesidad de tener vidas separadas.

—Pero...

—Pero...

Esa vez no hablaron sincronizadas, como dos autómatas cuyo programa se hubiera desfasado.

—Es mucho más sencillo complacer a los demás, hacer lo que creemos que esperan de nosotras...

—... siempre hemos sido así.

—«Todos los cientos de millones de personas que se pasaron siglos pensando que la Tierra era plana no consiguieron aplastarla ni un poquito» —respondió Sandra, citando a Asimov.

A Sara se le iluminaron los ojos.

—Eres estupenda —le dijo.

Pero Nora guardó silencio.

En el viaje de regreso, Sandra le preguntó a Víctor acerca de las chicas.

—Dicen que Sara está más dotada para los estudios y que debería sacar mejores notas, pero que se frena para ir a la par con su hermana. Han probado a ponerlas en clases separadas, pero da igual.

Ella recordó la mirada de liberación de Sara cuando alguien a quien admiraba le dio permiso para distanciarse de su hermana, y esperaba que esa conversación hubiera servido para algo.

19

Verano

Los meses estivales pasaron tan deprisa que Sandra apenas se enteró. Andaba tan distraída con las actividades que proponía Víctor que le dio la sensación de que cada mes pasaba en tan solo una semana. Su relación con él iba cada vez mejor, tanto en la comunicación como en el sexo; quizá ambos factores se retroalimentasen. Descubrió que Víctor tenía una cualidad aún mejor que la alegría y el entusiasmo con los que emprendía cualquier actividad, y era su enorme talento para escuchar. Realmente intentaba comprender a la persona que tenía delante. Gracias a ese don estaba dejando de esforzarse tanto en que cada día fuera excepcional y perfecto, en deslumbrarla a todas horas, y su interacción era cada vez más sincera y fluida.

Esa afición de Víctor a descubrir lugares inesperados se extendió a excursiones un poco más lejos. En junio hicieron una escapada a Grasse a ver los campos de flores. Después fueron a Londres de fin de semana. Al visitar las librerías, Sandra mencionó que había un par de títulos de Asimov que no era capaz de encontrar, y Víctor los encargó sin que ella lo supiera. Además, le consiguió varios ejemplares autografiados que debieron de costarle bastante, de modo que, aunque era una gozada tener en la mano libros que había tocado su padre ficticio, Sandra tuvo que ponerle freno y decirle que solo aceptaría regalos en su cumpleaños. Él protestó desaforadamente.

En julio, Sandra presentó a Víctor a su madre, pero se resistió a conocer a Pablo. Pasó una semana en las islas griegas con Joseba, planeada desde hacía tiempo, y después unos días en Tenerife con Víctor. Luego él quiso darle unos días libres en agosto para que le acompañara a Australia a cerrar unos negocios pero, por mucho que le apeteciera el plan, Sandra se negó en redondo. Ya había despertado bastantes envidias en el trabajo, algo que le costaba mucho compensar. Lo notaba incluso en Leonor, que aún no había querido quedar con ella y Víctor en plan parejitas con el pretexto de los niños.

De modo que en agosto siguieron descubriendo sitios especiales de Madrid, en los que de vez en cuando aparecía una orquesta interpretando en directo los temas preferidos de Sandra.

Vieron varias veces al grupo de amigos de Víctor, una pandilla de aficionados a la velocidad que se pasaban la mayor parte de su tiempo libre probando motores en circuitos, o al aire libre. Eran tipos simpáticos, algo brutos en sus modales. Vivían en un mundo muy masculino que no encajaba con la actitud de Víctor, al que a menudo tachaban de poco varonil. Pero llevaban siendo íntimos desde la adolescencia, y eran casi como hermanos.

Fue un verano excitante, lleno de sorpresas, y a pesar de ello Sandra tenía la sensación de que le faltaba algo. Pero se decía que quizá esa insatisfacción de fondo fuera inherente al ser humano, por aquello de que siempre se desea lo que no se tiene.

Nadie es Perfecto seguía creciendo, y a Sandra le encantaba ver las historias de éxito de la gente que se había conocido a través de su sistema. Se sentía orgullosa de su trabajo, hasta el punto de que empezó a plantearse la manera de contarle a Víctor que era la creadora de la app. Por otra parte, había tenido que silenciar las publicaciones en redes de Gema para no tener molestas sensaciones en el estómago cada vez que ella posteaba fotos con Jorge.

Domingo, 9 de septiembre

Regresó septiembre, y con él cierta rutina.

Sigmund tenía lo que Sandra llamaba un «detector de domingos». Si entre semana su comportamiento era irregular y unas veces la despertaba y otras no, los domingos, sin excepción, le ponía el trasero en la cara a las seis. Sandra había decidido considerarlo algo entrañable, un gesto afectuoso que le permitía ir al Rastro a primera hora.

Acababa de levantarse cuando le sonó el móvil. Era Víctor.

—¿Tú no duermes, o qué? —musitó Sandra.

—Sabía que estabas despierta. Me has contado varias veces lo que hace tu gato los domingos, y lo de tu gato con las servilletas de papel, y con el melón... Espero que a él le hables tanto de mí como al contrario.

—Además de madrugador, memoria telescópica... quiero decir telegráfica... ¡fotográfica!

Víctor se echó a reír.

—¿Me dejas que te recoja en una hora? Quiero llevarte a un sitio especial.

—Pensaba pasarme por la biblioteca para tener un detalle con Rosa después del sofoco que se llevó por mi culpa. En julio se me pasó y en agosto estuvo de vacaciones.

—Pues tendrías que haber ido ayer, porque las bibliotecas cierran los domingos.

—Es verdad... es verdad. Pero tú ¿cómo lo sabes?

—Dentro de una hora estoy en tu portal. Ponte ropa náutica y coge un abrigo.

—¿Qué demonios significa eso, Víctor?

—¡Una hora y abajo! ¡Un beso enorme!

Sandra salió a la terraza a fumar, con el habitual sentimiento de culpabilidad. Las sorpresas de Víctor le producían un hormigueo que le encantaba.

Escribió un mensaje a Joseba con la esperanza de que a esa hora aún no se hubiera acostado.

SANDRA: ¿Sigues vivo?

Después se mordió el labio y pensó que quizá esa no fuera la expresión más adecuada para dirigirse a alguien que tenía semejantes conductas de riesgo. Era un poco como tentar a la suerte.

JOSEBA: Vivita y coleando. Sobre todo, coleando.

Sandra le llamó.

—Oye, ¿qué es eso de «ropa náutica»?

—Pues hija, en plan Gaultier. Camisetas de rayas y mocasines. ¿Qué pasa, que te vas a hacer pija sin avisarme?

—No, que tengo un plan y Víctor me ha dicho que me ponga eso. ¿Hay algo que sirva en mi armario?

—A ver... déjame pensar... Esa camiseta de punto azul marino, con los vaqueros claritos pitillo, pero con la camiseta por fuera... y ponte un pañuelo blanco en la cabeza en plan diadema. Y los zapatos... ahí sí que estamos mal. Las victoria azules, a juego con la camiseta. Aunque no es el mismo tono de *navy*...

—Pero son de tela. Si me lleva a un sitio con agua se van a mojar.

—Ya, y qué quieres, ¿ir con las katiuskas, como una granjera de Oklahoma? Lo bueno de la tela es que se moja rápido y se seca igual de rápido.

—Vale, te haré caso. Mil gracias, no sé qué haría sin ti.

—Pues ir espantosa. Si la ropa fuera un idioma, tú serías guiri o tartamuda. Pero una cosa te tengo que decir: si vas a seguir saliendo con el pijeras, tenemos que ir de compras urgentemente.

—Pues aún no sé qué haré. Por ahora es majo. Me va a llevar a un sitio sorpresa.

—Qué suerte tienes, perra. Anda, a disfrutar.

Joseba colgó sin que a Sandra le hubiera dado tiempo de preguntarle nada sobre su propia vida. Se escribió en la agenda un recordatorio para llamarle un par de días más tarde.

Aún no había acabado de darse el último retoque cuando sonó su móvil, y Sandra bajó a toda prisa.

—¡Estás guapísima!

En el aeropuerto se reunieron con un par de amigos de Víctor, un hombre de unos sesenta años y su esposa, de algunos menos, encantadores ambos. Víctor le explicó que tenían que ir a la costa por cuestiones de negocios. Resultó que la persona con la que tenía que cerrar los negocios era la mujer, Isabella, y que el hombre iba, como ella misma, de acompañante.

Sandra solo se enteró de su destino al embarcar en el avión: se dirigían a Génova, en Italia. Nunca había estado allí.

—Oye —le susurró a Víctor—, ¿estaremos de vuelta antes de mañana?

—No te preocupes, si llegas tarde al trabajo ya hablo yo con tu jefe.

—No tiene gracia. Prométeme que volveremos a tiempo.

Él le mostró los billetes de vuelta.

Resultó ser una ciudad fascinante, llena de contrastes. Por un lado, estaba el puerto, bullicioso y pintoresco, y por el otro la montaña. La ciudad había crecido en la ladera, creando un laberinto de callejuelas y placitas que hacía que doblar cada esquina fuera una nueva aventura.

Sandra no sabía si los edificios estaban algo descuidados, y de ahí su encanto anacrónico y sus fachadas con capas superpuestas de pintura, o bien si esa imagen era algo intencionado, y a los italianos les parecía bonito respetar todos los estratos del pasado. Mientras Víctor e Isabella se encargaban de sus negocios, el marido de esta, Conrado, charlaba amigablemente con Sandra, mostrándose muy atento. Era de esas personas que sabían escuchar.

—Por la tarde tenemos que ir a ver a Cosetta —le dijo Víctor.

Sandra no quiso preguntar quién era la tal Cosetta. Le estaba pillando el gusto a lo de dejarse sorprender. Comieron una pizza de berenjenas acompañada de chianti en una *trattoria* diminuta, tan preciosa que parecía un decorado.

Y por la tarde, por fin, fueron a ver a Cosetta, que resultó ser una foca. La familia de Víctor había subvencionado su traslado hasta el acuario de la ciudad, uno de los mejores de Europa, desde un circo donde estaba en muy malas condiciones, y él la consideraba como su mascota.

Víctor se pasó más de media hora jugando con el animal al otro lado del cristal como si hubiera regresado a la infancia, y Sandra tuvo la sensación de que lo estaba viendo ser él mismo por primera vez.

Al tener el vuelo de regreso a las nueve, cenaron en horario europeo y Víctor sacó el tema de las muchas ideas de negocio que tenía Sandra. Esta, aunque ya le había mencionado alguna a Conrado, comentó un par de ellas.

—Pues... a ver, los rayos UVA son peligrosos para la piel y tienen efectos secundarios, e incluso tomar el sol puede ser cancerígeno, pero hay mucha gente que quiere estar morena. Creo que se podría desarrollar un tratamiento para teñir la piel con *henna* natural, que no tiene efectos adversos y da un color tostado duradero.

—¡Qué buena idea! —dijo Isabella—. ¿Y nadie lo hace?

—Alguna gente en sus casas. Hay vídeos en YouTube donde cuentan cómo se lo aplican. Es un procedimiento que ensucia mucho y hay que tener bañera. Pero no existen locales a los que puedas ir para que te hagan un recubrimiento corporal completo, con garantía de que quede bien y sin tener que limpiarlo todo después.

—Pero esta ya me la habías contado a mí —intervino Víctor—. Habla de alguna que yo no conozca.

—Vale. Ya que estamos en esta preciosa ciudad... Esta idea está inspirada en los paneles que hace mi librera, a quien, por cierto, tengo que ir a ver uno de estos días. Agrupa los libros por temas. Bueno, pues mi idea es una librería que ofrezca novelas que sucedan en lugares reales, por ejemplo «historias que transcurren en Nueva York», y que la lectura sea como hacer un viaje. Esto podría combinarse con la venta de recuerdos de esas ciudades, para que puedas sugestionarte pensando que has estado allí.

—Eres maravillosa —dijo Víctor.

A Isabella y a Conrado les pareció algo muy creativo, e Isabella le dio a Sandra su tarjeta.

Se despidieron. Víctor y ella volarían solos porque Isabella y Conrado tenían que ir a Ginebra. En el avión, Sandra debió de quedarse dormida porque no recordaba el trayecto de vuelta. Era lógico, después de haber madrugado y de las emociones del día.

De camino a casa de Sandra, en el coche de Víctor, este le preguntó:

—Por cierto, ¿te apetece venir a una recepción el jueves? Se celebra en la embajada de la Serenísima República de Nasago.

—No tenía ni idea de que existiera ese país...

—Es un estado pequeño, pero tiene muy buenas relaciones con España. Cada año conceden un galardón a la empresa que más haya fomentado los vínculos comerciales entre ambos países, y este año me ha tocado a mí.

—¡Qué bien! Me encantaría acompañarte, claro. ¿Te hace ilusión?

—Bueno, son premios que no requieren demasiado mérito. Se los acaban dando a las empresas grandes. Pero me gustaría que vieras la embajada, es un sitio especial. Y los canapés son espectaculares.

—Supongo que eso es significativo, viniendo de alguien que ha probado tantos...

—En efecto, podría hacer un tratado en siete volúmenes sobre canapés y *finger food*.

Se rieron.

—¿Dormirás conmigo esta noche?

Sandra se lo pensó, pero se dio cuenta de que estaba realmente aturdida.

—Mejor que no, necesito dormir bien para quitarme de encima este mareo.

Se despidieron con un beso y, al separarse, el brillo en los ojos de Víctor le pareció algo único. Tuvo la sensación de que podría enamorarse de él.

20

Lunes, 10 de septiembre

El lunes, cuando Sandra consiguió zafarse de la bola de gato que se le había sentado en la cara, le puso la comida y salió a la terraza, ya con el cigarrillo en la mano, descubrió que no tenía ninguna gana de fumar. Después de la extrañeza inicial, se alegró mucho de tener esa sensación de desagrado ante el tabaco.

Quizá había fumado tanto durante el fin de semana que por fin había cumplido su objetivo de crearse repugnancia hacia esa sustancia horrible. O quizá se había mentalizado de verdad, a nivel profundo, de los peligros que conllevaba. Víctor no fumaba, y Sandra se sentía mal cada vez que se encendía un cigarro delante de él por todo eso del humo pasivo.

En la oficina, sus compañeras se extrañaron al ver que no hacía las pausas para el cigarrillo.

—No estarás embarazada, ¿verdad? —preguntó Amanda.

—Qué bruta eres preguntando, bonita —le dijo Leonor, pero observó a Sandra con una mirada de lo más interrogativa.

Ella se preguntó qué hacer. Recordó famosos experimentos sociológicos relacionados con la expansión de rumores, en los que se «sembraba» un cotilleo en varias versiones diferentes, cada una en una fuente, y después se analizaba cómo y cuánto se habían expandido cada una de las versiones. Estuvo tentada de decirle a una que esperaba gemelos y a la otra que tenía pensado abortar para evitar un escándalo, y ver cuál de las dos era más bocazas, pero sabía de antemano que ganaría Amanda.

Jueves, 13 de septiembre

La tarde del jueves se celebraba la entrega del premio a Víctor. El palacete donde tenía su embajada la pequeña república del Pacífico Sur estaba en la calle Serrano, y era uno de esos lugares en los que Sandra siempre había querido entrar. Los canapés, efectivamente, eran de primer nivel: cada uno revelaba una inesperada sinfonía de texturas y contraste de sabores. Víctor le iba indicando todo lo que sabía respecto a las personas, de lo más variado, que por allí pululaban.

—Mira, ese es Pelosuelto. Le llamo así porque nadie sabe quién es, pero no se pierde un sarao. Tampoco se sabe quién le invita, si es que alguien lo hace, o si simplemente es hábil colándose en los sitios. Pero ya verás cómo come.

Víctor señaló a un hombre de unos setenta años vestido de blanco, con una larga melena canosa, que no dejaba pasar una bandeja. Sandra pensó que existía la posibilidad de que aquel señor no tuviera recursos y se alimentara en recepciones de ese tipo.

A Sandra le vibró el móvil. Estaba pendiente de un e-mail importante relacionado con la versión para sordos de Nadie es Perfecto, así que echó un vistazo para ver de qué se trataba. Encontró una llamada perdida de Gema y un mensaje:

GEMA: ¡Llámame!

Sandra se disculpó y se acercó a un balcón para poder hablar. Una Gema llorosa le soltó:

—¡Tienes que hablar con él!

—¿Perdón?

—¡Eres la única a quien hace caso! ¡No sé por qué, pero se toma en serio todo lo que dices!

La voz de Gema era puro moco. Sandra suspiró.

—Gema, estás muy nerviosa y no me entero de nada. Trata de calmarte. Respira hondo.

Sandra escuchó gorgoteos. Tras dos o tres intentos Gema recuperó una respiración normal.

—¿Qué ha pasado? —le preguntó.

A lo lejos, veía a Víctor charlando con un matrimonio mayor, y parecían estar encantados con lo que les estuviera contando. Sabía meterse en el bolsillo a cualquiera.

—¡Jorge! ¡El muy... el muy imbécil dice que me quiere dejar! ¡Y no me ha dado explicaciones!

El corazón de Sandra dio un par de pataditas. Ella le aconsejó lo mismo que a Gema: que se tranquilizara.

—Seguro que son tonterías de enamorados.

—¡Ojalá! Pero es que nunca había pasado algo así. No le conozco lo bastante para saber si va en serio. ¿Podrías hablar con él y decirle que nadie le va a querer la mitad que yo?

Sandra se mordió el labio. No le interesaba que Gema supiera que no estaba en su mejor momento comunicacional con Jorge, porque eso significaría tener que contarle el motivo, y el motivo era que no habían dejado de tontear hasta hacía bien poco.

Giró la cabeza y se refugió en la imagen de Víctor, tan erguido, tan acostumbrado a asistir a fiestas siendo el perfecto conversador. Víctor, con su garganta de oro que solo toleraba las bebidas raras de los ricos. Y se concentró con todas sus fuerzas en admirar sus numerosas cualidades, tanto físicas como espirituales, y en ignorar el ritmo que estaba adquiriendo su traicionero corazón.

—Gema, te prometo que en cuanto tenga ocasión hablaré con él —le aseguró, sin faltar a la verdad.

Su interlocutora se quedó en silencio al otro lado de la línea.

—Es porque soy rara. Y no tengo una talla treinta y ocho. Y el acné, que no se va ni con agua caliente, ¡con la pasta que me he gastado en eso! Y hablando de gastar, ¡sabía que me tendría que haber gastado la paga extra en una lipo y no en un ordenador!

Lo que faltaba... ahora tenía que consolar a Gema.

—Gema, no digas esas cosas. No hay nada malo en tu

aspecto. De verdad, lo importante para que algo funcione no es eso.

—¡Claro que lo es! ¡Si yo tuviera tu tipazo y tu sonrisa y tu pelo y fuera siempre tan impecable como tú, cualquier hombre querría estar conmigo! ¡Me los tendría que quitar de encima!

Sandra se entristeció. Ella se percibía como alguien normal, insulsa, sin chispa... Todo lo contrario que Gema, que expresaba determinación y rebeldía con cada gesto, como si le dieran igual las convenciones o el qué dirán. No le pegaba nada ser tan insegura con su físico, y Sandra culpó a Jorge por haberla hecho sentir así. Si él sabía que allí no había nada que hacer, no tendría que haber empezado la relación.

—Gema, me pillas en medio de algo y ahora no puedo atenderte, pero te prometo que hablaré con él, ¿de acuerdo?

—Vale. ¿Podemos vernos mañana en la comida? Te lo agradecería mucho. Hay... hay otra cosa que me gustaría contarte.

El teléfono le vibró con una llamada entrante. Era Jorge.

—Sí, claro, nos vemos mañana —dijo para quitársela de encima.

El teléfono seguía vibrando. Sandra dudó. Quizá no debería cogerlo. No estaba para dramas. Miró a Víctor, y se lo encontró mirándola a ella y sonriéndole en plan «¿vienes?».

Le devolvió la sonrisa, nerviosa, y estaba a punto de guardar el teléfono en el bolso y reunirse con su novio cuando su mano derecha cobró vida propia y le hizo a Víctor un gesto de «cinco minutos», como si aquello fuese una llamada de negocios. Y cogió el teléfono.

—¿Sandra?

En la voz de Jorge vibraba... ¿expectación?, ¿esperanza? ¿O eran sus propios deseos los que hacían que la percibiera de ese modo?

Tuvo la tentación de decirle que había hablado con Gema y que sabía que lo habían dejado. Pero decidió no hacerlo.

—Ha pasado algo grave con nuestro proyecto. Tenemos que vernos.

—¿No me lo puedes contar por aquí?

—No, precisamente... se trata de filtraciones. No quiero arriesgarme.

—¿Filtraciones?

De repente, la esperanza de que todo aquello fuera una estratagema de Jorge para reunirse con ella a solas y quizá hablar de lo que pasaba entre ellos se convirtió en una alerta roja. Él nunca utilizaría una excusa.

—¿Es muy grave?

—Bastante. Hay que actuar enseguida. ¿Dónde estás?

—En... en una fiesta, pero no puedes venir aquí.

—¿Por qué no? Solo serán cinco minutos. Es importante.

Sandra miró por la ventana y vio el jardincito de la embajada. Podía desaparecer cinco minutos, como si hubiera ido al baño. Nadie se daría cuenta.

—Está bien —concedió. Le dio la dirección y le dijo que se encontrarían en el jardín.

—Llegaré en quince minutos. Y no hace falta que te diga que no confíes en nadie, ¿verdad? Especialmente ahora.

Regresó con Víctor luciendo una espléndida sonrisa, y estuvo charlando con un diseñador nigeriano y con dos coreógrafas durante quince minutos. Entonces se disculpó y le dio a entender a Víctor que tenía que ir al baño. Bajó las escaleras de mármol de la embajada como Cenicienta, presurosa por solucionar ese pequeño asunto de las filtraciones, pero sobre todo mitad esperanzada y mitad culpable.

21

—Ante todo, que sepas que no tengo disculpa.

Sandra supuso que aquello era la introducción para contarle que había dejado a Gema, así que no dio demasiada importancia a esas palabras. Por el contrario, le llamó mucho la atención su vestimenta. Jorge llevaba una ropa de estilo moderno, muy distinto a su habitual clasicismo: pantalones negros ceñidos de tela encerada y una camisa gris antracita con remaches de acero. Todo nuevo. Él se dio cuenta del repasito que le estaba dando Sandra.

—Ayer fuimos de compras y Gema se encaprichó de esto... Me queda fatal, ¿verdad? Estoy ridículo.

—No, al contrario... estás interesante. Como más rebelde.

Jorge sacudió la cabeza para no distraerse de lo importante.

—No sabes la que tenemos encima. Te estaba diciendo que me he portado mal y que no tengo disculpa para que no me interrumpas cuando te lo cuente.

—De acuerdo, haré lo que pueda.

—Vale. Pues el caso es que hoy estaba en casa de Gema, y después de comer ella se ha quedado dormida. Y no sé cómo se me ha ocurrido, te prometo que jamás en mi vida había hecho algo parecido. Me he dicho a mí mismo que quería encontrar cosas que me resultaran atractivas de ella, pero puede que en realidad ya desconfiara. El caso es que me he metido en su ordenador.

—¿Quééé? ¡Eso no se hace!

—¡Ya lo sé, por eso te he avisado, para que no hicieras justo lo que acabas de hacer!

—Vale, tienes razón. Sigue.

—Sí. Y es una pena que haya tenido que hacer eso para descubrir que Gema nos estaba espiando desde el principio.

—¿Cómo? —Sandra tragó saliva.

—Que entró en nuestros equipos sabiendo de antemano lo que estábamos haciendo. Ha estado espiando para Víctor Zafiro. Para tu novio, vaya.

Sandra se llevó la mano al pecho y miró instintivamente hacia el edificio donde estaba Víctor.

—¿Quieres decir que él lo sabe?

—Siempre lo ha sabido, desde el día uno. ¿Te acuerdas de que al principio yo sospechaba que podía haber una brecha de seguridad y que por eso incorporamos a Gema? Pues la muy cabrona era la que había abierto esa brecha en nuestro sistema, bajo las órdenes de Víctor. Les vino de perlas que la contratáramos.

—¿Estás seguro?

—Saqué fotos con el móvil. Si quieres te las...

—Pero no puede ser... ¡No, nadie miente tan bien!

Tuvo que sentarse en un peldaño de piedra para que no le diera algo. Jorge se sentó a su lado.

—Pues así me he quedado yo. Evidentemente, he pensado que era mejor que ellos no supieran que nosotros lo sabíamos para tener un poco de margen de reacción, así que he salido de su ordenador tomando todas las precauciones y he vuelto a la cama. Pero no he podido pegar ojo.

—¿Y por eso luego le has dicho que la dejabas?

Jorge puso cara de paranoia.

—¿Cómo lo sabes?

—Me ha llamado toda llorosa.

Jorge miró hacia el cielo y resopló.

—Joder, no sabía qué hacer. He intentado estar normal y disimular, pero habíamos planeado pasar la tarde juntos y no aguantaba ni un minuto más en esa casa.

—Qué cabrona...

—Qué cabrones —puntualizó Jorge.

Se quedaron en silencio.

Sandra entendía perfectamente que Jorge no hubiera sido capaz de pasar la tarde como si tal cosa después de saber lo que sabía. ¿Y ella? ¿Con qué cara iba a regresar ella a la fiesta? ¿Seguiría sonriendo a Víctor como si nada?

Aquello abrió una nueva oleada de preguntas. Si Víctor siempre había sabido que Sandra le robó datos de la empresa, ¿su interés por ella era verdadero o solo una estratagema? Cerró los ojos y se concentró en recordar todas las etapas de su relación.

—El perfil —le preguntó—. El perfil de Víctor en la app...

—Todo mentira. Gema lo modeló para obtener el máximo de compatibilidad contigo.

A Sandra le empezó a dar vueltas la cabeza. Aquello era como *El show de Truman*, o incluso *Matrix*.

—No puede ser... no puede ser...

Se había quedado encasquillada en esa frase.

—Tenemos que pensar qué hacemos. Ojalá se me diera mejor trabajar bajo presión... Si deciden denunciarnos, podríamos acabar en la cárcel.

—¡En la cárcel! —chilló Sandra.

—¡¡Chisss!!

—Pero no tiene sentido. ¿Por qué me ha presentado a su familia y me trata tan bien si quiere que acabe en la cárcel?

—No tengo ni idea. Jueguecitos de millonarios. Igual les gusta marear un poco al ratón antes de comérselo, como a los gatos.

Sandra tragó saliva. Tenía muchas ganas de echarse a llorar, pero no había tiempo para eso. Tenían que pensar en algo.

—Oye, las pruebas contra nosotros deben de estar en algún lugar, ¿no? ¿Y si robamos los ordenadores de Gema y de Víctor? Así ya no habría pruebas que nos incriminaran y sería su palabra contra la nuestra.

Por un momento, fantaseó con que ella y Jorge entraban durante la noche en las oficinas de Zafiro, con pasamontañas negros y rayos láser en los guantes de cuero, en plan película de espías.

—Imposible. Llevamos semanas con esto. Han podido sacar mil copias, colgarlas en la nube...

—¿Y qué opciones tenemos?

Jorge soltó una risita nerviosa.

—Pues en realidad ninguna. Estamos en sus manos. Aunque cerrásemos la app ahora mismo, supongo que podrían reclamarnos lo que hemos conseguido hasta el momento. Y con la app cerrada, no tendríamos fondos para pagarles nada.

—¿Y si tuviéramos algo con lo que chantajearles para que no nos denunciaran? ¿Algún secreto sucio de la familia?

—Ves un montón de películas, ¿eh? Bueno, supongo que si no ponen la denuncia no nos pasa nada. ¿Tienes algo que pueda servir?

—Pues no —dijo Sandra con cara de pena—. Era solo por hacer tormenta de ideas. Pero podríamos colarnos en la mansión y espiar sus ordenadores...

—¿Y añadir el allanamiento y el espionaje al robo de datos? ¿Con quién me he embarcado en este proyecto?

Jorge trataba de sonreír, pero era evidente que estaba muy preocupado.

—Siento haberte metido en todo esto.

Silencio.

—No me obligaste, pude elegir. Y volvería a elegir lo mismo. Gracias a eso he podido conocerte mejor.

Tambaleándose un poco, Cenicienta volvió a subir las escaleras. Iba pensando en cómo sería la vida en la cárcel. Quizá, después de todo, no estuviera tan mal. Tendría mucho tiempo libre, y por lo visto había biblioteca. Pero se vería obligada a separarse de Sigmund, solo podría ver a su madre a través de un panel de metacrilato... Y su carrera profesional estaría acabada para siempre.

Se sacudió aquellas ideas. Solo tenía que comportarse con normalidad durante una hora, como mucho, y luego podría regresar al calor de su hogar y trazar un plan.

Víctor no le reprochó que hubiera tardado tanto. Al fin y al cabo, Sandra le había dicho que iba al baño y la gente con modales exquisitos nunca se refiere a esas cosas.

—Te has perdido la entrega. Mira qué premio más bonito. —Se lo mostró con una sonrisa. Tenía forma de delfín.

—Es ideal —comentó ella.

Pero Víctor enseguida captó que había sucedido algo.

—¿Te encuentras bien?

Sandra sonrió con renovadas fuerzas, pero tuvo la sensación de que esa sonrisa era más falsa que un reloj Trolex. Era imposible que Víctor no se estuviera dando cuenta del sudor frío que le perlaba el cuello.

¿Cómo lo hacían las espías? ¿Las Mata Hari, las Josephine Baker? ¿Qué superpoder tenían para mantenerse imperturbables con todos esos secretos dentro, sobre todo cuando estaba en juego su propia vida?

—Pues la verdad es que estoy un poco indispuesta.

—Permíteme que te acompañe a un lugar más tranquilo.

Por supuesto, Víctor sabía con quién hablar para que les abrieran un pequeño despacho. Hizo ademán de cerrar la puerta, pero luego se lo pensó mejor.

—Dejo entreabierto para que circule el aire. ¿Quieres una infusión?

—No, no te molestes... creo que lo mejor es que me vaya a casa.

Víctor la contempló durante unos segundos, dubitativo.

—Te acompaño.

—No, no, de verdad... Ya te he estropeado bastante la tarde.

—Sandra, tengo que decirte algo. Debería haberlo hecho mucho antes, pero estábamos tan a gusto que... que simplemente no quería estropearlo.

Se sacó del bolsillo de la chaqueta un papel y lo desdobló.

—«Querida Sandra» —empezó a leer.

—¿En serio vas a leerlo en lugar de decírmelo?

—Es que me ha costado mucho encontrar las palabras adecuadas... En las reuniones importantes hago lo mismo.

A Sandra no le llenó de regocijo ser comparada con una reunión, pero lo de «importante» estaba bien.

La carta contenía la confesión de Víctor. Explicaba que, en efecto, al principio salió con ella como parte de un juego orquestado por su madre, y también por curiosidad acerca de la app y del éxito que estaba teniendo, pero que acabó disfrutando de su compañía y admirándola tanto que se enamoró de ella.

La Sandra psicóloga opinó que era sincero, pero la Sandra mujer estaba ligeramente mosqueada.

—En estos momentos, mi confianza en ti no está en su apogeo.

22

—No me lo puedo creer.

Sandra y Víctor se giraron y vieron a Jorge en el umbral.

—Tendría que haber cerrado la puerta —dijo Víctor con fastidio.

—¿Sabes quién es? —le preguntó Sandra.

—Pues claro que lo sabe —respondió Jorge en su lugar—. Nos tienen pinchados desde hace semanas. No te creas ni una palabra de lo que te diga este. Solo quiere manipularte. Me apuesto lo que sea a que llevaba ese papel encima desde el minuto uno por si los pillábamos. Y ahora Gema se habrá dado cuenta de que lo he descubierto todo y le ha llamado.

—Y esto, ¿también lo llevaba siempre encima? —Víctor mostró un anillo de compromiso—. Sandra, me habría gustado que las circunstancias para hacerte esta petición fuesen más... más íntimas, pero a veces no se puede elegir. Eres la mujer más increíble que he conocido. Me siento muy a gusto a tu lado y cuando estoy contigo no quiero que te vayas. Nunca.

La mirada de Sandra iba de uno a otro como en un partido de tenis en el que la pelota fuera su propio corazón.

—Mira qué conveniente —dijo Jorge, sarcástico—. Si os casáis, ni siquiera necesitaría demandarnos o comprarnos la app, puesto que ya sería suya.

Víctor carraspeó.

—Es posible que no estés al corriente de a cuánto asciende nuestra fortuna familiar. Vuestra app sería... una gota en un océano. Para mí es mucho más valioso haber encontrado a una mujer como Sandra que cerrar un negocio de cien millones de euros.

—Hombre, pero si haces las dos cosas a la vez, mejor, ¿no? ¿Cuántos niños han muerto en las minas de Sudáfrica para extraer esa piedra?

—Es un diamante sintético, ecológico y sostenible. Tiene el sello de la Asociación Internacional de...

—¡Venga ya...! ¡Hasta el diamantito es ecológico!

—Jorge —los interrumpió Sandra—, ¿tienes algo que decirme?

Se hizo un silencio. Víctor observó a Sandra, y luego a Jorge, con cierto temor. Jorge miraba al suelo sin que la ira hubiera desaparecido de sus ojos.

Sandra nunca le había visto tan encendido, tan emocional. Se sintió muy atraída por ese aspecto impulsivo de él, por esa pelea irracional en la que, esperaba, por fin Jorge dejaría que fluyeran sus sentimientos. Y deseó con todo su corazón que lo hiciera, que aprovechara la inercia de su ira para expresar su amor. Sin embargo, Jorge no dijo nada. Con un ademán ansioso, se dio la vuelta y salió de allí.

Sandra y Víctor se quedaron a solas, azorados. Ella estaba decepcionada por partida doble.

—¿Qué me dices, Sandra? —se aventuró Víctor, sosteniendo el anillo.

—Pues que... que me has ocultado cosas desde el primer día. ¿Cómo puedo saber si te conozco de verdad o todo lo que me has contado era una trola tan grande como la catedral de Burgos? Por ejemplo, eso de que no te gusta que las chicas con las que sales sepan que eres rico.

—Eso es cierto. Se lo puedes preguntar a cualquiera. Mis amigos se han reído a mi costa por eso, en plan «todos los tíos fingiendo tener más pasta de la que tienen para ligar y tú al revés», y cosas por el estilo. Tengo un piso «normal» y a las chicas les decía que era mi casa, un poco como *My Fair Lady* pero al revés. Incluso tenía contratada a una persona de mi talla para que se pusiera la ropa «normal» que llevaba a las citas y que pareciera usada...

Sandra se tapó la boca con la mano.

—Vale, no sigo. Pero lo importante... lo importante es que muchas de mis relaciones han fracasado porque no encontraba el momento para decirles quién era en realidad, y cuando lo hacía ya era demasiado tarde. Por eso, cuando me di cuenta de que me gustabas, me pareció muy buena señal que tú ya supieras mi situación y no te importara. Al menos no tendría que salvar ese escollo.

—Lo que está claro es que eres muy buen actor. Y eso tampoco da mucha confianza. No me habrás ocultado tu fortuna, pero sí otras cosas.

Víctor se agarró la nuca y agachó la cabeza.

—Sandra, era un plan de mi madre. No era el mejor plan del mundo. No me porté bien, sobre todo al principio, cuando creía que solo era un juego de negocios. Pero eso duró poco. Creo que la primera vez que nos besamos ya me quedé fuera de combate. Empecé a soñar contigo...

—Víctor, perdona, pero tengo que interrumpirte. Esta revelación ha sido bastante fuerte, y comprenderás que ahora mismo me cueste muchísimo confiar en cualquier cosa que digas.

En silencio, cada uno miró hacia un lado de la habitación. Al cabo de unos minutos, Víctor dijo en voz baja:

—Me gustaría mucho seguir saliendo contigo y que me conozcas mejor. Sé que podemos recuperar esa confianza.

Sandra miró al suelo.

—Necesito unos días para pensarlo. Tengo mucho que procesar. De hecho, creo que deberíamos pasar unos días sin vernos.

Víctor asintió, algo triste.

—No iré a la oficina durante una semana. Así podrás pensar sin que mi irresistible atractivo te distraiga.

Y, una vez más, Víctor consiguió hacerla sonreír incluso en las circunstancias más adversas.

23

Viernes, 14 de septiembre

Menuda mañanita. Sigmund la había despertado una hora antes de que sonara la alarma, sin importarle que la noche anterior se hubiera quedado hasta las tantas pensando en sus dilemas emocionales. Y cuando llegó a la oficina, Sandra no solo tenía que resolver un problema gordo que se había originado en una de las contrataciones que llevaba, sino que además, por algún motivo, ese viernes fue el día que eligió todo el mundo para enviarle e-mails urgentes. Y no vio a Jorge en toda la mañana. Era evidente que estaba huyendo de ella. Ni siquiera pudo bajar a comer. Tuvo que conformarse con unos palitos de pan de pipas y unos tomates cherry que le subió Leonor.

—¡Te echa humo el teclado! —comentó su compañera.

—A ver si es verdad y se quema de una vez —respondió Sandra con el automático puesto—. Así no tendría que seguir currando.

—Tú lo que quieres es que venga a rescatarte alguien de informática —intervino Amanda con una sonrisa pícara.

Sandra retomó el tecleo con más furia, sin atreverse a mirar a Amanda para que no le viera en la cara lo mucho que había acertado con el comentario. ¿Tanto se le notaba su interés por Jorge? ¿Quién más se habría dado cuenta? ¿Lo estarían comentando?

Entonces le saltó un mensaje privado de Gema:

¿A qué hora acabas? Te recojo y te invito a un café.

Nooo... Se había olvidado de que el día anterior había accedido a quedar con ella... Trató de pensar alguna excusa verosímil, pero tenía mucho trabajo y no paró hasta que casi todo el mundo se había ido.

—¡Hola!

—Gema, por Dios, qué susto me has dado...

—Es que no me has contestado al mensaje. Ya he visto que has estado a tope, no has parado ni diez minutos seguidos en todo el día.

Qué bonita costumbre la de espiar los ordenadores ajenos.

—¿Cuánto te queda? Si no es demasiado te espero.

—Cuatro e-mails más, como mucho media hora.

No podía decirse que aquellos cuatro e-mails fueran los más resolutivos, los más amables o los más estratégicos que Sandra hubiera enviado en su vida. No podía dejar de pensar en qué iba a decirle a Gema, y en qué iba a decirle Gema a ella.

Quedaron en una esquina cercana. Una vez allí, Gema le pidió que apagara el móvil por si estaban siendo rastreadas. Sandra, que en otras circunstancias habría pensado que aquello era una precaución excesiva, hizo lo que le pedía. Luego salieron a la calle y siguió a Gema, en un silencio tenso, y caminaron varias manzanas hasta que la informática estimó que ya no existía riesgo de que alguien las viera juntas.

—Ya sé que estás al tanto de que os he estado espiando, y me disculpo por ello —dijo Gema—. Ante todo, quiero que sepas que estoy de vuestra parte. No quiero seguir trabajado para Zafiro.

Lo que faltaba. Sandra puso cara de «bueno, cuéntamelo todo con pelos y señales y ya te diré si acepto o no tus disculpas». Y Gema empezó a hablar.

—En diciembre, cuando te llevaste los datos del archivo, hiciste algún gesto sospechoso y el vigilante de las cámaras de seguridad lo detectó y envió un reporte. Como no coincidía con ninguna alerta informática, porque Jorge cubrió tus huellas, lo normal era que no hubiera pasado nada. Pero dio la casualidad de que uno de los estudios que te llevaste es ultraconfidencial, y lleva una marca de seguimiento que contabiliza cada descarga. La persona que lo creó, al ir a consultarlo, vio que alguien que no era ella había hecho una copia. Y se relacionó el hecho con el reporte de la grabación.

—Menudas paranoias tienen los de seguridad...

—Y por un buen motivo, Sandra.

Gema miró a un lado y a otro.

—¿Tienes apagado el móvil? ¿Apagado apagado?

—Que sí, ya me lo has dicho antes...

La informática, de todas maneras, dijo en voz baja:

—¿Te has parado a pensar que quizá los datos de Zafiro no sean todos legales?

La respuesta era «no». Sandra no estaba de acuerdo con muchos de los métodos que tenía la empresa de recabar información, pero suponía que todo eso, aun siendo poco ético, estaba amparado por una ley igual de poco ética.

Gema puso cara de «sé de buena tinta que hay cosas turbias por ahí».

—Pues eso, que tienen muy buenas razones para que sus estudios no sean objeto de filtraciones.

—Pero eso significa que...

—Exacto. Que con lo que tienes, podrías denunciarlos. Ellos te denunciarían a ti por haberlo robado, claro, pero la sanción que tendrían que pagar ellos sería de algunos ceros más.

—Vaya. Pues sí que confían en ti...

—Bueno, es que soy nieta de Elba. Sobrina de Víctor por parte de madre.

Aquello tenía sentido. Sandra culpó a Jorge de no informarse mejor cuando decidió contar con ella para el proyecto.

—No me gusta que se sepa. No quiero que la gente piense que no me he ganado el puesto.

—Eres muy buena...

—Y tanto.

Gema puso cara de culpabilidad.

—La verdad es que fui yo quien detectó tu infracción,

y la complicidad de Jorge. Cuando se lo conté a Víctor, me ordenó que os espiara, así que os hackeamos un poco.

Sandra palideció.

—Mi tío quería saber para qué querías los datos, tenía miedo de que intentaras venderlos. Cuando quedó claro que no ibas a comerciar con ellos y que los estabas utilizando para crear una app, le hizo mucha gracia y se puso a cotillear. Tiene buen ojo para los negocios, y enseguida vio que aquello iba a funcionar.

—No sé si sentirme halagada o superengañada...

—No te agobies, mujer. Al final todo te ha salido bien, ¿no? Víctor no va a emprender acciones legales contra nosotros, de modo que la actividad de la app seguirá como estaba.

—Eso es un alivio. —Sandra suspiró.

Gema la observó.

—Le tienes tonto, tía. Desde el principio. No dejaba de comentar lo buenas que eran tus ideas. ¿Te acuerdas de cuando Jorge y algunos conocidos vuestros rellenaron los test? Pues Víctor vio esos perfiles y rellenó el suyo. Se lo guardó hasta que tú subiste el tuyo, y entonces se dio cuenta de que erais bastante compatibles, algo que le pareció muy divertido.

—Qué vergüenza, Gema... Habéis jugado con nosotros todo el tiempo.

—Ya. Es lo malo de la informática, que da demasiado poder. Pero yo no quiero ser así. Voy a decirles que es la última vez que espío para la familia.

Sandra la miró a los ojos tratando de saber si era sincera. Con tantos engaños y manipulaciones, era imposible confiar en nadie.

—Bueno, sigo. Fue después de hacer los test cuando se le ocurrió la idea de seducirte. Como ya habrás advertido, le encantan los retos. Se lo contó a mi abuela medio en broma, y ella se lo tomó en serio. Así te tendrían controlada y evitarían que vendieras los datos o algo así.

La psicóloga se masajeó las sienes. Todo aquello atacaba su autoestima por tantos flancos que le estaba costando encajarlo.

—Y se propuso que cayeras en sus redes. Ajustamos el perfil para maximizar la compatibilidad. Lo sabíamos todo de ti... —continuó Gema—. Teníamos el historial de todas las páginas que habías mirado desde la oficina durante años. Las compras que habías hecho, las recetas que te habías copiado...

—Por eso me llevó al restaurante de sopas —murmuró Sandra.

Gema asintió, avergonzada.

—No solo te llevó —dijo, y la miró como si allí hubiera algo que no sabía si podía contarle.

—¿Qué quieres decir?

El tono de Sandra lo dejaba clarísimo, «ya me lo estás contando o acabaremos muy mal».

Gema se colocó las gafas.

—Bueno, pues la cuestión es que... ese restaurante no existía hasta el día de vuestra cita. Víctor lo puso en marcha para ese día.

—¿Quééé?

—A ver, Sandra, a cierto nivel se funciona así. Igual

que me ordenó a mí que me infiltrara, pagó a alguien para que accediera a todos tus perfiles de redes e hiciera un informe completísimo de tus gustos e intereses. Por lo visto, en un viaje que hiciste a Chicago fuiste a un restaurante de sopas y comentaste que te había gustado mucho la idea. Así que Víctor le encargó a alguien que lo montara. Seguramente solo tuvo que hacer una llamada.

Sandra no daba crédito a lo que estaba oyendo. ¿Cabía la posibilidad de que todo aquello fuera un cuento inventado por Gema, por algún motivo que ella no alcanzaba a comprender?

—Y encima le va fenomenal —añadió Gema.

—La cesta de picnic... en algún momento yo puse en redes que me encantaría tener una, y él vino y me la regaló.

—Sí, eso también. Y hay más cosas...

—¿Más?

—¿Te acuerdas de aquel hombre al que conociste en Génova? Pues en realidad era un hipnotizador. Sin que te dieras cuenta, te hizo una sesión para que dejaras el tabaco.

A Sandra le daba vueltas la cabeza. No sabía si sentirse traicionada o halagada por todas las molestias que Víctor se había tomado para seducirla. Era incapaz de decidirse entre ambos extremos.

—¿La República de Nasago existe o también se la inventó?

—Inventada. Utilizan mucho ese edificio.

—Esto es como *El príncipe de Zamunda* —susurró Sandra.

—¿Como qué?

—Una película vieja. Aunque la que se siente vieja ahora soy yo. ¿De verdad no la conoces?

—¿Es en color o en blanco y negro?

—Vamos a dejarlo...

Gema miró al suelo.

—No seas imbécil. Para nada eres vieja. Y lo tienes todo. Eres guapísima, aunque lleves gafas, lista, graciosa, posees talento. Mi tío, a quien nunca le ha gustado nadie en serio, está colado por ti. Y... Jorge también.

El corazón de Sandra perdió un latido. Sintió compasión por Gema.

—Se le nota mucho. Al principio pensaba que solo era admiración, pero es evidente que hay mucho más. ¿Cómo iba a interesarse en mí si siente algo tan fuerte por otra persona?

—Gema, yo...

—Da igual. No tiene que ver contigo. Hay cosas que simplemente son como son. ¿Que es injusto que haya personas que puedan elegir y otras corran el peligro de quedarse solas para siempre? Puede ser.

—Tú no te vas a quedar sola si no es lo que quieres.

—Supongo. Pero me va a costar lo mío. También me hice vuestro test, ¿sabes? Y mis rasgos son de los menos deseados por los hombres. Es como si fuera un cóctel de todo lo que no aguantan. Tendré que mejorar bastante mis habilidades sociales y dejar de ser una espía cabrona. Quizá si no hubiera accedido a hackearos habría tenido alguna oportunidad con Jorge. Me daba cuenta de que estaba colado por ti, pero pensaba que con el tiempo podría encariñarse de otra... Y ahora he perdido su confianza para siempre.

Sandra regresó a su casa en estado de shock. Le pareció muy alarmante que Víctor hubiera abierto un restaurante solo para complacerla o que la hipnotizara sin su permiso. En realidad, la Sandra mujer le agradecía los detalles, se sentía feliz por haberse librado del tabaco y pensaba que el hecho de que él se hubiera tomado tantas molestias significaba que tenía un verdadero interés en ella. Pero la Sandra psicóloga le soltó una tremenda regañina a su yo más romántico, que venía a decir más o menos esto:

«Para empezar, la hipnosis es un método arriesgado que fuerza la barrera de la represión. La conciencia no interviene, por lo que puede tener efectos secundarios indeseados. Pero lo más grave es que te sometió a una terapia sin tu consentimiento, como los hombres que ingresaban a sus mujeres en un psiquiátrico alegando que estaban locas».

«Tampoco hace falta pasarse con las comparaciones...»

«Está bien, no te ha encerrado, pero sí te ha forzado. ¿Y qué es eso de abrir un restaurante, montar un negocio de la nada, solo para conquistar a alguien? ¿Es que se cree que puede controlarlo todo a golpe de talonario?»

Las dos Sandras pasaron muchas horas dialogando después de llegar a casa. Lloraron, se pelearon e incluso se llamaron cosas la una a la otra. Al final ganó la psicóloga. A las cuatro de la madrugada, por si su otro yo se arrepentía tras consultarlo con la almohada, Sandra le escribió a Víctor un correo electrónico en el que le decía que lo mejor era que dejaran de verse por tiempo indefinido, y le explicaba que después de todo lo que Gema le había contado, no sabía si podría recuperar la confianza en él.

Sigmund estuvo esperando pacientemente hasta que terminó de redactarlo, y cuando Sandra le dio a «enviar», golpeó el suelo con las patitas como si estuviera aplaudiendo. Al menos eso fue lo que le pareció a su agotada dueña, que se quedó dormida en el sofá del salón mientras derramaba unas lágrimas suaves pero insistentes.

24

Sábado, 15 de septiembre

La despertó un mensaje:

VÍCTOR: Recibí tu e-mail. Todo lo que hice fue con la mejor intención, pero soy consciente de que he ido demasiado lejos. Entiendo que ahora no quieras verme, pero estaré esperando por si cambias de opinión.
Besos, Víctor

Sandra miró a su alrededor, desconcertada, y vio que estaba en el salón. Recordó que la noche anterior su álter ego, más conocedor de la naturaleza humana, había mandado a paseo a su guapísimo novio millonario y resopló de fastidio. Fue al baño, y el adefesio despeinado de ojos hinchados que vio en el espejo no la ayudó a comprender por qué ese chico tan estupendo estaba colado por ella.

Se dio cuenta, por primera vez, de que si Víctor había falsificado su perfil en la app, eso significaba que quizá no fueran compatibles. Ya no podría conocer las verdaderas respuestas que él habría dado, y eso la molestó. Había creado Nadie es Perfecto precisamente para tener controlada la situación y conocerlo todo de sus posibles candidatos, y Víctor había trampeado ese juego, por otra parte, tan asimétrico a favor de ella.

¿Quién dijo eso de que en las decisiones está la verdadera medida de la personalidad? En cualquier caso, estaba de acuerdo. Las decisiones definen el futuro partiéndolo en dos: de un lado queda lo que sucederá, y en otro todo aquello que no va a pasar pronto, que quizá no pase nunca. Pero, sobre todo, las decisiones definen a quien las toma.

De modo que se enfrentó a su dilema como solía hacerlo todo: analizando a fondo la situación. Preparó una hoja de Excel con dos columnas: «Elementos a favor de seguir con V» y «Elementos en contra de seguir con V». La rellenó y vio que tenía unos treinta elementos en cada lado, un empate técnico. Aquello no estaba funcionando.

Siempre podía tirar una moneda: «Cara, me caso. Cruz, no me caso», bromeó consigo misma. Pero solo consiguió amargarse cuando pensó en lo pusilánime que era Jorge.

Llamó a Joseba. Llamó a Leonor. Cada uno le dijo una cosa diferente.

Sandra tenía un dilema muy de las novelas de Jane Austen: no sabía si seguir con Víctor, lo que, más pronto que tarde, desembocaría en casarse, o no. Y la existencia de Jorge pesaba bastante a la hora de decidir. Era verdad que Víctor no se había portado de manera ejemplar, pero ella tampoco, ya que cometió una irregularidad para conseguir las bases de datos. Y Jorge se mostraba indeciso, como si sus sentimientos no fueran lo bastante fuertes, o como si no quisiera complicarse la vida con una relación.

Cuando era adolescente, las protagonistas de las novelas de Austen le parecían algo ñoñas. A esa edad, a Sandra le interesaban los confines del cerebro y del espacio, no esos bailes y reuniones galantes. En cierto modo, culpaba a la escritora de los millones de novelas románticas en las que lo único que hace la heroína es escoger entre dos hombres (uno apolíneo y otro dionisíaco, uno extrovertido y otro tímido...), algo que aburría soberanamente a Sandra. Ironías de la vida, ahora se veía envuelta en una situación similar.

Su profesora preferida de la universidad les encargó un trabajo sobre los personajes de *Orgullo y prejuicio*. Sandra fue a hablar con ella para preguntarle si podía hacerlo sobre otro libro, y le contó la manía que le tenía a esa autora. La profesora le pidió que le diera otra oportunidad. Le aseguró que, ahora que tenía más conocimientos de psicología, encontraría cosas nuevas en la lectura. Sandra decidió hacerle caso, y se dio cuenta de que las novelas de la autora inglesa eran obras maestras en el retrato de los caracteres. Austen solía mostrar como preferibles a los hombres callados y prudentes, y presentaba a sus heroínas como mujeres activas y con voluntad propia, llevando la contraria a una tradición que representaba al hombre como motor y a la mujer como su decorativo complemento. Además, en aquella época, lo de encontrar un buen marido no era una trivialidad, puesto que de ello dependía el sustento de una misma y de su posible descendencia.

Utilizando la lógica austeniana, tanto Elinor Dashwood como Jane Bennet habrían escogido sin dudar al callado y sensato Jorge. Pero sus respectivas hermanas Marianne y Elizabeth seguramente habrían preferido al alegre y seguro Víctor. No tenía claro cuál sería la preferencia de Emma, así que había un empate.

La Sandra psicóloga riñó a la Sandra mujer: «¿Qué es eso de centrar la decisión en ellos? Lo importante es quién quieres ser tú. ¿Alguien que se mantiene firme en su orgullo personal y no acepta haber sido engañada e hipnotizada contra su voluntad? ¿O bien alguien que acepta las circunstancias sin ser demasiado exigente y le perdona a su futuro marido, la persona en la que más tendría que confiar, engaños de semejantes proporciones?».

Llevárselo todo al terreno negativo le parecía la manera más acertada de evaluar las cosas. No en vano había creado una app basada en los defectos. Lo difícil de su dilema era, precisamente, que los dos eran buenas personas.

Le apetecía pensar al aire libre. Salió a la calle y se puso a caminar sin rumbo fijo. Hacía mucho que no daba el paseo errático que tanto había practicado en su época de universidad. Su novio de entonces argumentaba que no había existido ningún movimiento artístico más importante que la deriva situacionista, y en cuanto te descuidabas citaba a Guy Debord.

No había recorrido ni diez manzanas cuando fue interpelada por un hombre calvo.

—¿Sandra? ¿Sos vos?

—¡Gerardo! ¡No me lo puedo creer! Hace un momento estaba recordando...

—¡Sandrita, loca, qué alegría verte! ¡Estás relinda!

—¡Ay, ese acento imborrable! ¡Como si te hubieras bajado ayer mismo del avión! ¿Cuántos años llevas ya en España, veinticinco?

—Hicieron veintiséis en diciembre. ¡Pero *sha* sabés que este piquito de oro es parte de mi encanto!

—Precisamente estaba pensando en ti. Bueno, en los años de la universidad. Parece que fue hace tanto tiempo... Es casi como si se tratara de otra vida.

—¡Lo pasábamos de diez, reconocelo! Esos paseos por el parque del Oeste, esas lecturas compartidas... Ahora trabajo de cara al público y no tengo tiempo de leer tanto, lo echo de menos.

—¿En qué trabajas?

—Soy el gerente de una administración de lotería.

—¿En serio? Te pega muchísimo, ¡con lo obsesionado que estabas con el azar!

—¿Vos creés? No tengo *sho* el recuerdo de que fuera uno de mis principales intereses. Pero si vos lo decís...

—Te encantaba Cortázar, y *Rayuela*, ¿te acuerdas? Y siempre decías que no quedáramos, que era mejor que nos encontrásemos por casualidad, como en ese libro.

—El gran maestro Cortázar, sí, claro... pero pensaba que había sido más de Mutis en aquellos años. ¡Seguramente tengas razón vos! ¡Ay, la memoria, cómo filtra y selecciona!

—Oye, ¿tienes tiempo de tomar un café?

—Sí, aún tengo un rato antes de recoger a los niños en la escuela. ¡Qué loco, Sandrita!

Sandra se tomó un café con su ex, el poeta maldito, y lo vio mucho más centrado que entonces. La bohemia se le había ido desprendiendo con los años.

—¡Contame de vos! ¡Te ves bien! ¿*Shegaste* a montar tu propia consulta, como era tu sueño?

—Pues mira, yo tampoco me acordaba de que en la universidad esa fuera mi gran aspiración...

—Hablabas mucho de lo que te gustaría atender a las personas una por una, poderles dedicar el cuidado necesario, en lugar de trabajar para una de esas corporaciones monstruosas que le venden cualquier cosa a cualquiera.

A Sandra se le congeló la sonrisa.

—Pues mira, al final he acabado trabajando en una de esas.

«En la más tremenda y mastodóntica de todas ellas», podría haber añadido.

—Te dio miedo ser terapeuta —adivinó él.

Y acertó de pleno. A Sandra siempre le había asustado la responsabilidad de guiar la vida de otras personas. ¿Y si los llevaba a tomar decisiones equivocadas? Quizá debería haber trabajado en ese temor en lugar de aceptar un empleo en el que no creía.

—Esas son las vueltas que da la vida, ¿eh? ¿Y te casaste, tenés hijos?

—Supongo que... estoy prometida, o algo así.

—¿¿Qué?? ¡Pero eso es un notición! ¡No-ti-ción!

Sandra le pidió que bajara el volumen, porque había gente que empezaba a mirarlos, y le puso en antecedentes sobre su noviazgo relámpago.

—Me gustaría que me dieras tu opinión. Ya sé que existe el divorcio y todo eso, pero, al fin y al cabo, eso de casarse no es algo que deba hacerse a la ligera...

—¡Consultorio sentimental a la escucha! ¡Desglóseme sus dudas, señora!

Con una sonrisa ante su efusividad, Sandra le habló de Víctor.

—De psicóloga a psicólogo: tiene una especie de complejo mesiánico. Necesita controlarlo todo, hasta el punto de que interviene en la realidad.

Sandra puso a su ex en antecedentes acerca de los extremos a los que había llegado su prometido.

—¿De verdad no fumás? Qué suerte. Pasame el contacto de ese fenómeno de hipnotizador.

—No te burles... Creo que mi percepción de la realidad está experimentando las secuelas. Por ejemplo, esto de encontrarme contigo justo hoy... Estar con Víctor me hace pensar que todo lo que sucede a lo mejor no es casualidad, sino que lo ha planeado él.

—Entiendo. Su tendencia a «intervenir» en la vida real te hace dudar de todo.

—Bastante. ¿Te ha pagado para que vengas a hablar conmigo?

—¡No, no, pará! ¡Tenés que controlarlo!

—Bueno, pues eso. Creo que si me caso con Víctor, nunca dejaré de tener la sensación de que todo lo que me ocurra habrá sido planeado por él. Es un poco como perder la espontaneidad.

—Pero ganás muchas otras cosas... Un tipo reinteresante, con toda esa creatividad, y ese deseo de complacerte y de darte un mundo feliz.

—Feliz sí, pero... ¿auténtico? ¿Se puede ser feliz con la constante sospecha de que todo ha sido pensado para ti, de que incluso las personas a las que conoces en cada momento pueden ser actores contratados?

Gerardo tecleó en su móvil y le enseñó a Sandra la cubierta de un libro. Ella entornó los ojos para leer el título.

—El... el *fil-tro bur-bu-ja*.

—Ahora me das tu teléfono y te envío el título para que comprés el libro. Lo necesitás muy fuerte, Sandra.

—¿Y eso por qué?

—¡Pues porque vos me presentás como algo negativo, casi distópico, que la realidad que vos vivís pueda estar intervenida, pero es que el mundo *sha* es así! Todos nosotros vivimos en burbujas de información personalizada. Lo que percibimos como «las noticias» en realidad son unas noticias modeladas según nuestros propios intereses.

—¿Quieres decir que Víctor hace... lo mismo que ya hace conmigo internet?

—¡Exacto! Me sorprende esta preocupación viniendo de alguien que trabaja con herramientas de datos masivos. Internet hace exactamente eso: modela la parte del mundo que percibe cada persona. Es un «mundo feliz» hecho a medida de cada consumidor. Con la diferencia que quien recorta ese flujo de información, quien lo manipula, no es alguien que te quiere bien, sino grandes corporaciones que desean controlarte mediante el consumo. ¿Creés que Víctor podría hacer algo que te perjudicara? ¿Que podría intentar modificar cosas importantes, como datos médicos?

—No —dijo Sandra—. Estoy segura de que no haría algo así. Tiene muy buen corazón.

—¿Es celoso patológico? ¿Controlador?

Sandra sacudió la cabeza de lado a lado.

—En ambos casos, has respondido al instante, lo cual me indica que tu intuición está activada.

—Ya sabes que no creo en la intuición... porque si existe, la tengo averiada.

—¿Insinuás que todas tus relaciones anteriores fueron desastrosas?

Sandra esquivó su mirada.

—No, no me refería a eso...

Gerardo se echó a reír.

—¡No te agobiés! ¡No pasa nada, de todo se aprende en la vida! La intuición a veces nos conduce a personas de las que tenemos algo que aprender. Y a veces no es siendo «feliz para siempre» como se madura, ¿verdad?

Sandra asintió, pensando que era cierto que con cada uno de sus novios había comprendido algo importante.

—En definitiva, ante el dilema que vos planteás, mi consejo es que te cases con ese chico. Recordá aquello que nos contaron en la carrera, que solo el tres por ciento de la población está lo bastante trabajado psicológicamente. Puede que a tu novio aún le falte un poquito para *shegar* a ese nivel, pero está claro que su patología no es de las más dañinas para su pareja. De hecho, ¡cuántas mujeres matarían por tener ese nivel de atención! Y hombres también, por supuesto.

Sandra se quedó pensativa.

—Gerardo, ¿puedo preguntarte algo delicado? Prométeme que me dirás la verdad.

Él, algo intrigado por el tono solemne, asintió.

—¿Eres cliente de prostitución?

Gerardo abrió los ojos como si se le fueran a salir.

—¡Por supuesto que no! Una vez, en mi país, me llevaron a uno de esos sitios. Fue una experiencia horrible. *Ashí* no había nada alegre, era lo contrario al afecto y a la humanidad. Pobres mujeres, me dieron mucha lástima.

Sandra asintió. Aunque Gerardo no había escapado de su predisposición genética a la calvicie ni se había apartado de la norma matrimonial y familiar, sí que había conseguido librarse de la estadística en ese aspecto.

Gerardo miró el teléfono.

—¡Se hizo retarde! Tengo que correr para la escuela. ¡Me encantó verte, Sandra! ¡Casate, no lo pensés más!

Lo dijo tan alto que de nuevo atrajo las miradas de algunos de los que estaban sentados en la cafetería. A Sandra le dieron ganas de saludar. Justo antes de salir, Gerardo se giró hacia ella y le gritó:

—¡Y recordá que hay tres maneras de hacer las cosas: la correcta, la equivocada y la *tusha* propia!

Sandra se quedó helada, como si la hubiera atravesado un fantasma. Aquella cita de la película *Casino* era una de las preferidas de Matías, el croupier. La soltaba una vez a la semana como mínimo. Hacía mucho tiempo que Sandra no sabía nada de él, el mismo desde que oyó por última vez esa frase.

Lo improbable de que Gerardo hubiera escogido esas palabras y no otras le pareció sobrenatural, de modo que se obligó a racionalizarlo. Como estudiosa de la mente, conocía la tendencia a interpretar patrones, pero este rasgo evolutivo necesario para la supervivencia a veces jugaba malas pasadas.

La frase era muy conocida y podía aplicarse a la situación de Sandra, por lo que era comprensible que Gerardo la hubiera escogido como consejo. Además, y esto era importante, Gerardo estaba tan fascinado con el azar como el propio Matías, de modo que era lógico que ambos conocieran esa película.

Le daba la sensación de que con esa frase dos de sus ex le aconsejaban que escogiera a Víctor. De modo que tocaba buscar la tercera opinión.

Había pasado más de un año desde la última vez que lo hizo, y eso que antes lo tenía por costumbre. Se dirigió a un kiosco y compró la revista en la que Enrique, el último de sus ex, escribía el horóscopo. Debajo de su signo leyó: «El corazón está preparado para dar grandes pasos. La alegría se encuentra al detenerse a escuchar las campanas».

Tres de tres. Parecía que el azar le decía lo mismo que el sentido común: que se decidiera por el chico tranquilo y sensato, con la vida resuelta, que se mostraba decidido a estar con ella. Aunque Sandra no creyera en el destino, aquel día el destino estaba empeñado en creer en ella.

Su teléfono sonó dentro del bolso, sacándola con un sobresalto de sus pensamientos trascendentales. Era la madre de Víctor.

—Hola, Sandra.

La aludida se mordió el labio. Elba solo había pronunciado dos palabras, pero su tono estaba tan cargado de una serena tristeza y un velado reproche que era como si ya llevaran la conversación a la mitad.

—Hola, Elba.

Sandra intentó dar a sus palabras un matiz de «no deberías molestarme mientras estoy reflexionando sobre asuntos importantes» y «no hay nada que puedas decirme que vaya a afectar a mi racional proceso de toma de decisiones», pero era mucho intentar. Por el momento, aquel diminuto duelo lo iba ganando la señora Zafiro.

La señora Zafiro... Sandra no pudo evitar pensar que quizá algún día la señora Zafiro fuera ella. Esa idea la hizo estremecerse con sensaciones encontradas.

—Me viene un poco mal hablar ahora...

—Solo será un momento —dijo Elba con ese tono reservado a los empleados y a los sirvientes. Si a ella le apetecía hablar, se hablaría.

Sandra suspiró.

—Mira, mi hijo es un capullo. Igual que lo era su padre.

Vaya. Aquello sí que no se lo esperaba Sandra.

—Es un cretino. Siempre le han interesado más los coches que los seres humanos, incluidas las mujeres, por supuesto. Creo que solo salía con chicas como una especie de peaje para poder socializar con su grupete de amigos, que son todos muy ligones. Ya los conoces.

Sandra asintió en silencio. Estaba bastante de acuerdo con todos los armónicos que resonaban en ese despectivo «ya los conoces».

—Yo ya había perdido la esperanza. Creía que había parido a un mariquita o, algo peor, a un hijo sin ningún interés por sus congéneres. Que jamás me daría nietos. Y entonces saltó lo de que te estabas aprovechando de nuestros datos, y a Víctor le pareció un juego muy divertido lo de seducirte, y no dejaba de hablar de ello y de explicar cuáles serían sus técnicas para ligarte...

Sandra se sintió extremadamente ridícula.

—... y de repente ya no le interesaban los coches. Solo hablaba de ti. Todo el día. Como un adolescente, aunque nunca hizo eso cuando era adolescente. Yo creo que ni él mismo se daba cuenta de que ya no existía otro tema en su mundo. Así que se lo dije.

—¿Le dijiste qué?

—Pues eso, que no hablaba de otra cosa. Estábamos en la cocina mientras la chica nos hacía unas tortitas de plátano bajas en carbo que le salen riquísimas, cuando quieras te da la receta, y Víctor que si Sandra para arriba y que si Sandra para abajo. Entonces le solté: «¿Te has dado cuenta de que esa chica te gusta de verdad?».

Sandra se sobresaltó cuando Elba Zafiro estalló en una carcajada.

—¡Ay, la cara que puso! No se lo esperaba. Se quedó mudo, «ausente en lugar de presente», como dice mi profesora de Bikram yoga.

Permanecieron en silencio unos segundos. Pero no fue un vacío incómodo, sino un hueco en el que se deslizó la complicidad entre ambas.

—Mira, conozco a mi hijo como si lo hubiera parido, porque da la casualidad de que lo he parido. Y sé que está enamorado de ti. Y quiero que sea feliz. Así que si crees que existe una posibilidad de que tú puedas quererle, te pido como madre que lo intentes. Te lo suplico.

¿Cuántas veces en su vida habría «suplicado» alguien como Elba Zafiro?

Cuando colgó, Sandra estaba aún más llena de dudas. El relato la había enternecido, y le había quedado bastante claro que lo que sentía Víctor por ella era auténtico, que era la sensación que tenía desde un principio.

¿Por qué tenía que tomar todas las decisiones de un modo tan racional? ¿Acaso lo más importante no era que la gente se quisiera, aunque se hubieran cometido errores? Prefería un hombre que estuviera firmemente seguro de lo que sentía a uno que no hacía otra cosa que dudar y tirar dados. De modo que marcó el número de Víctor Zafiro. Ese teléfono personal, el que solo tenían unas quince personas en el mundo. Y él no tardó ni cinco segundos en responder.

—¿Sandra?

Una de las cosas que más le gustaban de Víctor era la de veces que pronunciaba su nombre, a diferencia de otros (por ejemplo, Matías) que, quizá por ese temor a equivocarse de chica, nunca lo decían.

—No sé si estoy preparada para casarme —anunció—, pero me gustaría seguir conociéndote.

Al otro lado de la línea se oyó una prolongada respiración, la de alguien que por fin se atrevía a exhalar, aliviado, tras una tensa espera.

—Sandra... es una noticia... maravillosa.

Y se quedaron en silencio. Ambos sabían que el otro estaba sonriendo.

—¿Te recojo esta tarde?

25

Viernes, 23 de noviembre

El otoño transcurrió sin mayores incidentes. Sandra quiso tener un detalle con Rosa, la bibliotecaria, y le compró una cesta de infusiones. Pero entre su despiste y el poco tiempo libre que tenía, la cesta se quedó en la estantería en la que antes había estado el libro.

Maite seguía proponiendo de vez en cuando a Sandra que conociera a Pablo, pero ella siempre conseguía esquivar esa reunión. No estaba orgullosa de su actitud inmadura, pero tampoco se sentía preparada. Era como si temiera que ese encuentro pudiera acabar con su infancia de un plumazo.

En el apartado positivo, Nadie es Perfecto había empezado a generar beneficios, lo que le daba a Sandra cierto margen para seguir el ritmo de salidas de su novio. Aunque le había prohibido que le hiciera regalos, especialmente si eran caros, Víctor siempre encontraba la manera de que a Sandra no le quedara más opción que aceptarlos. Era un negociador excelente. Y ella, a la vez que se cansaba de poner trabas, ya se estaba acostumbrando a los detalles.

Lo que sí consiguió atajar fueron las manifestaciones de afecto en el entorno laboral. Si fuera por Víctor, se habría instalado en el despacho de al lado para estar tirándole avioncitos de papel todos los días. Pero ella se mostró tajante y le dijo que prefería que no fuese a recogerla y que evitaran entrar y salir juntos del edificio. Por lo que le contaba Leonor, que era su persona de confianza, los comentarios estaban desbocados, y ya se hablaba de embarazo, boda, ascenso, cuernos e incluso de una hija secreta.

Por ese motivo, a Sandra le sorprendió que aquel viernes a última hora hubiera una tranquilidad inusual en la oficina. Y la relacionó rápidamente con Víctor. Ya llevaba unos meses conociéndole, y empezaba a percibir cuándo tramaba algo.

Aparecieron unos transportistas con una caja gigantesca y la dejaron en medio de la oficina. Eso no era lo habitual, ya que las mercancías llegaban directamente al almacén. A Sandra se le subió la ansiedad a la garganta. Habían acordado que no habría demostraciones de afecto en el trabajo, y aquello tenía toda la pinta de ser...

La caja se abrió de golpe, liberando decenas de globos color champán, y un hombre vestido con un traje de lentejuelas del mismo color se puso a cantar en inglés, dirigiéndose hacia las mesas de trabajo.

Se oyeron exclamaciones divertidas.

—¡Es el del musical ese, el que hace de Dios! —susurró Leonor.

Eso Sandra ya lo sabía. Ella y Víctor habían ido con Joseba a ver el musical de moda el mes anterior. Se le empezó a hacer un nudo en la garganta.

El cantante, sin dejar de interpretar con su particular estilo «Marry you», se acercó a los puestos de trabajo. Algunas miradas estaban clavadas en Sandra, y otras recorrían, intrigadas, la amplia sala. Entonces, en el exterior, estallaron fuegos artificiales. El cantante se dirigió hacia ella.

—No pongas esa cara de susto —le susurró Amanda.

Sandra trató de controlar sus gestos, por si alguien la estaba grabando. Aquello estaba poniendo a prueba sus nervios. Solo tenía ganas de salir corriendo. ¿Por qué Víctor no era capaz de respetar sus ritmos?

Pero entonces el intérprete cambió de trayectoria y fue hacia la derecha. En una de las mesas, una secretaria rubita de pelo corto estaba bastante pálida. Una chica vestida con traje de chaqueta salió del cuarto de los cafés, y la secretaria rubia se tapó la boca con la mano. La chica del traje sacó un micrófono y se puso a cantar a dúo con el intérprete. Y la rubia se echó a llorar de emoción.

—Ya te creías que era para ti, ¿eh? —se burló Amanda.

Sandra se mordió la lengua para no contestar. Estaba tan aliviada de que la propuesta no fuera para ella que no quería alterar esa paz. Lo que más la habría agobiado de una segunda petición de mano por parte de Víctor era que no habría sabido qué responder.

Esa noche había quedado con él en el restaurante de sopas. Nada más verle, le dio un abrazo y le dijo:

—Gracias por no pedirme que me casara contigo delante de todos los compañeros de trabajo.

Él se echó a reír.

—¡Vaya, qué fácil eres de complacer!

Pero Sandra lo notó algo tenso.

—¿Tuviste algo que ver?

—Sí. La novia de Tesa nos pidió permiso para montar el show en la oficina, y ya sabes que tengo debilidad por ese tipo de cosas. No tuve más remedio que implicarme un poquito.

—¿Un poquito nada más?

—Bueno, un poquito bastante. Lo de los fuegos fue idea mía. Y lo del cantante del musical. Y lo de...

—Vamos, todo. —Sandra se rio.

—No te rías. Tengo que desahogar mi vocación con otros amores, que el mío me tiene un poco frustrado.

Víctor puso carita de pena, y Sandra volvió a reírse.

—Menudo quejica estás hecho.

Más tarde, ya en el piso de él, delante de dos gin-tonics con arándanos, mientras criticaban una de las series que estaban siguiendo porque los personajes guardaban demasiados secretos y eso no acababa de resultar verosímil, Sandra tuvo el impulso de sincerarse con él. Había cosas que nunca le había contado. Sintió que mientras se callaran cosas era difícil que su relación avanzara.

Se sirvió otro gin-tonic para darse ánimos, atenuó las luces, y le habló a Víctor de Iris, la hermana ficticia que la acompañó durante toda la infancia y la adolescencia. Le contó que le causaba mucho rechazo la idea de conocer al novio de su madre, y que temía que esa relación cambiara el vínculo que existía entre ellas. Y, por último, le confesó que durante varios meses le había gustado mucho Jorge.

—Creía que era algo unilateral, que tú le gustabas a él —dijo Víctor.

Se quedaron en silencio.

—Te lo cuento porque... porque no me apetece guardar más secretos. Al principio de nuestra relación te oculté lo de la app, y tú a mí que Gema nos estaba espiando.

—Así que quieres que seamos completamente sinceros...

—Bueno, al menos yo necesito serlo. Y hasta esta misma tarde he tenido una tensión de desconfianza hacia ti motivada, en parte, por mis propios miedos, y me apetece que se me vaya quitando.

Él le acarició la mejilla y sonrió.

—Pues la verdad es que lo más sincero que puedo decirte no sé si te va a gustar. Y creo que antes te has apresurado dándome las gracias.

Víctor sacó el estuche con el anillo.

—¿Qué pasa, que de verdad llevas eso siempre contigo o qué? —se alertó Sandra.

—Lo más verdadero que hay en mí es que estoy seguro de que quiero estar contigo.

A ella le gustó la sencillez de esas palabras. Pero entonces frunció el ceño.

—Un momento. ¿No habrás orquestado lo de esta mañana para que esta petición de mano parezca espontánea y poco agobiante en comparación?

Víctor se echó a reír, pero en su risa había la suficiente

tensión para que Sandra se diera cuenta de que había acertado de pleno.

—Reconozco que se me pasó por la cabeza.

Se quedaron en silencio, pero no se trataba de un silencio incómodo. Todo lo contrario.

—¿Qué me dices? —se aventuró a preguntar él.

—No puedo darte una respuesta.

—Entonces, no es un no...

Sandra respiró hondo.

—No es un no. Pero me gustaría que no me hicieras más peticiones por el momento, creo que con dos ya hemos superado el promedio.

Él sonrió, pero en sus ojos había cierta tristeza.

—¿Sabes lo que sería un estupendo regalo de Navidad?

Sandra se rindió, afirmando con la cabeza.

—Está bien. Te daré la respuesta en esas fechas.

—¡Un mes entero para convencerte! Te aseguro que vas a disfrutar de cada día.

26

Viernes, 21 de diciembre

Para Sandra, el mes siguiente transcurrió todo lo apaciblemente que cabía esperar dentro de que tenía que tomar una decisión que afectaría al resto de su vida. Víctor estaba aprendiendo a no excederse, pero eso no le impedía ser encantador y estar pendiente de los detalles. Sandra llegó a desear que sucediera algo que la librara de tomar la decisión, y también se planteó utilizar un dado que la tomara por ella. Eso la hizo sentirse algo incómoda, como siempre que pensaba en Jorge.

Víctor le pidió que pasara las Navidades en la finca de Zaragoza, con su familia, y que invitara a Maite. A Sandra le tentó el plan, ya que guardaba buen recuerdo de la anterior visita, pero decidió no ir porque eso sería añadirle presión a su dilema.

En cambio, le propuso que pasaran las vacaciones como una pareja normal. Que hicieran cosas juntos que no fueran extraordinarias ni excepcionales. Que simplemente se conocieran, sin necesidad de más estímulos. Le parecía que aquello era la mejor manera de comprobar si efectivamente estaban preparados para emprender un viaje hacia el futuro. Y poco antes de las fiestas, lo invitó a su casa.

—¿Quieres decir que tendré que enfrentarme a ese gato?

—Exacto. Y acostumbrarte a él. Sigmund lleva en mi vida mucho más tiempo que tú.

De modo que la tarde del primer día de vacaciones, incluso antes de abrirle la puerta a Víctor, como si hubiera intuido su presencia, Sigmund se puso a bufar, y su cara decía: «¿Con qué derecho dejas entrar en mi casa a este tío que me cae tan mal?».

—No es tu casa, Sigmund —le susurró ella—. Bueno, al menos no es solo tuya.

El novio de Sandra se quedó en el umbral, sin decir nada, como si no se atreviera a entrar. Tenía los ojos muy abiertos, en actitud preventiva.

—Pasa, hombre...

—¿No me hará nada? —preguntó en voz baja sin apartar los ojos de la bola de enfado que era Sigmund, que lo retaba desde el otro extremo del recibidor.

—No seas tonto. Si te hace algo lo encierro en la terraza. —Se volvió hacia el gato—. Ya me has oído, Sigmund: como la líes, te castigo.

—¿Salimos a dar un paseo?

—Pues te había invitado con la intención de pasar una tarde tranquila en casita, en plan sofá, manta y peli...

—¡Me parece una idea buenísima! Voy a llamar para

encargar palomitas al estilo *kettle corn* de Tennessee, ya verás qué buenas...

—No, no, Víctor, ¿recuerdas lo que me prometiste? Con las de microondas es suficiente.

Él se acercó a ella, sonriendo.

—Está bien. Las palomitas a tu manera, y el beso a la mía, ¿de acuerdo?

A Sandra le hizo gracia la salida que tuvo y no vio motivo para negarse. Pero en el instante en que su cabeza se acercaba a la de Víctor, el timbre sonó con furia.

—Parece Joseba. Qué raro, hoy no habíamos quedado.

—¿Por qué no nos damos primero el beso y abres después?

Pero Sandra ya estaba en el telefonillo.

—¿Hola?

—Soy Gema. ¿Con quién estás?

—Eh... con Víctor.

—¿No hay nadie más ahí arriba?

—No. Oye, Gema, me estás asustando...

—¡Ábreme!

Víctor puso cara de sorpresa.

En cuanto entró por la puerta, en silencio total, Gema cogió la cesta de las llaves que había en la entrada, puso en ella su móvil y les indicó con gestos a Sandra y a Víctor que hicieran lo mismo. Después se llevó la cesta al cuarto de baño y cerró la puerta al salir. A continuación, puso música, y solo entonces la sobrina y empleada de Víctor le soltó a la cara:

—Tu madre.

—Que es tu abuela —le recordó él.

—Ya, dicho así suena muy bestia. Pero es que la señora es cabezota como ella sola. Ha dado órdenes de bloquear vuestras contraseñas de la app —dijo con el ceño fruncido.

—¿Y no será un error informático?

Gema se echó a reír.

—Sandra, si vas a ingresar en la familia más vale que espabiles un poco. Si te digo que ha dado órdenes de robaros la app, es porque me las ha dado a mí. Y yo le he seguido la corriente mientras pensaba qué hacer. Jorge se dará cuenta en cualquier momento.

Uno de los teléfonos empezó a sonar en el cuarto de baño.

—Mira, parece que te haya oído —dijo Sandra.

—¿Cómo sabes que es él? ¿Le has puesto un tono especial?

—Les pongo tonos diferentes a muchas personas —se defendió Sandra.

—¿Me lo has puesto a mí? —quiso saber Víctor.

—¡No seas idiota! —le riñó su sobrina mientras el móvil seguía sonando—. Tenemos que decidir qué hacemos. O le decimos a Jorge que ha sido un error informático, y yo sigo formando parte de la familia Zafiro, o le contamos la verdad y actuamos en consecuencia, y yo me convierto en una exiliada.

—Tampoco exageres, sobrinita, que mi madre no es un ogro. A lo mejor no te echa de la familia si yo se lo pido.

—¿Quieres decir que existe la posibilidad de que la eche? —preguntó Sandra.

El móvil dejó de sonar.

Víctor asintió.

—Supongo que sí. Para mi madre la familia es lo más importante, y no soporta la traición.

—Exacto, y todo lo que no sea obedecerla ciegamente es una traición. Me dijo que todo quedaba en casa, que en pocas semanas estaríais casados y para entonces daría igual quién tuviera las contraseñas porque todo sería de los dos.

—Pero... si aún no lo hemos decidido —masculló Sandra.

—Ella no sabe esa parte —intervino Víctor.

Sandra lo miró con los ojos como platos y él sonrió a modo de disculpa.

—Pensaba que podría convencerte de aquí a Navidad.

—¿Qué es eso de que aún no lo habéis decidido? —se alarmó Gema—. ¡Pero si la familia no habla de otra cosa!

—¿Que NO se lo has dicho a tu madre? —gritó Sandra.

—A ver, mira el lado bueno. Eso significa que mi madre no ha actuado con tan mala fe al pedirle a Gema que robara las contraseñas.

—Bueno, si fuera una persona normal, a lo mejor ese atenuante podría colar. Pero tratándose de mi abuela, a quien solo le falta un carnet para ser una villana de Disney, me parece altamente probable que tenga espiados tus mensajes.

—¿Tú crees?

Gema lo miró como si se acabara de caer de un guindo.

Sandra pensó en los empleados que dependían de la

empresa que había formado con Jorge, y empezó a creer que Gema tenía razón al considerar a Elba una especie de Cruella de Vil de La Moraleja.

El teléfono volvió a sonar.

—¿Qué hacemos? —preguntó Gema, preocupada.

—Creo que hay que decirle a Jorge la verdad. Entre los cuatro pensaremos qué hacer.

—Está bien, pero no le cuentes nada por teléfono. Dile que venga.

La mirada que Sandra le lanzó a Gema era de «¿seguro que todo esto no es un truco para volver a verle cuando sabes que él no quiere verte a ti?».

—No podemos dejar nada por escrito ni en audio —añadió Gema—. Cualquiera de nuestros teléfonos, incluso todos, pueden estar intervenidos. Yo he apagado el mío para que no puedan geolocalizarme. De hecho, si le dices a Jorge que venga, pon la excusa de que necesitas que te arregle la tele o algo así, porque Elba sabe que estás con Víctor.

—¿En serio creéis que nos puede estar espiando hasta ese punto? —preguntó Sandra.

Gema asintió convencida y Víctor se limitó a decir:

—No sería impropio de ella.

Sandra cogió el móvil.

—¡Sandra! —exclamó Jorge, preocupado—. ¡Por fin! Hay un problema con las contraseñas de la app.

Ella trató de quitarle importancia con un tono desenfadado que le quedó regular.

—Seguro que es un fallo informático, ya lo arreglarán. Pero tengo un problema mucho más serio: se me ha escacharrado la tele. ¿Te importaría venir a echarle un vistazo?

Jorge se quedó pensativo y dijo que iba para allá. Gema cogió el teléfono de Sandra y lo volvió a meter en el baño con los demás.

Cuando Jorge entró en casa de Sandra, ella y Víctor lo estaban esperando con un cartel que decía: DEJA EL MÓVIL EN LA CESTA Y NO DIGAS NADA. Puso una cara muy rara, pero hizo lo que se le indicaba. Al ver a Gema, su expresión fue aún más elocuente. Esta se llevó los móviles.

—Creemos que nos están espiando —le aclaró Sandra.

—Menos mal. Por un momento he pensado que queríais liarme para un número de parejas raritas —contestó Jorge.

—Es mi tío —dijo Gema, y puso cara de asco al mirar a Víctor.

—Bueno, pues aún más raritas.

Gema ignoró su comentario y se puso a explicarle que Elba le había ordenado secuestrar las contraseñas...

—Un momento, ¿cómo que es tu tío?

La explicación tuvo que ser interrumpida para aclarar el parentesco entre ellos.

—Por eso espiabas para la empresa... porque no era solo la empresa, era la familia.

—Exacto. Pero la verdad es que empiezo a estar harta de una familia que me exige continuamente que cometa delitos.

Jorge lanzó una mirada acusadora a Víctor y este se frotó la oreja, incómodo. Gema siguió hablando, cada vez más vindicativa:

—Creo que deberíamos devolver las contraseñas al equipo de la app, y ya está. Si mi abuela se mosquea, pues que se lo haga mirar. Y si me echa de la familia, ya encontraré otra.

—Madre mía —dijo Sandra.

Jorge carraspeó.

—Bueno, perdona que plantee una cosa que es evidente, pero ¿estás segura de que podemos confiar en este? ¿No fue él quien encargó el primer espionaje?

—Eso fue en otra vida —dijo Víctor, y apoyó la mano sobre la de Sandra.

A Jorge se le oscureció la mirada.

—Me cuesta dar por buena la palabra tanto del uno como de la otra —dijo, como si Gema y Víctor no estuvieran delante—. Y ahora que lo pienso, tiene todo el sentido del mundo que sean familia. Eso sí que son «genes egoístas».

—Ja, ja, qué gracioso —gruñó Gema, algo molesta—. Pues mira, te demostraré de qué lado estoy: recuperaré las contraseñas y os las devolveré. Como Robin Hood.

Víctor respiró hondo.

—Gema, será mejor que no nos precipitemos. Si tu abuela se entera de que le has robado algo, sabes muy bien que te denunciará sin pensárselo dos veces.

—Vale, pero para eso tiene que enterarse. Y te recuerdo que aunque Elba tenga contratados a otros expertos en seguridad, yo soy la que ha coordinado ese equipo y conozco sus puntos débiles. Lo que habría que hacer...

Los demás observaron a Gema mientras esta se apretaba la frente.

—Tengo... tengo que robar mi propio ordenador, el que está en casa de la abuela. Evidentemente, no puedo cargar con él sin despertar sospechas.

—¿Dónde vive? —preguntó Jorge.

Gema le dio la dirección, un famoso palacete de la Castellana.

—Siempre había creído que eso era un museo —dijo él.

—Lo que sí hay es un guardia de seguridad en la entrada registrando todo lo que entra y lo que sale de la casa —aclaró Víctor—. Mi madre es muy desconfiada, porque cree que todo el mundo es como ella. Gema, yo todo esto lo veo una locura. Es mejor que hable con ella.

—Ya. Y te dirá que o es lo que dice ella, o nos denuncia a todos.

Víctor se cubrió la boca con la mano, agobiado.

—Es verdad. Si se ha encaprichado de la app, no habrá manera de quitársela de la cabeza.

—Pues de la cabeza no sé, pero del ordenador ya te digo yo que se la voy a robar, aunque no vuelva a tener trato con ningún Zafiro —aseguró Gema.

—Estás loquísima —dijo su tío—. Elba te va a crujir. No encontrarás trabajo en tu vida.

—Perdona, pero soy una hacker. No tengo que encontrar trabajo, puedo hacer que mis facturas se paguen solas. Y lo siento, pero ni siquiera ella es tan poderosa. Precisamente ese es el problema. No se puede consentir que se pase la vida mangoneándonos a todos.

—¿Qué tal por la noche? —preguntó Sandra.

Víctor y Gema negaron con la cabeza.

—Mi madre bloquea la casa a partir de las diez. Nadie

puede entrar ni salir. Es una paranoica de los sistemas de seguridad.

—Quizá podríamos aprovechar alguna ocasión en la que haya mucha gente —sugirió Jorge—. Dices que allí hay oficinas, ¿no? Pues se podría crear una distracción...

—Eso es. ¡Eso es, Jorge, eres un genio! —intervino Víctor—. Hay que hacerlo en la boda. Las medidas de seguridad estarán completamente superadas en número por la gente del catering, los decoradores, etcétera. Y nadie va a registrar un vestido de novia.

Sandra tragó saliva.

—¿Qué boda? —preguntó Jorge, que no entendía nada.

Sandra hizo un gesto rápido señalándose a ella y a Víctor.

—¿Estás embarazada, como dicen en la oficina? —disparó Jorge.

—Sí, de gemelos —bufó Gema—. Chico y chica. Se van a llamar Porsche y Cayenne.

Jorge palideció. A veces le costaba entender el sentido figurado.

—Es broma, Jorge —le dijo Gema.

—Sería la oportunidad perfecta —insistió Víctor.

De repente, la sospecha vibró en la mente de Sandra. ¿Y si aquello fuera uno más de los trucos de Víctor? ¿Y si se hubiera puesto de acuerdo con su madre y con Gema para montar todo aquel circo y convencerla para que se casara? Sería bastante retorcido, pero no imposible.

—¿Nos disculpáis un momento?

Sandra llevó a Víctor a la habitación.

—Oye —le dijo—, ¿me prometes que todo esto no es uno de tus planes?

Víctor puso cara de ofendido.

—Creo que yo no llegaría tan lejos.

Sandra se sentó sobre la cama, tratando de pensar, mientras Sigmund arañaba con rabia el cristal desde su encierro en la terraza.

—Me parece una locura montar una boda de mentira solo para recuperar la app..., pero tenemos una responsabilidad con nuestros empleados.

—Ya sé que esto me hace parecer manipulador, pero... la boda no tiene por qué ser de mentira. Yo tengo muy claro que quiero un futuro contigo.

—Sí, Víctor, y te lo agradezco mucho. Es reconfortante saber que estás ahí. Pero la verdad es que, después de lo sucedido, no soy capaz de confiar en ti al cien por cien. Ha ido todo demasiado rápido. Tú tienes claros tus sentimientos, pero yo no puedo decir lo mismo.

Él miró al suelo.

—Lo comprendo. Supongo que soy impaciente por naturaleza y me gusta que las cosas vayan rápido, como los coches... pero te demostraré que puedes contar conmigo en todo, y para todo. Ya lo verás.

Él envolvió las manos de Sandra entre las suyas y ella sonrió, algo nerviosa.

—Entonces ¿qué hacemos? ¿Fingimos que nos casamos para robar la app?

—Conociendo a mi madre y sus exageradísimos sistemas de seguridad, puede que sea la única manera de hacerlo.

—De acuerdo. Pero habrá que firmar cosas.

Víctor se rascó la cabeza, pensativo.

—Hay una tinta que desaparece, ¿no? Y si no, le pedimos a un químico que la fabrique.

Sandra sonrió.

—¿Tinta invisible? ¿Como en los dibujos animados?

—Bueno, será una boda divertida.

Lo dijo sonriendo, pero se le notaba un poco triste.

—¿No te buscarás un problema con tu madre?

—Sandra, lo que ha hecho es muy grave, y ya va siendo hora de pararle los pies. Tiene tendencia a considerarnos a todos monigotes suyos. Además, soy su hijo favorito, nunca está enfadada conmigo durante mucho tiempo.

Se besaron, y él la abrazó. Sandra disfrutó de esa sensación de confianza que él empezaba a transmitirle.

—Siempre he querido orquestar un robo de guante blanco.

—Me siento culpable... Se va a gastar un montón de dinero en esa fiesta. Y si la gente se entera de que en realidad no nos hemos casado...

—Pues no te sientas mal. Primero, le encanta dar fiestas, y ya verás qué bien se las apaña para ser el centro de atención, como si fuera ella la que se casa. Por eso es tan buen momento para cometer el robo. Y respecto a lo segundo, no hay por qué decir nada mientras tú y yo sigamos juntos. Y si al final decidimos casarnos de verdad, lo haremos en secreto, que es mucho más romántico.

Volvieron al salón. Jorge estaba de pie, tenso, en el punto más alejado de Gema. Ella estaba hojeando uno de los libros de Asimov que había en la mesita del salón.

—Bueno, ¿qué?

—Lo haremos en la boda —dijo Sandra.

—Estupendo. Pues me voy a diseñar los detalles del plan. Os iré contando.

Sandra y Víctor asintieron.

—¿Vas a ayudar? —le preguntó Gema a Jorge.

Este se lo pensó, huraño, hasta que aceptó a regañadientes agachando la cabeza.

—¿Qué le diremos a Antón, a Sergio y a Palma? —preguntó.

—¿Que hay un problema con el servidor? —propuso Sandra—. Que no se preocupen, y que se lo tomen como unas vacaciones hasta que esté solucionado.

—Tendré que inventarme algo mejor. Cuando se me ocurra algo os lo diré en persona. ¿Cuál es la fecha prevista para la boda? —preguntó Jorge.

Sandra interrogó a Víctor con la mirada.

—Pues, ¿cuál va a ser? El día preferido de Sandra. San Valentín.

Ella estaba tan tensa que podría haberse echado a llorar, pero le dio por reír.

Jorge puso una cara muy rara.

—Odias ese día con todas tus fuerzas.

—Bueno, pues a lo mejor así dejo de odiarlo —respondió ella.

Gema les recordó las instrucciones de seguridad y se

despidió. Jorge se fue con una cara que la Sandra psicóloga llamo «de adolescente frustrado».

Y por fin Sandra y Víctor se quedaron solos. De repente había entre ellos mucha más intimidad, una sensación más real y sincera por ambas partes.

—¿No te aburrirás si vemos una película? —le preguntó Sandra—. Podemos buscar una en la que salgan coches.

—Ya he visto muchos coches en mi vida.

27

Miércoles, 2 de enero

Todos los 2 de enero Maite y Sandra celebraban el cumpleaños de Isaac Asimov, y le daban a esta fiesta más importancia que a la Navidad. La madre de Sandra siempre cocinaba el mismo plato, llamado *pchah*, el preferido de Isaac, según contaba en su autobiografía. Consistía en pies de ternera en gelatina con cebolla y huevos duros.

La primera vez que Maite intentó hacerlo, allá por los noventa, sacó la receta de un libro de cocina judeo-rusa que encontró en un mercadillo de segunda mano. El libro estaba en francés, y primero tuvo que buscar a alguien que tradujera la receta. Después tuvo que apañárselas para conseguir algunos ingredientes no habituales. El resultado no fue demasiado bueno, pero ambas estaban tan contentas de probar el plato preferido de su gran ídolo que les pareció exquisito.

Con el correr de los años, la práctica y la proliferación

de recetas en internet, el *pchah* de Maite había mejorado considerablemente. Ahora lo servía con pan ruso de masa agria, ensalada de remolacha y pepinillo y otras delicias eslavas.

Sandra había avisado en el trabajo de que ese día se tomaría un poco más de tiempo para comer y que lo compensaría quedándose hasta más tarde. Además de su celebración privada, tenía por delante el reto de contarle a su madre que se casaba pero que en realidad no se casaba, y sus pinitos como ladrona de guante blanco.

Compró un helado para el postre y entró en casa de Maite con su propia llave. No prestó atención a determinados detalles. La alfombrilla de robots, por ejemplo, ya no estaba allí. Y los sonidos que estaba oyendo no procedían del apartamento del vecino. Fue a dejar el helado encima de la mesa de la cocina y se encontró con Isaac Asimov completamente desnudo.

—¡¡AAAHHH!! —chillaron ambos al mismo tiempo.

El hombre fue a refugiarse al dormitorio del que, a los dos minutos, salió Maite con un salto de cama de lo más sexy.

—Mamá, por favor, ¡ponte una bata!

—Hija, ¿por qué no me esperas en el bar de abajo?

Ella asintió, aún en shock. Se metió en el bar, pidió una tila doble e hizo el ejercicio de pensar que aquello no solo era normal sino algo bueno para su madre. Tendría más compañía, y la saludable práctica del sexo era muy recomendable para...

Mandó callar a su psicóloga interior y se puso a contestar los e-mails de los empleados de Nadie es Perfecto, que estaban intranquilos por el tema de las contraseñas. Había un poco de ruido porque estaban poniendo un partido en la tele, así que tuvo que hacer un esfuerzo extra de concentración.

Cuando por fin bajó Maite, madre e hija se quedaron un poco cortadas.

—No es la manera en la que me habría gustado que conocieras a Pablo, pero...

—Mamá, como profesional te digo que buscarse un amante que es idéntico a tu fetiche no es lo que se dice muy recomendable. ¿De dónde lo has sacado? ¿Llevaba ya las patillas o le has pedido que se las dejara?

—Hija, es normal que para ti sea difícil hacerte a la idea de que me echado novio, todo el mundo me lo advirtió. Pero no debes preocuparte, esto no cambiará en nada la relación que tengo contigo.

Entre los libros que Maite se había leído para ayudar a su hija durante la carrera, su experiencia vital y lo mucho que le gustaban los ensayos de divulgación científica, seguramente Maite fuese mejor psicóloga que Sandra. Esta suspiró.

—Mira, acuéstate con quien te dé la gana y ponle las pintas que te apetezca, no es asunto mío. Es solo que no me puedo creer que te hayas olvidado del cumpleaños de Asimov.

Maite se tapó la boca con la mano.

—¡Es verdad! No tengo remedio. ¿Por qué no me lo recordaste?

—¿Cómo se me iba a ocurrir que era necesario recordarte algo así? Y hablando de despiste, creo que con el

susto he dejado los dos litros de helado fuera del conge-
lador.

—No te preocupes, ya he guardado el helado. Gracias
por traerlo. ¿Lo celebramos el sábado?

Sandra rumió para sus adentros.

—Está bien. Y sí, puede venir Pablo. Será como tener
al mismo Isaac allí delante.

Maite sonrió de oreja a oreja.

Entonces Sandra se armó de valor.

—Mamá, tengo que contarte algo.

Luchando para hacerse entender a pesar del ruidoso
partido, pero sin levantar la voz por discreción, Sandra la
puso en antecedentes. Le confesó, por primera vez, que
para hacer la app había escamoteado información con-
fidencial, y que Víctor estaba al corriente desde el principio.

—En vaya líos te estás metiendo, Sandra, con lo for-
mal que has sido siempre... —Maite no lo dijo como un
reproche, sino todo lo contrario—. Siempre te has portado tan bien, respetando las reglas... Como madre era muy
cómodo, claro, y otras mujeres me decían que qué suerte
tener una niña tan madura, que nunca tenía rabietas ni
me pedía a gritos que le comprara algún capricho. Pero
en el fondo me habría gustado que fueras un poco más
rebelde, ¿sabes? Porque, en cierto modo, eso me habría
dado la excusa para serlo yo.

—¿Quieres decir que habrías preferido que fuera más
desobediente y te causara problemas?

—Digamos que estaba preparada. Guadalupe me pidió que la ayudara con su hija adolescente porque decía

que «estaba imposible», sin embargo, todos los consejos que yo le daba funcionaban. Yo comprendía a Sonia porque de joven también fui muy rebelde. Pero tú no me dabas la oportunidad de sacar esa madre molona que yo llevaba dentro.

—Pero qué dices, mamá, ¡eras esa madre molona todo el rato! Yo no tenía que ser rebelde porque no hacía ninguna falta. Podía volver a casa mucho más tarde que mis amigas, hablabas de sexualidad sin tapujos y jamás me ocultaste nada. Bueno, hasta ahora.

Se echaron a reír.

—Pues yo echaba de menos tener los retos que tenían las otras madres. ¡Y mira, aquí me llega el primero! ¡Te vas a hacer rebelde cuando las de tu edad ya están sentando la cabeza!

Sandra se mordisqueó el pulgar. Había imaginado que su madre se mostraría colaborativa, porque siempre la había apoyado, pero no que la encontraría tan entusiasta.

—Me alegro de que te lo tomes tan bien, mamá. No es por quitarte la ilusión, pero tienes que ser consciente de que si el robo sale mal, cabe la posibilidad de que yo acabe en la cárcel.

Maite frunció el ceño.

—Pero no va a salir mal. Lo sé porque siempre haces las cosas bien. Quizá por eso no te embarcas en más proyectos, con todas esas ideas buenísimas que tienes. Pero todo lo que te has propuesto en serio lo has logrado.

—Con madres como tú da gusto emprender una vida criminal.

—Claro que sí, cariño. Además, robar es facilísimo. Tuve que hacerlo unas cuantas veces cuando eras pequeña y éramos pobres, y se me daba bastante bien.

—Ay, mamá...

—Ya sé que nunca te lo había contado. Es que pensaba que te ibas a escandalizar. ¿Ves como nos ha venido genial que te hayas vuelto rebelde?

—El caso es que no me queda más remedio que fingir que me caso, y para darle verosimilitud necesitaría que estuvieras en la boda. Es en febrero.

—¿Tan pronto? Pero, hija, ¡esto se avisa antes! Por muy de mentira que sea, tendré que ir con un vestido nuevo o algo, ¿no?

—¿No te puedes poner lo mismo que llevabas en la última boda?

—Pues no, una cosa es la sobrina de un primo y otra muy distinta una hija, por muy de mentira que sea la boda. ¿Y con quién te casas?

—Con mi jefe.

—Toma ya —se sorprendió Maite. Y a continuación bromeó—: Pues no me imaginaba que fueras de esas.

—¡Claro que no lo soy! —saltó Sandra.

—Aunque lo fueras, te querría igual. Y ahora cuéntame con todo detalle el plan de ese robo, por si pudiera ayudar en algo.

Sandra le explicó lo que sabía y prometió mantenerla al día.

—Recuerda que no hay que hablar de nada de esto por teléfono. Tenemos la sospecha de que nuestros móviles están pinchados.

Maite asintió, complacida de formar parte del plan de su hija.

—Gracias por confiar en mí.

Sandra agarró la mano de su madre y la apretó con fuerza. Se sentía bien por haber compartido con ella lo de su falsa boda, o quizá no tan falsa, después de todo. Qué difícil era ser sincera incluso con una misma.

Como si hubiera pronunciado ese pensamiento en voz alta, Maite se puso algo seria y dijo:

—Por cierto... hablando de secretos, hay algo que siempre te he querido contar. Debería haberlo hecho hace tiempo...

—Mamá, me estás asustando.

Maite cerró los ojos para escoger las palabras adecuadas.

—Sé que no es el mejor momento para decirte esto, por todo el lío que tienes con lo tuyo, pero ya que estamos...

Sandra guardó silencio y se preparó para lo que fuese que su madre iba a decirle.

—¿Recuerdas que de pequeña te inventaste que tenías una hermana que vivía en tu armario?

—Pensaba que no lo sabías. —Ella se avergonzó.

—Ponías una almohada y una mantita dentro del armario todos los días. Y hacías dibujos de ella con su nombre y todo.

—Pero después escondía esos dibujos...

—Los niños de siete años no tienen muchos escondites seguros para una madre que tiene que ordenar y limpiar su cuarto, peque. Yo sabía que tú querías una hermana, y eso me hacía daño porque...

Sandra contuvo la respiración.

—¿Y te acuerdas de cuando tuviste un problema con Gerardo, me pediste ayuda y fuimos a esa clínica de Getafe?

—Cómo iba a olvidarme. —Sandra se agobió al revivir las horribles sensaciones de aquella tarde, una de las peores de su vida—. Estaba tan obsesionado con tener hijos que no pude ni decírselo, porque se habría empeñado en tenerlo. Si no llegas a estar tú para ayudarme, no sé lo que habría hecho.

—Bueno, pues yo... cuando era joven, mucho más de lo que eras tú entonces, aún iba al instituto, también tuve un problema. Solo que en mi época las cosas eran diferentes y nadie me ayudó. Mi familia me mandó al pueblo de una prima en cuanto se me empezó a notar la tripa, y cuando me desperté después del parto, el bebé ya no estaba allí.

Sandra se tapó la boca con la mano.

—No, no es eso, no me lo robaron. Ay, qué mal lo estoy contando. Yo quería darla en adopción. Era una niña. Y fui yo la que pidió que ni siquiera me la enseñaran, para sufrir menos. Pero insistí en que me informaran de cuál era la familia que la adoptaba, para asegurarme de que todo le iba bien. Y así ha sido.

—Lo siento muchísimo... qué mal lo debiste de pasar.

—Tenía quince años. Cuando volví a Madrid, el padre, que no se enteró de nada, quería que siguiéramos viéndonos, pero le dije que no. Por ahorrarse unas pesetas en condones, me había puesto en una situación horrible. Y yo me había dejado. Decidí que nunca más, ni con él ni con nadie. Pero menos con él.

—Así que tengo una hermana...

Maite saco de su bolso la libretita que siempre llevaba, escribió en una hoja un nombre y una dirección y se la entregó a Sandra.

—Estos son sus datos. Siempre he sabido dónde estaba, y a veces paso por allí solo para verla. Ella no sabe nada de mí, pero sus padres sí. Cuando era niña, le mandaba regalos y le decían que eran de una tía que vivía en Estados Unidos. —Le temblaron los labios—. Tienes dos sobrinos preciosos, ¿sabes? Son guapísimos. Cuando los veo, me entran ganas de abrazarlos, pero lo importante es que estén bien.

Con la vista nublada por las lágrimas, Sandra se levantó y rodeó a su madre con un ademán brusco y torpe, tratando de darle con ese abrazo todos los que no había podido recibir de sus nietos.

—Mamá... ¿Por qué no me lo contaste antes? —le preguntó sin soltarla.

—Tenía miedo de que me odiaras por haber abandonado a tu hermana. Habéis estado separadas toda la vida por mi culpa.

—¿Por tu culpa? Si no fuera por ti, ninguna de las dos existiríamos. No vuelvas a decir eso, mamá. Te quiero más que a nada en el mundo.

En el televisor del bar se vio cómo alguien colaba el balón en la portería, y todos los parroquianos se pusieron a gritar:

—¡¡Gooooool!!

En medio del estruendo, las dos mujeres seguían abrazadas, ajenas al ruido del mundo.

28

Sábado, 9 de febrero - martes, 12 de febrero

En la celebración pospuesta del cumpleaños de Asimov, su doble, Pablo, resultó ser un señor tranquilo y amable, conserje jubilado y coleccionista de sellos. Sandra le dio su aprobación, y eso la hizo sentirse mejor. No le estaba sentando bien evitar al novio de su madre. Maite estaba encantada de que se cayeran bien, y de que no existiera ya ningún secreto. Su vínculo era más fuerte que nunca.

La semana transcurrió entre planes, paranoias, medias verdades y mentiras enteras. Víctor contrató a un montón de actores para que representaran a la familia y los amigos de Sandra, y parecía que se lo estaba pasando en grande falsificando su propia boda.

—Tu madre vio una foto de la mía —le explicó Sandra—, de modo que al menos ella tiene que estar.

—¿Qué más sabe acerca de tu familia?

—Que no tengo hermanos...

Tras decir esto, Sandra se quedó ensimismada. Pensaba varias veces al día en su hermana mayor desconocida. Pero no quería hablar de ello con Víctor, que sin duda pondría en marcha todo un operativo para ponerlas en contacto.

—... pero no le conté que mi padre biológico nos había abandonado, no me apetecía, así que le dije que mis padres estaban divorciados.

—Pues te buscaré un padre bien resultón y elegante.

—Intenta que no se parezca a Asimov —bromeó ella.

Con Nadie es Perfecto en *standby* hasta que recuperasen las contraseñas, Sandra se vio obligada a pasar muchísimo tiempo con la persona a la que más ganas tenía de matar: la madre de su novio.

Era desesperante la de cosas que había que decidir: que si el matiz crudo/marfil de las invitaciones, que si los sabores de los canapés normales, para vegetarianos, para veganos, sin lactosa y sin gluten, por no hablar de las correspondientes tartas, que cómo debía ser el brazalete que llevaran las damitas de honor y cómo se las apañarían para encontrar un tono que favoreciera a una que era un poco «feíta», según la madre de Víctor... Todo tenía que pasar por Sandra, pero también ser aprobado por la propia Elba. Paradójicamente, cuantas más personas participaban en la organización, más gente había que contratar para las tareas concretas.

—¿De qué sirve delegar si al final la gente espera que

se encargue de todo una misma? —soltó un poco alterada.

—Cualquiera diría que no estás disfrutando de preparar el día más feliz de tu vida.

Durante un instante, Sandra no supo si hablaba en
serio. Pero se comportó como la novia feliz y no suspi-
caz que debía ser.

—¿Cómo fue tu boda, Elba?

—Una pesadilla. Había que contentar a gente tan incompatible entre sí que habrían hecho falta siete ceremo-
nias. ¡No sé por qué no se hacen así las bodas, sin mez-
clar los grupos!

—Pero entonces tampoco estarían satisfechos porque
todos pensarían que la boda de verdad no era a la que los
han invitado.

—Exacto. ¡Exacto! Así que como no se puede contentar a todos, mejor hacer las cosas como a una le apetezca y ya está. Por cierto, Víctor no ha soltado prenda
acerca de dónde os iréis de viaje de novios.

Sandra carraspeó.

—Creo... que me quiere dar una sorpresa.

—¡Muy propio de él! No es porque sea mi niño, pero
qué suerte tienes de casarte con un chico así.

Elba insistió en que se saltara un par de días trabajo, y
no hubo manera de negarse. Sandra no se sentía cómoda
pasando tantas horas con ella, teniendo en cuenta lo que
su hipotética futura suegra le había hecho a la app y lo
que ella misma le estaba haciendo a aquella. Por otra parte, al ver a Víctor tan encantador y lleno de energía y a
Jorge tan apagado, tuvo la tentación de casarse de verdad.

Quizá en el último momento utilizara una pluma con tinta normal, después de todo. Se sentía poderosa al saber que todo dependía de ella.

Una tarde fueron a una boutique de Jorge Juan para encargar el vestido. Llegaron en taxi, y Elba le dio al conductor una veintena de indicaciones.

—Este taxista no tiene ni idea de Madrid —le dijo a Sandra en un volumen perfectamente audible para el conductor, que puso cara de armarse de paciencia.

Al llegar, Elba irrumpió en la sala de espera como una diva italiana. No llevaba sombrero, pero siempre la acompañaba una pamela imaginaria. Cuando empezó a subir la escalera, la recepcionista la detuvo.

—¡Perdone, señora! No puede subir al *atelier* sin cita.

Elba se acercó a ella hasta que la chica dio un paso atrás.

—Ay, bonita, eres nueva, ¿verdad?

La chica asintió, insegura.

—De acuerdo. Memoriza bien mi rostro. ¿Lo ves? Este es el frente y este es el perfil de Elba Zafiro. Siempre que veas esta cara, limítate a dejar que entre y salga a mi antojo, ¿de acuerdo?

La chica se contrajo.

—Sí, señora.

—Y, por cierto, al decir *atelier* no hay que pronunciar la erre. Y la te la tienes que decir un poco como una che. «Atelié», se dice. A ver, dilo bien, «Atelié».

La muchacha, aterrada, repitió la palabreja como buenamente pudo. Sandra no sabía dónde meterse. Para tratar de suavizar la situación, compuso una sonrisa todo lo empática que pudo, como diciéndole a la chica «perdona el mal trago, pero alégrate de que solo tendrás que soportarla de vez en cuando».

—Edgar es maravilloso —insistió Elba mientras subían la escalera—. Ya lo verás. Es un genio, no hay otra palabra para describirlo. Un talento desbordante, un tornado de creatividad. El vestido que me hizo para la boda de Felipe y Letizia fue tan espectacular que nos lo pidieron para el Museo del Traje. Acaba de volver a Madrid después de pasar unos meses en Manhattan, por eso no hemos podido venir antes. Pero no te preocupes, el vestido estará perfecto y a tiempo.

El *atelier* era un antiguo piso principal que conservaba las molduras de escayola y las paredes tapizadas en tela. Había una barra portátil llena de vestidos de fiesta, una estantería llena de muestras de tejidos, cotas y encajes, y una mesa en la que estaban trabajando un par de chicos asiáticos que parecían tener catorce años.

—¡Elba! *Mais quelle surprise!* —exclamó una voz a sus espaldas.

—¡Edgar! —cantó la madre de Víctor como si fuera una soprano rusa.

Sandra se dio la vuelta y por poco no se cae del susto. El tal Edgar no era otro que el Edu, el novio universitario de Joseba. Ese con el que había acabado fatal porque Sandra lo había pillado enrollándose con otro en la facultad de Bellas Artes. El gran amor del que Joseba nunca se había recuperado.

—*Mon cher*, te presento a Sandra. Se va a casar con mi querido hijo, que ya sabes que es el niño de mis ojos.

Necesitamos hacer la mejor boda de todos los tiempos y eso significa que te necesito a ti. Tienes que ser tú, no puedo imaginarme a otro. El dinero no importa.

Sandra estaba paralizada. El Edu la miraba con unos ojos de nitrógeno sólido.

—*Ahá* —masculló el modisto por toda respuesta.

—Solo tenemos unas semanas. Un nuevo reto para el gran Edgar, como cuando le hiciste ese vestido de cóctel a Olvido en solo tres horas, ¿te acuerdas?

—No habrá ningún problema, *ma poupée*. Déjalo todo en mis manos.

El Edu se giró bruscamente hacia Sandra, tendiéndole una mano a la que le iban a brotar espinas en cualquier momento.

—Encantado, querida. Soy Ed-gar.

—Sa... Sandra. Lo mismo digo.

—Pasa al probador para desnudarte. Te tomaré las medidas personalmente. Como si te conociera de toda la vida, Sandra querida.

Cuando llamó a Joseba esa misma noche, primero le contó la entrada triunfal de Elba y el numerito con la recepcionista, que sabía que le encantaría a su amigo, y luego le narró el maltrato alfilerístico al que había sido sometida con toda la mala leche del mundo.

—Creo que aún no ha superado que le dejaras —dijo Sandra—. ¿Qué te parece? No puedo imaginarme cómo una persona puede quedarse atascada durante diez años.

Pero su amigo estaba inusualmente silencioso al otro lado del teléfono.

—Bueno, cuéntame cómo es ese vestido... Al menos hazte fotos, perra.

Solo faltaba una semana para el robo. Sandra se despertó con el ruido de los arañazos en los cristales. Al haber dormido allí Víctor, Sigmund se había pasado la noche en la terraza, y aunque Sandra le había sacado sus enseres, tenía una pinta de enfadado que era para hacerle un vídeo. Daba miedo hasta abrirle la puerta.

—Menuda fuerza de la naturaleza, ¿eh?

—Sí. Creo que es mejor no abrirle hasta que nos vayamos. Pero no hemos quedado con Gema hasta las doce, le va a dar algo.

—Pues vámonos a desayunar cerca del parque donde hemos quedado. Conozco un sitio por Manuel Becerra.

Sandra estaba empezando a acostumbrarse a esa sensación que transmitía Víctor de que todo estaba bajo control, de que todos los problemas tenían arreglo, de que todo iba a salir bien.

Tras el desayuno, en uno de esos lugares maravillosos que solo parecía conocer Víctor, apagaron los móviles, como les había indicado Gema, y se reunieron con ella y con Jorge en el parque para planear los últimos detalles del robo.

—Yo no puedo asistir a la boda —le dijo Gema a Sandra—. Mi abuela no sabe que tú sabes que yo soy de la familia. Así que coordinaré la operación desde la casa de al lado.

—El hijo del vecino es un buen amigo de Gema —intervino su tío—. Está colado por ella, vamos.

—Bueno, una cosa es por quién se cuela uno y otra muy diferente con quién puede estar —dijo sin mirar a Jorge, pero dirigiéndose a él—. Pero sí, somos amigos desde pequeños. Y le cae fatal mi abuela.

—Un momento, se supone que tú eras la que iba a cometer el robo —protestó Jorge—. Y ahora resulta que ni siquiera vas a estar presente en el lugar, pero nos vas a liar a todos.

—Yo también creo que es lo mejor —dijo Víctor—. Al fin y al cabo, Gema es la más vulnerable. Es preferible que mi madre piense que no pudo cometer el robo porque ni siquiera estaba allí.

—Sospechará de mí, pero tendré coartada.

—De acuerdo —dijo Sandra—. ¿Y quién realizará la sustracción?

—Tú —le soltó Gema.

A Sandra se le paró el corazón durante un segundo.

—¿Yo?

—Eres la que va a tener más libertad de movimientos. Te dejará la mejor suite para que te vistas, está en la misma planta que mi oficina. En ese piso no hay cámaras. Solo tienes que pedir que no te moleste nadie, que no quieres que te vean con el vestido. Y te cuelas en mi oficina, enciendes el ordenador, desactivas la seguridad del equipo con las contraseñas que te dé, sacas el disco duro, te lo guardas en el vestido y sales de allí.

El pulso de Sandra se aceleró. No sabía si sería capaz de hacer todo eso, pero tenía claro que Elba no dudaría ni un momento en denunciarla si la descubría.

—¿Y luego? —preguntó Víctor.

—Hay varias opciones. Una de ellas es recogerlo con un dron o una tirolina. Desde tu ventana hasta la del vecino, donde estaré yo, solo hay unos doce metros. Pero creo que la gente que está en el jardín oiría el dron o vería la tirolina... Es más sencillo pasarle el disco a una de las chicas que te estén ayudando dentro de una pieza especial del vestido, pidiéndole que lo lleve a la sastrería porque se ha descosido no sé qué y hay que arreglarlo con urgencia. A la chica, que estará toda estresada, la dejarán salir corriendo sin registrarla, sobre todo porque en ese mismo momento mi hermana se desmayará, estallará un petardo en la casa de al lado y llegará un camión de suministros que los de seguridad tendrán que registrar.

—Vaya, has pensado en todo —dijo Jorge.

—Esto me encanta —dijo Víctor—. ¡Es como una película, pero en la vida real!

Jorge lo miró con desaprobación.

—Me parece demasiado peligroso para Sandra —dijo.

—Lo que me preocupa es que no sé si seré capaz de desmontar la pieza. No he hecho algo así en mi vida.

—Es muy sencillo, te pondremos a practicar con un modelo igual —dijo Gema.

—Vale. ¿Y la chica? —preguntó Víctor—. ¿En quién podemos confiar?

—Cualquiera de ellas valdrá —aseguró Gema—. Después de todo, no sabrá nada, así que no tendrá actitud sospechosa.

—Ya, pero como la pillen, se la llevan a comisaría. Y con los abogados que tiene Elba...

—Lo haré yo —dijo Jorge.

—Pero no puedes... la cosa es que Sandra va a decir que no quiere que nadie vea el vestido, con lo cual solo podrán estar con ella las damas de honor.

—Pues seré una de ellas. Una vez, en una despedida de soltero, me vestí de chica, y mucha gente se creyó que lo era de verdad.

Sandra lo observó fijamente.

—Tienes la mandíbula muy fina y poca barba... y si te depilas las cejas podrías dar el pego, pero...

—Será muy poco rato. En cuanto tenga el disco me iré. Así no pondremos en peligro a terceras personas.

—La caracterización no será un problema —aseguró Víctor—, tengo un experto de confianza que podría convertir a cualquiera en cualquiera. Jorge casi no tiene nuez, y con lo flaco que está, tiene el mismo tipo que esas chicas.

Gema respiró hondo.

—Que seas tú tiene la ventaja de que podrías resolver cualquier problema con el sistema informático.

A Sandra le parecía mucho mejor no tener que hacerlo sola.

—Eso sería un gran alivio, la verdad.

—En cuanto el disco esté en mi poder —dijo Gema—, lo indicaré colgando de mi ventana una bandera del orgullo gay. La veréis desde el patio. Así sabréis que todo ha salido bien.

—¿Y por qué precisamente la del orgullo gay? —quiso saber Jorge.

—Porque se distingue desde lejos, porque es la única que tengo, y porque mi abuela la odia.

Víctor parecía encantado con aquel plan.

—Robarle a mi propia madre... Esta será mi obra maestra. No tendréis que preocuparos de nada.

—Qué locura —pensó Sandra en voz alta—. Vamos a acabar todos en la cárcel.

Jorge la miró.

—Todo va a salir bien.

Y esas sencillas palabras la calmaron de inmediato.

29

Miércoles, 13 de febrero

Hay días estresantes. Sobre todo, cuando estás a punto de cometer un delito y al mismo tiempo no sabes si el día siguiente será el día de tu boda.

También hay días en los que te despiertas llena de moratones y pinchazos porque el vengativo ex de tu mejor amigo ha decidido, diez años más tarde, que lo de la no violencia estaba pasado de moda. Durante la última prueba del vestido, el reputado modisto, anteriormente conocido como «el Edu», se las había apañado para hacerle daño de la manera más perversa que se le ocurrió. El muy serpiente se inventó que las proporciones de Sandra eran tan exquisitas que prefería montar el vestido directamente sobre su cuerpo, y la secuestró durante horas para colocarle piezas de encaje y de tul con alfileres, que siempre pinchaba un milímetro más allá de lo necesario.

Ya en la oficina, la ausencia de Jorge, que parecía esconderse de ella, le hizo valorar en su justa magnitud lo que era echar de menos a alguien que se había convertido en un amigo tan cercano. Pero ese era uno de los peajes que conllevaba tomar decisiones. Afortunadamente tenía la calidez de Leonor, que lo compensaba todo.

Sandra se comió una ensalada frente al ordenador para adelantar trabajo atrasado. Pero entre sus perspectivas criminales, su dilema sentimental y la noticia que le había dado su madre, algo que aún no había asimilado del todo, tenía demasiadas cosas en la cabeza. Acabó por pedirle a Leonor una pastilla contra la ansiedad.

—Ánimo, dejar el tabaco no es fácil —le dijo esta, que había observado que Sandra ya no fumaba.

—Pero tampoco te pases con las pastillas, que no es bueno para el feto —añadió Amanda.

Normalmente Sandra no se habría molestado en responder, pero aquel no era el mejor día para que nadie le hablara de embarazos. De modo que le soltó a su compañera:

—«Tus prejuicios son las ventanas a través de las que miras el mundo. Límpialas un poco de vez en cuando o no dejarán entrar la luz».

Y esas palabras de Isaac Asimov, una de las frases que tenía enmarcadas en casa, obraron el milagro de hacer que Amanda se quedara muda.

Mientras Sandra sacaba adelante el trabajo, una idea se fue formando en su cabeza. Ya que una de las cosas que la estaban estresando era saber que tenía una hermana a la que no conocía, lo lógico era ir a verla. Si comprobaba que era real y que le iba bien, como decía Maite, eso atenuaría su sensación de incertidumbre.

De modo que al salir del trabajo le dijo a Víctor que no podía dar el paseo que él le había propuesto, y se fue directa al chalet en el que vivía su hermana biológica. Se sentó a esperar en un banco, algo nerviosa. Esa chica no solo no sabía quién era su padre, como la propia Sandra, sino que seguramente tampoco tuviera ni idea de cómo se llamaba Maite, qué aspecto tenía, a qué se dedicaba. Si a Sandra le había bastado desconocerlo todo sobre uno solo de sus progenitores para plantearse innumerables preguntas a lo largo de su vida, no podía ni imaginarse cómo sería haber sufrido ese desamparo por partida doble.

Una hora después, vio salir de la casa a una mujer que le recordó bastante a Maite en las fotos de cuando era joven. Se le parecía más que ella misma. Llevaba de la mano a una niña de unos cuatro años. Sandra se levantó del banco y fingió que caminaba en dirección contraria. Al acercarse, la Sandra psicóloga pensó que su hermana aparentaba ser una mujer sana, sin grandes traumas. No tenía en el rostro las huellas que dejan una depresión crónica, un trastorno obsesivo o un desorden alimentario. Daba la impresión de ser feliz, de haber encontrado su camino en la vida sin que eso le supusiera enormes renuncias. La adoptaron nada más nacer, seguramente encontró una buena familia, unos padres cariñosos que sustituyeron por completo a los que nunca conoció.

Al cruzarse con ellas, la niña la miró sonriendo y Sandra le devolvió la sonrisa, como habría hecho con cualquier niño. Pero entonces la pequeña se le abrazó a las piernas, impidiéndole seguir caminando. La madre levantó las cejas.

—Rosa, no puedes quedarte con esta chica.

La niña se rio.

—¿Por qué no?

—Porque las personas tienen su propia vida y no te las puedes quedar como si fueran juguetes. ¿Qué vas a hacer, dejarla en una estantería con tus peluches?

La niña puso cara de que le parecía muy buena idea. Si esa mujer supiera que una versión imaginaria de ella se había pasado la infancia precisamente durmiendo en un armario...

—Perdona, es demasiado cariñosa —le dijo a Sandra.

—Eso no existe —le aseguró ella.

Las vio alejarse, y justo antes de perderlas de vista estuvo a punto de ir tras ellas y contarle a aquella mujer que eran hermanas. Pero no le pareció el momento adecuado. No debía hacer algo así en un arrebato. Tenía que prepararlo bien, y darle a ella un tiempo de reacción.

Sí, quizá fuera posible preparar las cosas de manera que su hermana lo entendiera y aceptara a Sandra y a Maite. Era un reto, desde luego, pero de algo tenía que servirle a Sandra ser psicóloga.

—¡Rosa, dame la mano! —le gritó la madre a la hija.

Rosa... el nombre le produjo cierto desasosiego. Le resultaba familiar, pero ¿por qué le generaba una sensación incómoda? Y entonces Sandra se acordó de su bibliotecaria. ¡Llevaba días queriendo ir a verla!

—¡Taxi! —gritó.

—No está aquí —dijo una bibliotecaria suplente a la que Sandra no había visto en su vida—. Si quiere le dejo recado.

—No hace falta, muchas gracias —respondió Sandra, aliviada. Si existía la posibilidad de dejar un recado era que aún no la habían despedido.

Le escribió a su prometido:

> SANDRA: Víctor, ¿te puedes enterar de cuál es la dirección a la que Pascual llevó a Rosa, mi bibliotecaria?

Él le respondió enseguida. Sandra compró un detalle en un 24/7 y se dirigió hacia allí. Llamó al timbre varias veces, hasta que vio asomar la cabeza de Rosa por una ventana.

—Ah, eres tú —le dijo—. Sube.

Sandra se encontró abierta la puerta del piso. Recorrió un pasillo larguísimo. La casa de la bibliotecaria era un templo de los libros donde no se veía ni un centímetro de pared.

—Hola, Rosa, te he traído unos bombones...

—Muchas gracias, bonita, pero tengo azúcar.

—Ya, me acuerdo que lo dijiste en casa de Víctor. Son de fructosa.

Rosa los miró con cierta desconfianza.

—¿Y tú crees que la comida dice la verdad?

—Quería disculparme por el mal rato que te hice pasar.

Rosa gruñó e hizo un gesto de sacudir el aire: «No me vengas con tonterías, todo eso está ya resuelto y más que resuelto».

Se sentaron a charlar un rato y, entre tazas de té, Rosa le contó que tenía un tumor cerebral, que no la ponía en peligro inmediato, pero que era la causa de la ataxia que afectaba a su movilidad, y de una degeneración de la vista que pronto le impediría leer.

—Me espera la tragedia de Borges, ya sabes. Y eso, además del principio de diabetes —se quejó la bibliotecaria—. He tenido que dejar hasta la novela rosa.

Sandra se rio. Nunca la había oído bromear.

—Por lo menos ahora existen los audiolibros —sugirió Sandra.

—Tienes toda la razón. Hay que aceptar las cosas como vienen, porque apenas tenemos poder sobre ellas. En la vida hay tantas fuentes de infelicidad, y tan poderosas... Hay que saber muy bien qué es lo que a uno le hace feliz, cosa que no es sencilla, porque el sistema está montado para distraernos con sustitutos.

—¿Y qué es lo que te hace feliz, Rosa?

—Leer. Tener tiempo y calma para leer lo que me apetezca. Sumergirme en otras vidas, en otras épocas, y viajar, y bailar y saltar con la mente, todo lo que no puedo hacer en esta silla.

—Por eso no quieres dejar de trabajar en la biblioteca...

—Eso es. Sé que mi cuerpo cada vez irá a peor, pero

me consuela que, según los médicos, mantendré la cabeza lúcida y podré escuchar libros hasta el final.

La palabra «final» quedó suspendida entre ellas.

—Bueno, ¿y tú qué? ¿Contenta con la boda?

—¿Cómo lo sabes?

—Tres horas de coche dan para mucha charla. Pascual y yo nos hemos hecho bastante amigos desde entonces.

—Pues lo cierto es que... siendo sincera, tengo muchas dudas. Víctor es estupendo. A ver, tiene sus cosas, como todo el mundo...

—Pascual lo tiene en mucha estima. Dice que es el que mejor ha salido de la familia y que, con la madre que le ha tocado, eso tiene mucho mérito.

—Sí, no es por él. Es por mí misma. Me gustaría encontrar la manera perfecta de tomar decisiones. Una máquina o algo.

—Sí, qué práctico, ¿verdad? Algo que nos librara del libre albedrío. Pero también nos arrebataría la humanidad. Solo existe una manera de tomar decisiones.

Rosa sacó su libro electrónico, realizó una búsqueda, aumentó el tamaño de letra y comenzó a leer:

Bastian le enseñó al león la inscripción del reverso de la Alhaja.

—¿Qué significa? —preguntó.

—«HAZ LO QUE QUIERAS.»

—Eso quiere decir que puedo hacer lo que me dé la gana, ¿no crees?

—No —dijo con voz profunda y retumbante—. Quiere decir que debes hacer tu Verdadera Voluntad. Y no hay nada más difícil.

—¿Mi Verdadera Voluntad? —repitió Bastian impresionado—. ¿Qué es eso?

—Es tu secreto más profundo, que no conoces.

—¿Cómo puedo descubrirlo entonces?

—Siguiendo el camino de los deseos, de uno a otro, hasta llegar al último. Ese camino te conducirá a tu Verdadera Voluntad.

—No me parece muy difícil —opinó Bastian.

—Es el más peligroso de todos los caminos —dijo el león.

—¿Por qué? —preguntó Bastian—. Yo no tengo miedo.

—No se trata de eso —retumbó Graógraman—. Ese camino exige la mayor autenticidad y atención, porque en ningún otro es tan fácil perderse para siempre.

—*La historia interminable*. Me leí ese libro de pequeña... —recordó Sandra, con ensoñación—. Había olvidado lo que significaban esas palabras.

—Nadie puede permitirse olvidarlo. La Verdadera Voluntad es algo que pocos llegan a descubrir, pero es responsabilidad de todos intentarlo sin descanso.

—¿Tú has encontrado la tuya? —preguntó Sandra.

Rosa asintió, señalando a su alrededor.

—Los libros son mi casa. Es un hogar vivo, de calor y de memoria, que hay que cuidar con tanto amor como el que se les dedica a las personas. Porque al final todos los libros cuentan una historia de amor: a una persona, a un lugar, a una comunidad, a una idea, a la humanidad entera. Y las formas de amor que residen en los libros están vivas para siempre.

Al salir de casa de Rosa, lo primero que hizo Sandra fue apagar el móvil, como parte de las precauciones que Gema les había enseñado. Después se montó en un taxi y le dio la dirección de Jorge.

Cuando llamó al timbre, la puerta vibró sin que nadie preguntara. Subió en el ascensor retocándose el pelo, pero cuando tuvo a Jorge delante se quedó bloqueada.

—¿Qué ha pasado? —preguntó él, mirando a un lado y a otro por si había alguien más—. Son casi las doce...

Sin responder, Sandra se abalanzó sobre él y empezó a besarle. Él se dejó, inmóvil por la sorpresa. Tardó un buen rato en poner los brazos alrededor del cuerpo de ella.

Ese beso estaba lleno de cosas que ella podía entender. En él había amistad, complicidad, la camaradería creada por un proyecto compartido, la admiración por el talento y el trabajo del otro. Había indicadores objetivos de su compatibilidad psicológica según esos test que ella le había ocultado para que no se hiciera ilusiones. Pero en ese beso también había muchísimas cosas que Sandra no era capaz de comprender. Había destellos, ecos de una posible felicidad futura, ganas de olerse, de explorarse, de llegar hasta el final, de saberlo todo el uno del otro, de agotarse mutuamente. Promesas de que las cosas no harían más que mejorar. Una felicidad rabiosa. Un deseo animal mezclado con unas tremendas ganas de abrazarse, de entregarse, de cuidarse. Átomos de puro comienzo.

—Vamos dentro —susurró él.

Y eso hicieron. Entraron todo lo que se puede entrar en una casa, que es hasta meterse debajo de las sábanas. Sin hablar, como si hasta ese momento las palabras no hubieran sido más que fuente de malentendidos, Sandra y Jorge se desnudaron el uno al otro de una manera parecida a la que habrían podido hacerlo dos desconocidos, ebrios de anticipación.

—¿Por qué has venido? —preguntó él mientras luchaba con los botones.

—Porque era lo que deseaba —respondió ella.

Él entrecerró los ojos con una expresión en la que se mezclaban el dolor y el placer, y ella se dio cuenta de que aún no le había dicho que la boda era fingida. Porque sería de mentira, ¿verdad? Lo cierto era que el futuro entre Sandra y Víctor dependía de aquella noche con Jorge, y eso sí que lo sabían los dos.

Él le comió la boca, expresando con ímpetu las ganas que llevaba meses acumulando de que llegara aquel momento. Sandra se sentía como si volviera a ser adolescente, como si todo en el sexo fuera nuevo.

—¿Qué perfume llevas?

—Ninguno —contestó él, extrañado.

De modo que era el olor natural de su cuerpo. Sandra, que con Víctor se quedaba bastante quieta, esperando que él la complaciera, con Jorge tuvo el impulso de actuar. Su cuerpo entero le pedía más. Bajó a investigar y se puso a olisquear en todos los recovecos que se encontraba.

—¿Qué haces? —dijo Jorge riéndose.

—Es que hueles demasiado bien, y quiero saber si

eres tú o es otra cosa. ¿No llevas desodorante con aroma, o algo?

Jorge le sostuvo la cabeza y buscó su boca, interrumpiendo la exploración olfativa. Aquella determinación hizo que Sandra se estremeciera de placer. Hasta aquel momento, él nunca había tomado la iniciativa, era como si le diera miedo, como si no lo tuviera claro. Y Sandra no sabía si era peor la duda o la cobardía. Pero en la cama Jorge estaba resultando ser todo lo espontáneo y decidido que no había sido hasta entonces en la vida real. De repente ya no necesitaba los dados: sabía muy bien qué era lo que tenía que hacer.

La derrumbó sobre la cama y frotó su cuerpo contra el de ella, provocando que ambos se cargaran de estática y de deseo.

—¡Estás muy en forma! —le dijo Sandra, algo sorprendida.

—¿Qué pasa, que los frikis no podemos cuidarnos?

El informático parecía otro. Estaba tan ávido de disfrutar del cuerpo de Sandra que a ella le daba la impresión de no estar con un solo hombre. Era como si tuviera manos por todas partes. Sentía que le estaba devolviendo todas las caricias atrasadas, las que no había podido darle hasta aquel momento. Gruñía de una manera muy excitante, como si el placer le superara. Como si hubiera sido derrotado por él.

Era el hombre menos velludo con el que Sandra se había acostado, tenía la piel muy suave y eso le pareció sensual. Además de ser muy agradable al tacto, era como si no hubiera ningún obstáculo entre sus pieles, como si el contacto fuera más completo. Sin embargo, a pesar de la delicadeza de su piel, Jorge no era precisamente femenino en la cama. Se entregaba a la pasión sin dejar que la cabeza bloqueara sus actos, como si lo empujase la fuerza de la naturaleza y no su propia voluntad. La hizo sentirse completamente animal, cien por cien cuerpo. Y ese olor...

Aquella noche, Jorge le demostró que era capaz de tratar maravillosamente bien el cuerpo de una mujer. La hizo sentir deseada y le dio placer de tantas maneras que Sandra llegó a sentirse aturdida. Tenía la habilidad de un amante experto y la ingenuidad de un adolescente. Al acercarse el momento, Sandra se tensó, a la espera de un placer que, estaba segura, sería brutal. La premonición partía de cada una de sus fibras. Y pensar que al principio creyó que no le gustaban las mujeres...

Tras el orgasmo, Jorge no se quedó en silencio, pero tampoco habló. Le faltaron minutos para continuar besándola y mordisqueándola, como si estuviera haciendo un catálogo de cada pliegue de su cuerpo. Después del primer arrebato hubo otro, y después un tercero, como si no pudieran saciarse el uno del otro, como si ambos temieran que se acabara la noche y el mundo real los aplastara de nuevo con su mediocridad.

—Gracias —le dijo él, sin que quedara muy claro a qué se refería.

De repente comprendió por qué Gema se había enganchado tanto de Jorge, y al mismo tiempo sintió una punzada de celos. Entonces se dio cuenta de que a lo largo de la noche no había pensado en Víctor ni una sola vez. Ni siquiera en Enrique.

—Mañana tengo que levantarme a las siete para que me maquillen —se quejó Jorge.

—Anda, igual que yo —protestó Sandra—. Pero lo tuyo va a ser mucho más divertido.

Jorge se acurrucó contra ella, abrazándola, entre satisfecho y agotado.

—Oye, Jorge, respecto a mañana... —Tomó aliento para encontrar las palabras adecuadas.

Él respondió con un murmullo y le acarició la pierna.

—... hay cosas que no sabes. La relación que tengo con Víctor no es exactamente lo que parece... Bueno, no sé lo que parece.

Sandra le dio vueltas a cómo expresar aquello. Quería decirle que no iba a casarse con Víctor, pero tampoco quería que Jorge pensara que su relación con este había terminado. Sandra aún tenía que resolver y decidir las cosas a ese respecto, y, probablemente, comunicárselas al propio Víctor.

—El caso es que... no sé cómo decirlo, pero no tienes que preocuparte por la boda de mañana. No va a ser de verdad. Lo hago... lo hacemos por salvar la empresa.

Jorge soltó un apacible ronquido. No había escuchado una sola palabra.

Sandra se propuso decírselo a primera hora de la mañana. Se recostó contra él y se quedó dormida con una sonrisa de oreja a oreja.

30

Jueves, 14 de febrero

Una melodía de los Monty Python dio un susto tremendo a Sandra, que durante un momento no sabía dónde estaba. Entonces le llegó el cálido olor de Jorge y se le dibujó una sonrisa en la cara.

—Oye, ¡apaga eso! —le pidió.

—¿Qué? ¿Cómo?

Jorge sacudió la cabeza, aturdido. Miró a Sandra, buscó el despertador y por fin consiguió que dejara de sonar. Los dos se quedaron en silencio, algo cortados.

—Así que pasó de verdad —dijo Jorge.

—Fue increíble.

—Bueno, es lógico querer echar una canita al aire antes de la boda —gruñó él.

—Jorge, no ha sido eso. Hay cosas que no sabes...

—¿Y por qué no las sé?

Ella no supo por dónde empezar. Tenía tanto que explicar que no dijo nada.

—Sandra, ya sé que es una situación complicada para ti. Supongo que te gustamos los dos y que estás hecha un lío, y que... bueno, básicamente eso. No me ha pasado nunca, y le veo un punto esquizofrénico. Pero no te voy a obligar a que decidas. De hecho...

—¿De hecho qué?

—Pues que no sé si podría empezar algo con alguien que tiene otra historia. Estoy un poco chapado a la antigua, como Julie Andrews en *Millie, una chica moderna,* y eso de las cosas poliamorosas no creo que lo llevara bien. ¿Quieres un café?

Mientras él preparaba el café, Sandra se quedó pensativa. Hasta ese momento creía que lo que tenía que hacer era decidir entre los dos. Pero ¿y si lo que le estaba pasando era que quería estar con ambos a la vez? ¿Era eso lo que la tenía indecisa? Porque, claro, era fácil reprocharle a Jorge su falta de iniciativa y sus dudas, pero ella no se lo había puesto fácil. Qué demonios, iba a casarse con otro. En el maldito día de San Valentín.

Sandra se dio una ducha exprés. Ya debería estar en el salón de belleza con Elba. Al salir se encontró a Jorge haciendo tortitas, y de repente esa afición suya por la repostería le pareció lo más enternecedor del mundo.

—Jorge, quiero que sepas que lo que suceda hoy no va a significar nada, ¿de acuerdo? Lo estoy haciendo por la empresa, por Antón, por Palma y por Sergio. Y es verdad que tengo un poco de... bueno, que se me han solapado en el tiempo algunas circunstancias que habrían estado mejor separadas. Pero...

Él le dio la vuelta en el aire a la tortita.

—¿Pero?

—Que esta noche ha sido maravillosa y que no quiero que sea la última que pasemos juntos.

—Marido rico y amante pobre... Un argumento clásico de comedia.

—No quiero decir eso...

Sonó el timbre.

—El maquillador. Se ha adelantado —explicó Jorge—. Creo... es mejor que no te vea aquí, me parece que es amigo de Víctor.

A ella se le aceleró el pulso.

—¿Y qué tengo que hacer? ¿Salir por la ventana? Porque eso sí que es de comedia clásica...

—No hace falta, escóndete en el armario. Cuando me lo lleve para dentro, sales y dejas la puerta entreabierta para que no se oiga el portazo. Ya la cerraré después.

—Otra escena de toda la vida —dijo riéndose.

El timbre volvió a sonar. Sandra entró en el pequeño armario, y cuando Jorge lo estaba cerrando, no pudo evitar atraparle la boca con la suya, con la esperanza de transmitirle lo que ella misma no tenía claro. Pero igual era poner demasiadas esperanzas en un beso robado.

El timbre sonó por tercera vez y Sandra se quedó a oscuras.

—¿Se te han pegado las sábanas o qué? —oyó que preguntaba una voz de oso.

—Un poco.

—¿Y eso que huele a quemado?

—¡Las tortitas!

Jorge corrió a la cocina para retirar la sartén del fuego,

seguido por unos pasos rotundos. Sandra aprovechó para abrir una rendija del armario, comprobar que estaba despejado y salir zumbando.

Llegó en taxi al salón de belleza sin haber desayunado. Elba la estaba esperando mirándose el Hublot.

—Pero bueno, ¡qué aspecto más horrible tienes!

—He estado un poco nerviosa.

—Se supone que te tenías que hacer los tratamientos hidratantes estos últimos días. Se te ha olvidado con el estrés de la boda, ¿verdad? No te preocupes, ¡estas chicas hacen verdaderos milagros!

—¿Te importa si tomamos algo antes?

—Aquí puedes pedir lo que te apetezca, querida. Te recomiendo que no sea nada sólido, por el vestido, ya sabes. ¿Qué tal un *green juice detox*?

Sandra habría preferido las tortitas, pero aceptó el zumo de espinacas.

Aquella mañana su cuerpo fue víctima de todo tipo de agresiones. Le aplicaron frío, presión, vibración y calor. Depilaron hasta el último centímetro de su piel, e incluso le quemaron verrugas. La broncearon en cabina y luego con espray, y por último se emplearon a fondo con el pelo y el maquillaje. Al acabar, Sandra se puso las lentillas, se miró en el espejo y vio una especie de muñeca de plástico de perfección ultraterrena. Una belleza falsa para una boda falsa.

—Ha venido tu amiga a recogerte —le dijo una de las chicas mientras la envolvía en un batín estilo japonés.

—¿Qué amiga?

—Daphne.

Daphne no era otra que Jorge. El hombre con el que acababa de pasar una noche especialmente salvaje se había convertido en una chica de aspecto elegante, tipo profesora de universidad, que encima tenía un tipazo. La caracterización era tan efectiva que resultaba inquietante. Desde luego, el oso sabía muy bien lo que se hacía.

—Elba, esta es... Daphne —le dijo Sandra a la madre de Víctor.

—Encantada, querida... —Elba se dirigió a Sandra—. Vaya, qué amiga más alta tienes.

—Sí, nos conocimos en el equipo de baloncesto del instituto —improvisó Sandra.

—Qué suerte tienes, bonita, te puedes poner cualquier Saint Laurent —le dijo a Jorge—. Bueno, Sandra, veo que te dejo en buenas manos. Yo me voy a coordinar el catering, que con esa gente nunca se sabe.

Elba estaba a punto de salir cuando giró sobre sí misma, se acercó a Sandra y la contempló un momento.

—La próxima vez que nos veamos ya podré llamarte «hija».

Sandra sonrió, tratando de que no se le notaran la tensión y el agotamiento que llevaba acumulados tras una noche de poco sueño y toda una mañana de torturas.

—¡Chao! —se despidió Jorge modulando la voz, y a continuación se llevó a Sandra al taxi. Una vez allí, recuperó su timbre y le dijo—: Solo tendremos una hora. Nuestra amiga me ha dado este móvil para que nos coordinemos y que todo salga bien.

—Vale, Daphne. Pero recuerda que tienes que curarte ese catarro tan feo que tienes, se te pone la voz muy rara.

Jorge se tocó la garganta, que llevaba cubierta por un pañuelo, y carraspeó.

—Sí, es verdad, tengo que tener cuidado con eso —se disculpó con voz femenina—. Mira, esta es la pieza especial del vestido. Lleva pinzas para engancharla a la falda.

—¿Dónde te han dado el carnet, payaso? —gritó el taxista a otro conductor—. ¿En una tómbola?

Sandra deslizó su mano hasta tocar la de Jorge.

—Gracias por hacer esto —susurró.

Él miró por la ventana para evitar que la situación se pusiera emotiva. Pero, tras un momento de silencio, le dijo con suave voz de chica:

—Estás increíblemente guapa.

—Me pican muchísimo las lentillas —confesó ella—. Tengo ganas de llorar, pero no puedo porque se correría el maquillaje.

Jorge se alisó el vestido.

—No digas esa palabra...

—Te lo digo en serio. Me escuecen. ¿Qué hago, me las quito? Pero entonces no vería nada.

—Parpadea todo lo que puedas, cuando lleguemos pediremos colirio o algo.

—¿Qué te pasa, que no tienes ojos en la cara? —continuó el taxista—. ¿Es que no ves que ya está en verde? ¡Pasa de una vez, que nos estás retrasando a todos!

Al llegar a la mansión, dos vigilantes de seguridad condujeron a Sandra y a Jorge por los pasillos de servicio. Una vez dentro de la casa, una azafata los escoltó hasta la suite en la que Sandra debía cambiarse.

—Está todo dispuesto. Si necesitas algo, envía a una de las chicas —le dijo.

—Sí, por favor, necesito lágrimas o algún líquido calmante para las lentillas. Muchas gracias —le pidió Sandra.

Estaba deseosa de quedarse a solas para respirar un segundo. Pero al entrar en la habitación se la encontró llena de gente.

—¡Cariño, estás guapísima! —le dijo una perfecta desconocida, abrazándola como si fueran íntimas.

Aquellas debían de ser las actrices contratadas por Víctor para hacer de sus amigas. Jorge y Sandra se pusieron a repartir besos a diestro y siniestro mientras estudiaban el terreno. En el centro de la suite estaba dispuesto el vestido, que parecía dos tallas más estrecho que el día de la prueba.

Ponerse aquello con ayuda de un montón de extrañas que fingían ser sus amigas del alma, en presencia de Jorge y con los ojos ardiendo, fue un auténtico suplicio. El Edu se había asegurado de que la parte interior estuviera salpicada de diminutas hebras de plástico y aquello picaba como un erizo dado la vuelta.

—Te has puesto pálida —dijo Jorge con voz de Daphne.

—¿Qué más dará estar pálida cuando una está tan espectacular? —dijo «mejor amiga número uno».

—Te hace un culo increíble —aseguró «mejor amiga número dos».

—Eso es verdad —confirmó Daphne—. ¿No quieres un vaso de agua o algo?

Sandra temía estallar si dejaba que una sola gota entrara en su cuerpo.

—El colirio —anunció una criada acercándole el frasco.

Sandra nunca creyó que podría agradecer tanto una cosa tan pequeña. Con ayuda de su nueva mejor amiga cuyo nombre ni siquiera sabía, se puso las gotas.

—Qué alivio —dijo en un suspiro.

Mientras la amiga, al hilo de los picores, fingía recordarle una anécdota de juventud que incluía al bajista de un famoso grupo de los noventa, una fuente pública y ladillas, Jorge se tocó el reloj de pulsera y señaló la puerta con la mirada.

—Tengo que ir al baño —anunció Sandra.

—Sí, es fundamental ir antes —dijo una espontánea—. Sobre todo, si tienes problemas, como me pasó a mí en mi boda, ¿te acuerdas? Había tomado tantos laxantes para entrar en el vestido que se me fue la mano.

Sandra no supo qué cara poner.

—Te acompaño, querida —dijo Jorge.

Ya en el pasillo, a solas, Sandra le reprochó:

—¡Ninguna mujer de tu edad diría «querida»!

—Perdona que no tenga experiencia en el asunto —se disculpó. Luego consultó la geolocalización que le había proporcionado Gema—. Es la tercera puerta a la derecha.

—Espera, que tengo que ir al baño de verdad. Me han servido demasiados zumos *detox* en ese sitio del infierno.

—Tenemos que aprovechar que no hay nadie —le pidió Jorge.

—Está bien...

Jorge examinó la puerta de la oficina, que tenía un teclado controlando la cerradura.

—Gema me ha dado su código, pero hay que marcarlo bien a la primera. Si no saltará la alarma —dijo.

—¿Y a qué esperas?

—Tiene como catorce cifras, y mira las uñas que me han puesto. ¿Cómo se las apaña la gente para vivir con estas zarpas?

—Anda, trae.

Sintiendo que la nuca se le llenaba de sudor frío, Sandra tecleó el número. La alarma no saltó, pero tampoco se abrió la puerta.

—¿Y ahora qué hacemos? —le preguntó a Jorge.

—¡No sé!

Solo entonces la cerradura hizo «clic», permitiendo la apertura.

—Joder, podría haber avisado de que tenía retardo —se quejó Jorge llevándose una mano al pecho.

—Bueno, del ordenador sí que te encargas tú, ¿eh?

Pero él ya se había acercado al equipo y trataba de desbloquear el sistema con las contraseñas que le había dado Gema.

—Como todo esto sea una trampa de ese par de psicópatas y acabemos en la cárcel... —masculló Jorge.

—No pienses en eso ahora —susurró ella, sujetando la puerta porque le daba miedo quedarse encerrada dentro—. Por otra parte, con un poco de suerte te mandarían a una cárcel de mujeres. ¿A que esa posibilidad no te parece tan terrible?

—No sé, si tuviera que llevar siempre estas uñas creo que no compensaría. ¡Mierda!

—¿Qué pasa?

—No puede ser... Pide contraseñas nuevas. —Jorge, que tanto odiaba trabajar bajo presión, palideció.

—Madre mía...

Sandra llamó a Gema y le contó el problema.

—Elba siempre escoge contraseñas relacionadas con sus intereses personales.

—He utilizado un truco de desencriptación y sé que la nueva contraseña tiene nueve caracteres —dijo Jorge.

A pesar de que le temblaban las piernas por la ansiedad, Sandra repasó mentalmente todo lo que sabía de la madre de Víctor. Y tuvo una iluminación.

—Prueba con «speedygonzalez».

—¿Seguro?

—Es lo mejor que tenemos.

Jorge tecleó lentamente, sudando.

—No me atrevo a pulsar el «enter». ¿Y si salta una alarma o algo?

Sandra oyó ruido en el pasillo y pulsó ella el botón. Jorge hizo el gesto de protegerse la cabeza como si el cielo se le fuera a caer encima, pero la contraseña funcionó.

—¿Sandra? —la llamó alguien desde el pasillo.

—¡Date prisa! ¡Voy a ver qué pasa! —susurró esta.

—¡No me dejes solo!

Pero ella estimó que era mejor impedir que nadie entrase en esa habitación. Salió al pasillo y se encontró con la entrañable abuela de Víctor. La acompañaba su enfermera.

—¡María Pilar! ¿Por qué no estás abajo?

—¡He venido a ver lo guapa que estás! ¡Date la vuelta y déjame que te mire bien!

—¿Qué hace abierta esa puerta? —dijo la enfermera, mirando hacia la habitación donde estaba Jorge.

—Es que creía que era el baño —se apresuró a decir Sandra, y se acercó a la puerta para cerrarla. Justo antes de hacerlo, sintió que algo bastante voluminoso se le colaba por debajo del vestido.

Cerró la puerta. No tuvo que hacerse la aturdida porque ya lo estaba, albergando entre sus piernas a su último amante. Sentirlo ahí debajo la estaba poniendo algo más que nerviosa.

—El baño es ahí —dijo la enfermera. Se notaba que llevaba años en la casa.

—Pues voy para allá, que me va a hacer falta.

—¿Te ayudo con el vestido? —preguntó la abuela.

—¡NO! No, es fácil de quitar, muchas gracias. Necesito... un momento a solas.

En cuanto cerró la puerta del baño, Jorge salió de debajo de su falda con el disco en la mano.

—Misión cumplida.

—Ayúdame a meterlo en la bolsa secreta...

—Sí, pero quédate quieta, que con el velo no veo nada...

—¿De verdad que no necesitas ayuda? —gritó la abuela desde el pasillo.

—No, gracias, ya salgo.

Sandra abrió mucho los ojos al percatarse de una terrible realidad.

—Jorge, tengo que... usar el baño de verdad. No me había dado cuenta de las ganas que tenía, y si no lo hago ahora tendré que esperar horas y reventaré.

—Está bien. Iré detrás de las cortinas de la bañera.

Muy pocas veces en su vida le había costado tanto darle a su cuerpo la orden de dejar salir el pis. Como si lo hubiera adivinado, María Pilar le gritó desde fuera:

—Sandra, si estás nerviosa y no puedes relajar la uretra, abre el grifo y deja correr el agua, te ayudará un montón.

Sandra estaba alejada del lavabo, pero una mano salió de detrás de la cortina y abrió amablemente el agua.

Entre la abuela que esperaba fuera, su amante y cómplice escondido tras la cortina y lo espantosamente incómoda que estaba dentro del vestido, Sandra tuvo que cerrar los ojos e imaginarse una apacible cascada en medio del bosque para lograr que saliera. Pero cuando lo consiguió, sintió un alivio indescriptible.

—Vale —dijo Jorge, contorsionándose para salir de la bañera sin matarse con los tacones—. Ahora tú te vas fuera, yo espero aquí tres minutos, y después bajamos.

—Okey —dijo ella tirando de la cadena.

Jorge se frotó la entrepierna, furioso. Sandra no pudo por menos que observar una erección que estropeaba mucho la caída del vestido.

—Lo que me faltaba —gruñó el informático.

—Tranquilo —dijo ella para calmarle, y le acarició el brazo.

—Sí, tú sigue tocándome, ya verás qué pronto se me baja.

Ella apartó la mano.

—¿Sandra? —la llamó la abuela.

—¡Ya salgo! —dijo en voz alta. Y después, solo para Jorge—: No pasa nada. Te quedas aquí unos minutos y se te pasa. Todo va a salir bien.

Él la miró a los ojos.

—Si no hubiera riesgo de cárcel, te arrancaría ese vestido a bocados.

—Y yo a ti —reconoció ella.

La nada radiante novia salió del cuarto de baño y se dirigió a la suite, como estaba previsto.

—¿Misión cumplida? —le preguntó María Pilar.

—Eh... sí, me encuentro mejor.

—Fenomenal. Espera, que yo también tengo que entrar.

Para su espanto, Sandra vio que la anciana entraba en el baño en el que estaba Jorge.

—¿Tú también tienes que pasar al baño, María Pilar? —gritó para que Jorge se escondiera de nuevo.

—Sí, cariño, ya que estoy aquí voy a aprovechar. Me han recetado hierro y ya sabes que deja las tripas muy sueltas.

Sandra suspiró. Al menos, la erección de Jorge pronto dejaría de ser un problema.

31

El plan consistía en bajar a la antesala de la cocina, de camino al jardín, y allí fingir un tropiezo. Jorge, haciendo de Daphne, se quedaría con un trozo del vestido en la mano. Justo en medio de un caos provocado por Gema y Víctor, pediría a los guardias que lo dejaran salir de inmediato para ir a buscar al sastre, momento que aprovecharía para escapar sin ser registrado/a.

Y así lo hicieron. Justo cuando pasaban cerca del puesto de control, sonó el petardo que era la señal de Gema. Al mismo tiempo llegó un gigantesco camión de suministros, y alguien dio la alerta de que una invitada se había desmayado y había que socorrerla.

Jorge tropezó, cayó sobre Sandra y le desprendió la parte clave del vestido.

—¡Tenemos una emergencia! —explicó Daphne a los guardias, mientras sostenía dramáticamente el trozo del vestido—. ¡Tengo que ir a buscar al sastre!

—¿Y a nosotros qué nos cuenta, señora? ¡Váyase ya si tiene tanta prisa! —soltó uno de los guardias, alterado, con un móvil en cada mano.

Jorge soltó el aire que se le había acumulado en los pulmones y dio una zancada muy poco femenina hacia la salida. Pero entonces pareció pensárselo mejor, se giró hacia Sandra y la besó. Con lengua y todo.

Al vigilante se le descolgó la mandíbula.

—Es que somos muy muy amigas —le explicó Sandra mientras empujaba a Jorge hacia la puerta.

—¿Qué haces aquí? —dijo Elba, que apareció de repente. No había visto el beso por los pelos—. ¡Llevo buscándote muchísimo rato!

—Iba a subir ahora mismo...

—¡No hay tiempo! ¡Tienes que salir ya! Tu padre te está esperando. ¿Y qué hace esa llevándose la cola del vestido?

Jorge se quedó helado cuando Elba le cogió la pieza de tela que contenía el disco y se la ajustó rápidamente a Sandra. Esta estaba a punto de desmayarse, por la incomodidad del vestido y por el inesperado retroceso de la situación.

Alguien le enganchó un diminuto micrófono blanco, alguien le retocó el maquillaje y una tercera persona la roció con una nube de brillo perlado, todo ello sin detener el paso. Sandra trató de controlar sus pulsaciones mientras era arrastrada por Elba hasta el punto desde el que tenía que ser escoltada. Allí la estaba esperando un elegante señor al que no conocía de nada.

—Mi pequeña —dijo con un tono de emoción muy logrado—. Estoy tan orgulloso de ti... Este es el día más importante de mi vida.

—Gracias... papá.

—Ay, qué escena más bonita —canturreó Elba—. Pero daos prisa, que llevamos diez minutos de retraso respecto al horario.

A unos pasos detrás de Elba iba Jorge, a quien se le estaba empezando a estropear el maquillaje a causa del sudor. Sandra vio que consultaba el móvil, sin duda preguntándole a Gema qué hacer.

Sandra, del brazo de aquel señor trajeado, que la llevaba con orgullo, caminó entre las dos filas de asientos y admiró la decoración del jardín. Había esferas de musgo que parecían colgar del cielo, y de cada una de ellas brotaba una espectacular orquídea de color verde claro a juego con la decoración floral de los bancos. Un cuarteto de cuerda tocaba música de Mendelssohn, el compositor feliz.

El altar estaba bajo un arco de piedra recubierto de hiedra y en el hueco había una preciosa fuente antigua decorada con farolillos de seda en color crudo. Realmente era una pena que aquella no fuera una boda de verdad. Hasta el anciano sacerdote era entrañable, como si lo hubieran escogido en un casting, cosa que, por otra parte, era posible tratándose de los Zafiro.

Víctor la esperaba con los ojos brillantes. Llevaba un traje que debía de costar lo mismo que un coche y le hacía parecer el triple de lo guapísimo que ya era. Aunque, por supuesto, también le habrían puesto algo de maquillaje, porque tanta perfección no era normal. Sandra se planteó, por primera vez, que quizá lo llevara siempre. Aquel día había comprobado en sus propias carnes que el dinero era el secreto de belleza más efectivo.

Cuando llegó hasta él, sin dejar de pensar en el disco que llevaba escondido en su incomodísimo vestido, Víctor se inclinó para besarle la mejilla, y de repente el aire se llenó de mariposas blancas.

—¡Ooohhh! —La selecta multitud se deshizo.

Víctor clavó en Sandra unos ojos cargados de promesas. «Quédate conmigo», decían esos ojos, «y tu mundo será siempre así. Convertiré lo desagradable en aceptable y haré que lo rutinario sea maravilloso». Y ella se sintió, una vez más, muy halagada por ser la elegida de aquel hombre extraordinario.

Sandra se colocó en el altar y se giró para ver a la gente que estaba sentada. No conocía a la mayor parte de los elegantes invitados, pero en la primera fila estaba su madre, que la observaba con una sonrisa de complicidad. Detrás de ella vio a las hermanas de Gema, mirándola con adoración. Sandra se sorprendió gratamente al comprobar que iban vestidas de manera diferente, y que incluso habían escogido peinados distintos, y no pudo por menos que pensar que la conversación que había tenido con ellas había influido en ese cambio. Un poco más atrás estaba Rosa, la bibliotecaria, en su silla de ruedas, acompañada de Pascual.

Las mariposas sobrevolaban las orquídeas verdes, y el conjunto componía la misma imagen idílica que tantas veces han mostrado las películas y los anuncios.

Sería tan sencillo aceptar todo aquello que se le ofrecía... Solo tenía que fingir que la pluma de tinta falsa no escribía bien, pedir otra cualquiera y estampar su firma en aquel contrato nupcial al que la sociedad la llevaba empujando durante toda su vida.

—Hermanos, hermanas —empezó a decir el sacerdote—, nos hemos congregado en este hermoso lugar para celebrar el amor verdadero entre dos personas. En estos tiempos que corren parece algo milagroso, ¿verdad? Qué difícil resulta encontrarse, escucharse de verdad, con tantas distracciones, tantos estímulos, tanto internet.

A aquel bienintencionado pero algo tecnófobo sacerdote nadie le había informado de que los novios se habían encontrado precisamente gracias a internet.

Víctor la miró con complicidad y le sonrió con ternura. Sandra estaba segura de que él sabía que ella se estaba planteando si casarse de verdad, cosa que quedó confirmada cuando Víctor señaló sutilmente otra pluma que asomaba de su bolsillo.

—Qué difícil es mirar con el corazón —continuó el sacerdote—, y encontrar dentro de nosotros cuál es nuestra verdad sencilla, nuestro verdadero deseo...

Sandra parpadeó. Los verdaderos deseos... aquella era la misma frase que le había dicho Rosa. ¿Por qué quiso estudiar psicología? Para conocer a las personas. Pero era imposible conocer a los demás sin conocerse a una misma. Y Sandra, en ese preciso momento de su vida, tenía que decidir quién era. Miró a Jorge, Daphne, y él le devolvió una mirada herida pero valiente. Entonces ella supo que él era el Jack Lemmon con el que siempre había soñado. Quiso hacerle un gesto para buscar su complicidad, pero vio que desaparecía detrás de unos arbustos. Se escapaba para no ver la boda.

Y mientras el cura seguía hablando de sus cosas, Sandra se dio cuenta de que no podía casarse. Qué demonios, ni siquiera quería fingir que se casaba. Ya había engañado a demasiada gente. Se negaba a continuar con aquella farsa, por práctica que resultara, por mucho que fuera la «obra maestra» de Víctor. Y si acababa en la cárcel, que así fuera.

—Un... un momento, por favor —le dijo al sacerdote—. Me gustaría decir algo.

El anciano cura la miró con desconcierto.

—Lo siento —le susurró a Víctor.

—Lo comprendo —respondió él, con una sombra de tristeza en la mirada.

Y lo peor era que Sandra sabía que era cierto. Que Víctor, con todos sus defectos, era profundamente empático y capaz de ponerse en el lugar de ella.

—La mayor parte de ustedes no me conocen. Soy psicóloga y me dedico a la estadística. De modo que me gustaría hacerles una pequeña encuesta. ¿Cuántos de ustedes se han casado una sola vez?

Aproximadamente un tercio de los asistentes levantó la mano.

—¿Y cuántos de aquellos que siguen casados se consideran felices en su matrimonio?

Algunas manos se alzaron y luego se replegaron, arrepentidas. Otras tardaron en levantarse, dudosas. Algunas cambiaron de opinión varias veces.

—Como persona que se dedica a la estadística, no

puedo creer en la institución del matrimonio. Y del mismo modo que no compro lotería, ni voy a casas de apuestas, tampoco es coherente que me comprometa cuando sé que nuestro país es el segundo de Europa con mayor tasa de divorcio. Se producen casi siete rupturas por cada diez matrimonios. Esta cifra es el doble de hace tan solo una década, y el triple de hace quince años. La tendencia es evidente.

La gente guardaba silencio. Elba observaba a Sandra con unos ojos de lava ardiendo que esta evitó a toda costa, refugiándose en la mirada cálida y orgullosa de Maite.

—¿Quiénes, entre todos ustedes, volverían a casarse si no existiera el divorcio? ¿Y qué sentido tiene dar la palabra si después se puede retirar? El matrimonio es una idea hermosa, consoladora. Nos gusta ver casarse a otros y pensar que, quizá, con un poco de suerte, a ellos les vaya bien. Pero el amor no basta. Tiene demasiadas cosas contra las que luchar. De modo que pido perdón a Víctor por no haber sido capaz de detener a tiempo todo esto. Eres un hombre maravilloso y te mereces a alguien mucho mejor que yo.

Todas las miradas estaban puestas en Víctor. Este carraspeó antes de hablar, como si hubiera perdido la seguridad que le caracterizaba.

—No estoy acostumbrado a sentir tantas cosas. Nunca había vivido tantas emociones al mismo tiempo, y no sé muy bien qué hacer con ellas. Sandra, conocerte ha sido un torbellino de experiencias, he aprendido tanto, me he divertido tanto, que pensaba que la única salida lógica a todo eso era... pues eso, casarse. —Se le trabó la voz, pero siguió hablando—. He hecho todo lo posible para atraerte hacia mí, incluyendo cosas de las que no estoy orgulloso. Y he estado pensando en todo eso del autoengaño... cómo todos nos contamos historias que no son verdad. Y mi autoengaño ha sido pensar que podía arreglarlo todo, solucionarlo todo... comprarlo todo.

Algunos asistentes se revolvieron en sus asientos, incómodos.

—Entiendo que no estés preparada.

En ese momento saltó una alarma muy ruidosa. Un guardia de seguridad se acercó corriendo hasta Elba y le susurró algo al oído.

—¡Que nadie se mueva! —chilló esta—. Hemos sufrido un robo. Lo siento mucho, pero tenemos que registrar a todos los presentes.

En medio de los murmullos de los asistentes, Víctor corrió a hablar con su madre. Sandra no podía oírlos, pero el lenguaje gestual de Elba mostraba una ira muy poco contenida. Daba miedo incluso de lejos.

Atrapada en el vestido más incómodo del mundo, Sandra empezó a imaginar, una vez más, cómo sería su vida en prisión. Seguramente podría ganarse la amistad de otras presas enseñándolas a leer y a escribir; siempre se le había dado bien dar clases particulares.

—¿Dónde está lo que había que robar? —le susurró Maite, que había aparecido de repente a su lado.

—De eso nada, mamá. Una cosa es que yo acabe en la cárcel y otra muy distinta que vayas tú...

—¡Déjate de tonterías y dímelo! Tengo más experiencia robando que tú.

Aquello era cierto. Sandra no tenía tiempo para decidir, y su instinto la llevó a confiar en su madre. Se arrancó del vestido la bolsita que contenía el disco y se la entregó sin decir palabra. Maite la guardó en su bolso.

—Buscaré un buen escondite —le aseguró.

Al poco rato regresó Víctor.

—Buenas noticias: sospecha de varias personas. Unos cuantos invitados son rivales de negocios. Ni se imagina que el disco está a buen recaudo desde hace rato...

Sandra tragó saliva, pero decidió que era mejor no sacarlo de su error. Si él pensaba que no había nada que temer estaría más tranquilo.

Una señora se acercó a ellos.

—¡No tienes vergüenza! —le soltó a Sandra.

—Mamá, déjala en paz —la defendió Sara.

—¡Primero metes esas ideas absurdas en la cabeza de mis gemelas... y ahora esto!

—Tía, no es el momento —la contuvo Víctor.

Nora se llevó a su madre. Sandra observó que la suya revoloteaba por el jardín. Confiaba en que encontrase la manera de sacar el disco de la mansión.

Los registros de salida iban para largo. La mayor parte de los guardias de seguridad se habían situado en la puerta, con sofisticados instrumentos de detección. Parecía que los invitados del novio tenían prioridad. Cuando por fin les tocó el turno a los demás, una de las primeras fue Rosa, acompañada de Pascual.

—¿De verdad vais a registrar a mi acompañante? —preguntó Pascual.

Los guardias de seguridad no se conmovieron al ver

la silla de ruedas. Tras pasarle unos detectores, le dijeron a Rosa que tenía que esperar dentro.

—¡Esto no tiene ningún sentido! —protestó Pascual.

Sandra corrió hasta el otro lado del jardín en busca de su madre.

—Mamá, no esconderías lo que te he dado en la silla de ruedas, ¿verdad?

Maite sonrió.

—Pues sí. ¿A que es muy buena idea? No se atreverán a registrarla a fondo...

Sandra se tapó la cara con la mano.

—No puede ser... Tengo que ir a decir que el robo ha sido cosa mía.

—¡No hagas eso! ¡No va a pasar nada! —le dijo Maite.

Pero Sandra ya se dirigía hacia el interior de la casa. Allí Elba estaba hablando muy seriamente con Rosa.

—¿Qué es esto? —Sostenía en la mano un objeto negro y alargado.

—Mi libro electrónico, ya se lo he dicho —respondió la bibliotecaria—. Siempre lo llevo conmigo.

—Es verdad. Desde que la conozco...

—¡Oh, cállate, Pascual! ¡Después de tantos años trabajando para nosotros...! Siempre te hemos tratado como si fueras de la familia ¡Y nos traicionas para ponerte de parte de esta... de esta gente! ¡Estás despedido! Y te acusaré de cómplice. La policía está a punto de llegar.

La madre de Víctor reparó en la presencia de Sandra.

—¡Sabía que tenías algo que ver con esto! Te has aprovechado de la boda para volver a robarnos información. Seguro que se la vendes a los alemanes.

Sandra observó lo asustada que estaba Rosa, y abrió la boca para hablar cuando de repente entró Víctor.

—¡Madre! ¡Por fin has encontrado el disco!

Se lo quitó de las manos, lo tiró al suelo y lo pisoteó hasta destruirlo.

—¿¿Qué haces?? —se horrorizó su madre.

—¡Mis libros! —chilló Rosa.

La pobre confundía con facilidad los aparatos electrónicos.

—La policía está aquí —le dijo Víctor a su madre—. Hay que esconder eso lo antes posible. No sabemos lo que puede haber dentro.

Elba se quedó pensativa.

—Pero entonces no podré acusarlos.

—¿Y qué más da? No han conseguido llevarse nada. Lo mejor es que digamos que ha sido una falsa alarma. —Se volvió hacia Sandra, con expresión muy dura—. Sandra, te he dado mi confianza, ¿y así me lo pagas? Cámbiate, coge tu móvil y tus cosas y vete de aquí inmediatamente. No quiero volver a verte.

—Pero... mis libros... —gimió Rosa.

—No me puedo creer que esta señora siga haciendo su penosa pantomima. Pascual, tienes dos horas para largarte —sentenció Elba.

A continuación, madre e hijo salieron agarrados del brazo.

Sandra, muy triste tras comprobar que al final todo había sido una argucia de Víctor, subió las escaleras y entró en la habitación donde tenía sus cosas. Parecía tres veces más grande sin el séquito de falsas amigas. Se libró del vestido con un alivio indescriptible mientras seguía rumiando todo lo sucedido. Se resistía a pensar que Víctor... No tenía sentido que hubiera terminado acusándola para no acusarla. ¿Y por qué destruyó el disco duro? Ya nunca podrían recuperar las contraseñas. Allí había algo que se le estaba escapando.

O quizá no. Puede que todo fuera lo que parecía, un rocambolesco y elaborado plan de Víctor para vengarse de ella y quedarse con la app. Quizá incluso fuera mentira que la quería.

Un momento. Víctor había dicho «coge tu móvil». Quizá fuera un mensaje en clave para que mirara los mensajes... Sandra corrió hacia su bolso, pero el teléfono no estaba allí. Alguien lo había registrado y se lo había llevado. Y Víctor, seguramente, lo sabía.

Cuando bajó, no vio a su madre por ninguna parte. Los guardias de seguridad la acompañaron hasta la salida y la dejaron desamparada en medio de la calle. Miró hacia la ventana en la que se suponía que estaba Gema, pero se la encontró cerrada.

32

Sandra llegó a su casa. Se dio una larga ducha para borrar las marcas del vestido, y de repente el apartamento que tanto le gustaba le pareció pequeño y frío. Pero le dio por pensar que San Valentín poseía una especie de poder diabólico sobre los espacios. Y después de todo lo sucedido, la fecha le resultaba más tétrica que nunca.

Estaba desconcertada. Había tratado de contactar con Jorge y con Gema a través del ordenador, pero ninguno había respondido. Les había escrito que ya estaba en su casa. También llamó a Maite desde el fijo, sin dar con ella. No podía hacer otra cosa que esperar.

Empezó a temblar. Se dijo que no debía llamar a nadie solo para mitigar su soledad, pero al cabo de un rato cayó en la tentación y llamó a Joseba para ver si podía ir a hacerle compañía.

—¿Pero tú no te casabas hoy?

—Han pasado cosas...

—¡Necesito saberlo todo! Pero no puede ser *now*,

justo ahora estoy saliendo por la puerta porque tengo una cita.

Sandra se quedó muy sorprendida. Si había alguien que había soltado pestes por la boca sobre aquella fatídica fecha prácticamente desde hacía una década, si había alguien al que se podía llamar «militante anti San Valentín» (entre otras muchas militancias), ese era Joseba.

—¿Tú? ¿El 14 de febrero?

—Sí. Y no te vas a creer con quién...

Joseba le contó a Sandra que se había quedado muy pensativo desde que le contó que el Edu iba a hacerle el vestido de novia. Había estado intentando saber algo de él durante años, pero no había manera. El motivo era que su ex se había puesto un nombre artístico que no quería que nadie relacionara con sus orígenes albaceteños, con lo cual eliminó de internet y de todos los registros cualquier pista que pudiera relacionar su antiguo nombre con el nuevo.

—Pero en cuanto me dijiste que ahora se hacía llamar Edgar y que se dedicaba a la alta costura, no tardé ni cuatro minutos en encontrarle. Y me alegré de que hubiera cumplido sus sueños y de que le fuera bien en la vida. Pasé unas semanas pensando qué hacer, y al final me dije que por qué no ir a saludarle, como haría con cualquier compañero de la universidad.

«Sí, con cualquiera», pensó Sandra.

De modo que una semana antes de la boda Joseba se presentó en el *atelier* del Edu, ahora Edgar.

—No tenía cita ni nada, y no quería arriesgarme a que el Edu me viera y no me dejara subir. Pero me fijé en que la recepcionista era una chiquilla y me acordé del numerazo de diva que le montó tu no-suegra, así que me dije: yo puedo hacer lo mismo. Le conté que me mandaban de O.T. a recoger un encargo y que iba con muchísima prisa. Y lo debí de decir con tanta soltura que coló.

—Elba ya te había dejado preparado el terreno...

—Me la tienes que presentar, menuda diosa. Subí las escaleras de dos en dos, y al salir al piso casi choco con el Edu. Con Edgar, quiero decir.

—Qué fu-er-te.

—Un poco. Nos quedamos allí parados los dos, en silencio total. Supertenso. Y como yo no sabía qué hacer, me dejé llevar por la costumbre y le comí los morros.

—*Whaaat??*

—Ya, estaba un poco acojonado. Pensaba que a lo mejor llamaba a la policía. Pero no, se lo tomó bien y nos fuimos a follar a su casa, que está al lado, y luego dijo que se tenía que ir para terminar tu vestido de novia, y me preguntó que si me iba con él a verle trabajar. Y para allá que fui...

—Ah, genial. Yo me llevo toda la agresividad y los alfileretazos, y tú todo el buen rollo del reencuentro romántico. Me parece estupendo.

—Anda, no te quejes, que últimamente los tienes a pares.

—¿Así que es con él con quien has quedado en San Valentín?

—Pues sí. Desde entonces apenas nos hemos separado. Es un poco una locura, pero teníamos tanto que contarnos...

—Ya, ya, contaros...

—Sí, también había bastantes polvos atrasados, no te voy a decir que no. Pero lo de esta noche va a ser cita romántica. Tempura, vinito blanco y fresas. Como si tuviéramos cincuenta años y dos barrigones cerveceros.

—No creo que tengas barrigón cervecero a los cincuenta. Y Edgar tampoco.

—No le llames así, por Diana Ross. Ya le he dicho que él para mí siempre será el Edu, y que si vamos a seguir juntos lo vaya asumiendo.

Sandra se quedó pensativa.

—Entonces... ¿ya no te importa el motivo por el que rompisteis?

—Claro que no. En esa época yo estaba condicionado por la monogamia de la sociedad heteronormativa. Pero ya sabes que hace tiempo que no creo en ella, y el Edu tampoco. Tendremos una relación abierta, que es lo que deberíamos haber hecho desde el principio.

Después de colgar, casi se sentía más sola que antes. Le dio una lata de salmón a Sigmund y se preparó la cena. Llamó Maite, que se quedó más tranquila al encontrarla en casa y no en comisaría. Y entonces sonó el timbre.

—Mamá, tengo que colgar. ¡Te llamo luego!

Corrió a abrir con la esperanza de que se tratara de Jorge. Pero resultó ser Gema.

—Estás contenta, ¿no? Todo ha salido bastante bien. Las contraseñas han sido restablecidas.

—Pero yo he visto cómo Víctor las pisoteaba...

—¿Aún no has hablado con él? —Gema se alertó.

—No. Me han quitado el móvil en casa de tu abuela.

Gema se dejó caer en el sillón.

—Así que no sabes nada... A ver, por dónde empiezo. Como Jorge no podía sacar la memoria, me ha avisado por el móvil y yo se lo he dicho a Víctor. Él ha visto que le dabas el disco duro a tu madre, y ha hablado con ella para coordinar la salida. La han escondido en la silla de ruedas de mi bisabuela.

Sandra respiró hondo. Qué tonta había sido al no caer en que María Pilar también iba en silla de ruedas.

—La bisabuela ha sido la primera en salir y no la han registrado. Quince minutos después he ido a buscarla y he recuperado el disco.

—Pero entonces, lo que ha destruido Víctor...

—Era el libro electrónico de Rosa. Nos ha venido de perlas, porque mi abuela está tan tranquila pensando que la información no ha salido de su casa. Eso nos ha dado un tiempo precioso. Ya he restaurado las contraseñas de equipo, he reforzado el protocolo de seguridad y le he dicho a Sergio y a Antón que pueden reanudar sus tareas.

—¿Y Jorge?

—No sé nada de él. Cuando se ha marchado de la boda ha desconectado el móvil y no ha vuelto a encenderlo.

Se quedaron en silencio.

—Vaya... qué extraño todo. Así que al final no era una trampa de Víctor.

—Qué va. Ha improvisado cuando ha visto que su madre sospechaba del dispositivo de Rosa. Pero no te preocupes por tu amiga, Víctor le ha dado un cheque de dos mil euros para que reponga su biblioteca virtual. Y eso da para mucho eBook.

—¿Y Pascual?

—Bueno, no te creas que le vendrá mal que mi abuela le haya despedido. Creo que estaba un poco harto de ella. Sé que tiene dinero ahorrado, y está en una buena edad para reinventarse.

—Muchas gracias por venir a contármelo todo.

—De nada. Me ha extrañado que no contestaras al móvil. Vengo de casa de Jorge y no está allí, por un momento he temido que te hubieras fugado con él —bromeó Gema.

Sandra se rio con muy pocas ganas.

Al despedirse de Gema, la Sandra mujer sintió el impulso de ir a buscar a Jorge, incluso aunque Gema le hubiera dicho que no estaba en su casa. Quizá sí que estaba, pero no le apetecía abrirle a ella. Se imaginó llamando a su puerta como el día anterior... ¿Solo hacía veinticuatro horas de aquello? Parecía que hubiera transcurrido una vida entera... En su fantasía, continuó besándole y entregándose a su cuerpo, y celebrando que por fin tenía claras sus emociones.

Pero la Sandra psicóloga le impidió salir a buscarle. Sabía que no se había portado bien con él. No había sido sincera con sus propias emociones, y había esperado demasiado de él mientras ella enviaba signos contradictorios. Por fin comprendió que Jorge estaba tan preocupado por controlar su vida como todos los demás, solo que en su caso lo manifestaba de una forma pasiva, esquivando experiencias por miedo. Si evitaba a Sandra era porque sabía que ella podría hacerle daño de verdad.

No podía forzar las cosas. Lo primero que tenía que hacer era aclararse. Como si le leyera la mente, Sigmund se acomodó entre sus piernas, dándole un calor que le sentó tan bien como un abrazo.

Miró el fijo, deseando que fuera Jorge quien iniciara el contacto. A eso la Sandra psicóloga no podría oponerse. Pero el teléfono permaneció en silencio.

Esa noche Sandra soñó con un océano lleno de peces. Nadaban en bancos armónicos, obedeciendo las corrientes submarinas. Desde lejos parecía que todos eran iguales, y que los bancos eran bloques compactos que los llevaban de un punto a otro como un tren, sin que ninguno pudiera bajarse o subirse a lo largo del trayecto.

Los peces eran plateados, de un color tan uniforme que en realidad parecían escamas de un mismo ser gigantesco, de un solo celacanto enorme. Pero al acercarse un poco más, nadando en aquel océano apacible y cálido, Sandra distinguió a un pececillo que no era como los demás. Era de color rojo, exactamente del mismo tono que su cabello, y no nadaba en la misma dirección que los otros, sino que se desviaba hacia lo alto, como si buscara la luz.

Sandra comprendió que ella era ese pez, y que esa luz era su deseo. Su verdadera voluntad era diferente a la suma de todas las intenciones del enorme grupo, de modo que la dirección en la que tenía que nadar le suponía el esfuerzo de oponerse a esa inercia de miles y miles de peces que tan claro parecían tenerlo todo contemplados desde lejos.

Desde la distancia, su llamativo color solo era un punto que se mezclaba con los demás, haciendo que el resultado fuera homogéneo y que todos los animales parecieran semejantes. Pero no era el único que era distinto. Había algunos azulados, amarillentos, pardos, purpúreos... Era el estar sumidos en una masa lo que los hacía parecer plateados.

Al acercarse aún más y percibir mejor los detalles, Sandra se dio cuenta de que en realidad no existían dos peces iguales. Todos tenían algo que los distinguía, que los hacía únicos. Y tampoco nadaban al compás, aunque de lejos lo pareciera. Algunos nadaban más despacio, otros un poco más rápido, unos se desviaban hacia la derecha, otros buscaban las profundidades, algunos se detenían a aparearse y otros simplemente se quedaban quietos, dejándose arrastrar por la corriente que generaba el movimiento del grupo.

Lo que estaba viendo eran estadísticas vivientes, pensó Sandra. Como Asimov había anticipado, las tecnologías basadas en grandes números, los cada vez más eficaces estudios de tendencias, eran capaces de calcular lo que una enorme masa de gente iba a acabar votando, predecir si un nuevo estilo musical sería un fenómeno pasajero o había llegado para quedarse, y conocer con poco margen de error el color que se iba a llevar el año siguiente.

Pero ninguna ciencia, ningún sistema, ningún superordenador del mundo era capaz de prever lo que iba a hacer un solo individuo. Cada persona del planeta, aunque perteneciera a numerosos conjuntos predecibles, era única en su comportamiento particular. Esas nubes de apariencia tan compacta estaban hechas de seres únicos, excepcionales.

Y ese pensamiento la hizo muy feliz. Mientras nadaba entre los pececillos, entre esos átomos de libre albedrío que su subconsciente había utilizado como metáfora, se dijo que al día siguiente dejaría su empleo, y que jamás volvería a contribuir a un sistema que intenta que la gente sea lo más parecida y uniforme posible.

Tenía que luchar para que las decisiones de cada uno fueran tomadas con autoconocimiento, respondiendo a un deseo auténtico, de los que hacen crecer. Que fueran las verdaderas voluntades, y no los falsos deseos, tan fáciles de implantar, los que gobernaran las vidas de las personas. Que las expectativas creadas por la ficción, las presiones familiares y de grupo no tuvieran una importancia desmesurada, por encima de la búsqueda individual de la felicidad. Porque Sandra estaba convencida de que la verdadera felicidad de uno era el principio necesario para conseguir la felicidad de todos.

33

Sábado, 15 de febrero de 2020
Un año después...

Sandra miró el calendario que había encima de su despacho. Le encantaba que su despacho y su salón fueran lo mismo, porque eso significaba que por fin trabajaba por cuenta propia. Ya hacía un año que había abandonado el grupo Zafiro para poner en marcha su propia empresa de distribución ecológica de alimentos en polvo y de frutas envasadas con juguetes sorpresa.

El comienzo no había sido fácil. Había tenido que pedir un préstamo bancario, y además Maite se había empeñado en invertir todos sus ahorros en la iniciativa de su hija, lo que había dado a Sandra bastante sensación de responsabilidad. Durante los primeros meses hubo momentos de desesperación y decisiones muy difíciles de tomar. En dos ocasiones estuvo a punto de tirar la toalla, pero Pablo, además de ser un novio estupendo para Maite, había resultado tener el don de la contabilidad y muchas ganas de ayudar.

Por suerte, Nadie es Perfecto seguía dando beneficios, y el mismo equipo (con una sola excepción) había desarrollado varias versiones y dos aplicaciones más, también diseñadas por Sandra: una, creada medio en broma, que calculaba estadísticamente el tiempo de vida de una relación y predecía cuál de los dos miembros de la pareja iba a dejar a quién, y otra, más seria, que orientaba acerca de si el usuario necesitaba recibir ayuda psicológica y qué tipo de terapeuta sería el más indicado en cada caso. La primera daba diez veces más dinero que la otra.

Llegó un momento en el que las cosas empezaron a asentarse y los números se fueron equilibrando. El futuro tenía buena pinta: Sandra podría hacer una ampliación de capital en su distribuidora de alimentos para lanzar nuevos productos, y por fin había permitido que Víctor llevara a cabo otra de sus ideas, el bronceado con henna, a cambio de una participación en los beneficios.

Días después de la boda fallida, cuando Elba descubrió que Gema había blindado Nadie es Perfecto y amenazó con echarla de la familia, Víctor se sentó a hablar muy seriamente con su madre. Le contó que el robo había sido cosa suya, y que si tomaba represalias contra Gema le perdería también a él. Sandra pensó que si hubiera tenido antes esa conversación quizá no habría hecho falta montar la falsa boda, pero comprendió que Víctor necesitaba realizar aquel acto simbólico para encontrar su fuerza frente a su madre. Elba, arrepentida, quiso volver a contratar a Pascual, pero este ya había montado una pequeña librería de segunda mano junto con Rosa y no estaba interesado en su antiguo puesto.

Víctor había pasado unos meses en Nepal para meditar. Al menos esa fue la versión oficial. En realidad, se había dado el capricho de viajar de circuito en circuito para probar todos los coches y motos que siempre había querido conducir, con una alegre imprudencia que rozaba la insensatez suicida de la primera juventud. Después le diría a Sandra que en esos momentos no estaba especialmente interesado en seguir viviendo, pero que por suerte era mucho mejor conductor que suicida. La melancolía motorizada, de todos modos, no le duró demasiado tiempo. El mundo estaba lleno de proyectos fascinantes. Pascual le confió a Sandra un día que Víctor había cambiado para bien desde que no lo tenía todo. No poder conseguir a Sandra era justo lo que necesitaba para convertirse, por fin, en el hombre estupendo que estaba destinado a ser.

A Sandra le saltó un mensaje de Greta, la nueva *community manager* de la app para Latinoamérica, con una duda que resolvió enseguida. No tenía demasiadas interacciones con Nadie es Perfecto, que prácticamente se autogestionaba gracias a lo eficaces que eran Gema, Sergio, Antón y Palma. A todos los había elegido, en su día, Jorge.

Jorge... Sandra pensaba en él a menudo, intentando no ponerse melancólica. Añoraba lo que podrían haber tenido juntos. El día después de su boda fallida, cuando Sandra fue a presentar su dimisión a Zafiro en medio de un zafarrancho de cotilleos, Jorge ya no estaba allí. Se había despedido días antes sin decírselo. Vendió su mitad de la app a los demás trabajadores y puso su piso en alquiler, o quizá lo vendió. Ahora estaba ocupado por una pareja de peluqueras *queer* noruegas que no habían cambiado nada de la decoración. Sandra lo sabía porque alguna vez se había colado en el edificio de enfrente para espiar por las ventanas.

Al principio se culpabilizó porque Jorge se hubiera ido sin decirle adiós, sin darle una explicación. Pensó que había dado por sentado que iba a esperarla mientras ella resolvía el dilema entre él y Víctor, que no le afectaría que se acostaran juntos el día antes de su boda con otro. Siempre pensó que Jorge entendería que en realidad ella era para él, y que nunca podría tomarse en serio a Víctor, al que percibía como a un niño grande. Pero por lo visto Jorge no fue capaz de comprenderlo. Cerró todos los canales de comunicación y ella no había querido insistir. De modo que Sandra llevaba un año y un día sin ver a Jorge, sin oír su voz (ni siquiera la de Daphne), sin saber dónde o cómo estaba.

Suspiró, mirando cómo Sigmund jugaba con un ratón de tela que más bien parecía un roedor zombi por lo mucho que había sido arrastrado y agredido.

—A ti te caía bien, ¿verdad? Tú sabías que era bueno para mí.

Sigmund giró la cabeza lentamente hacia ella, expresando con elocuencia: «No me vengas con esas, tú sabías tan bien como yo que ese era el humano que te convenía. Si no te diste cuenta a tiempo, no es culpa de nadie sino tuya. Payasa».

—Tienes razón —rezongó la humana de Sigmund.

De nuevo era día 15... Sandra recordó la conversación que había tenido con Jorge a propósito de ese día en una de las primeras sesiones que tuvieron para poner en marcha Nadie es Perfecto. Y justo en ese momento recibió un mensaje desde un número desconocido.

Lo importante es el 15 de febrero.

Se llevó la mano al pecho. ¿Sería Jorge? ¿Cómo había podido saber que estaba pensando en él precisamente en aquel instante? Sintió el impulso de llamar al teléfono misterioso, pero consiguió contenerlo. Durante cinco minutos. Pasado ese tiempo, que se le hizo eterno, sus dedos marcaron rellamada como si tuvieran vida propia, pero resultó tratarse de un número de los que no admiten llamadas.

Llamó a Gema, su mano derecha en los negocios. De vez en cuando salía a tomar algo con ella, Sara y Nora, que cada semana eran más distintas.

—No, no sé nada de él. Reconozco que al principio intenté hackearle para saber dónde estaba, pero el muy cabrito había cubierto bien su huida. Eso es que algo aprendió mientras estuvimos juntos.

Gema estaba saliendo con una chica a la que había conocido gracias a la versión bisexual de Nadie es Perfecto, que ella misma había promovido y estaba teniendo muy buena aceptación. Las preguntas del test eran ligeramente más picantes que las del original y había un filtro que detectaba a los hombres exclusivamente heterosexuales y los mandaba a la otra versión.

Llamaron al timbre y se llevó un buen susto. Saltó del sofá y fue corriendo a abrir.

—¿Sandra Bru? —preguntó el mensajero.

—Soy yo.

—Envío certificado. Haga el favor de firmar aquí, por favor.

Extrañada, Sandra hizo lo que le pedían y recogió un sobre sin remitente. Al abrirlo, encontró una cajita de cartón en la que estaba escrito: «Lo importante es el 15 de febrero». Dentro había un dado rojo con puntos blancos, de esquinas redondeadas, y una breve carta.

Sandra:

¿Recuerdas esa conversación que tuvimos una vez acerca de que las parejas destinadas al éxito no son las que sobreviven a San Valentín, sino aquellas que siguen juntas al día siguiente?

Sé que no te casaste con Víctor hace un año. Y creo que en parte fue porque tenías sentimientos hacia mí. Espero que los sigas teniendo.

Sé que tú crees que se puede encontrar el amor mediante la perseverancia, con ayuda de la ciencia y la tecnología. Yo creo que tiene que ser otra cosa, más inesperada e incomprensible. Te propongo que sea el azar quien decida si tenemos que encontrarnos.

Esta tarde, a las siete, te esperaré durante quince minutos en uno de estos lugares. Confío en que no hagas trampas y permitas, tirando el dado, que sea la fortuna quien decida si debemos estar juntos.

1. El edificio donde nos conocimos.
2. El parque donde se te cayeron las lentillas.
3. La puerta de la casa en la que nos acostamos.
4. El bar donde me citaste para pedirme que hiciera la app contigo.

5. El restaurante donde cenamos para celebrar que estaba acabada.
6. El portal de tu bloque, donde tantas veces he querido besarte.

DAPHNE

Sandra no sabía si reír o llorar. Una posibilidad entre seis era realmente poco. Lo más probable era que no se encontraran. ¿Y qué pasaría entonces? ¿Sería capaz de volver a desaparecer si el dado no decidía unirlos? Después de más de un año sin dar señales, estaba claro que era capaz.

Trató de calmarse y resolver la situación con la cabeza fría. Con un taxi y un poco de suerte, podría ir hasta a tres de esos lugares en quince minutos...

Tiró el dado y sacó un seis. El portal de su casa. Qué práctico: no tendría ni que moverse porque ya estaba allí.

Pero no pudo evitar tirar el dado otra vez, como si una fuerza superior a su voluntad le manejara la mano. Esta vez salió un cinco. Sandra consultó la lista. Ese era el número correspondiente al restaurante, que estaba en el casco antiguo, muy lejos de su casa. No podría ir a los dos sitios en quince minutos. Además, si Jorge la pillaba intentando algo así, seguramente la «descalificaría», y ya podría olvidarse de él para siempre.

La Sandra psicóloga reprendió a la Sandra mujer. «¿De verdad te vas a poner en manos de ese friki? ¿Te vas a rebajar a seguir un juego absurdo poniendo en él tus sentimientos e ilusiones? Es un déspota por proponer siquiera unas reglas tan caprichosas.»

Pero la Sandra mujer sabía que Jorge no estaba jugando con ella. Estaba segura. Toda su intuición le aseguraba que él la quería de verdad y que no pretendía imponerle una situación desagradable, sino, de algún modo, hacerla entrar en un mundo en el que las reglas de la lógica no fueran tan estrictas. En el que hubiera sitio para un poco de magia. No sabía por qué estaba tan segura, pero así era.

Mientras su humana se debatía en pensamientos casi angustiosos, Sigmund se subió a la mesa y tiró el dado al suelo.

—¡Gato malo! —lo reprendió ella.

Saltó como un resorte para recoger el objeto. Al acercarse vio que había salido otro seis. Como si se tratara de un juego, el gato impidió que Sandra lo alcanzara empujándolo con la pata hasta el otro extremo de la habitación.

—¡Serás cabrito! —exclamó su humana.

El dado también mostraba la cara de seis puntos. Y Sigmund volvió a llegar al juguete antes que ella, haciéndolo saltar de nuevo por los aires.

El resultado fue otro seis. Sandra pensó que el dado estaba tratando de decirle algo. ¡Pero ella no creía en los dados! Ni en las ruletas, ni en nada parecido. Aquello era para volverse loca. Ella confiaba en los números. Sí, eso era. En los números ordenados, no en los que salen por pura casualidad. En los patrones. ¡Un momento! ¡En tantos seises había un patrón!

Movida por su curiosidad estadística tiró el dado diez veces más. Siete de ellas el resultado fue un seis.

Corrió al ordenador y buscó en internet «dados cargados comprar». El primer resultado mostraba un dado rojo de puntos blancos, con los cantos redondeados. Sandra corrió a buscar una regla para medir el que había recibido y comprobó que coincidía exactamente con el producto a la venta. Y entonces se echó a reír de felicidad.

«De acuerdo», concedió la Sandra psicóloga. «Podemos quedar con él.»

La Sandra mujer se lo agradeció profusamente, e incluso levantó por los aires a Sigmund y le plantó un beso que le dejó la boca llena de angora gris perla.

—¡Qué listo que es mi peque!

—¡MAAAWWW! —exclamó Sigmund, que podría traducirse por: «¡Déjame en el suelo de una vez y quítame tus manazas de encima si no quieres conocer la cólera de un ser superior! ¡Tus arrebatos no son asunto mío!».

Solo faltaban dos horas. Sandra escogió ella misma su ropa, como se estaba acostumbrando a hacer, y se pegó un baño de sales que la dejó nueva. Sumergida en las aguas, la Sandra psicóloga ponderó que la necesidad de Jorge de dejar pasar un año para el reencuentro podría estar vinculada con la maldición que creía padecer acerca de las relaciones que solo duraban la mitad que la anterior. Según esa lógica, como Sandra y él se habían acostado hacía ya más de un año, ya no podían estar juntos menos de ese tiempo. Seguramente eso rompiera el castigo matemático que él mismo se había impuesto y le daba permiso para querer a alguien.

La Sandra mujer le dijo a la otra que se relajara un poco y que la dejara disfrutar del baño.

Diez minutos antes de las siete, espiando por la ventana de la escalera, vio llegar a Jorge. Se había dejado barbita y estaba moreno. Caminaba más decidido, más erguido, con más confianza. Tenía pinta de haber estado viajando por el mundo, por países exóticos y peligrosos, o eso se imaginó Sandra. Los dos, sin duda, habían aprendido mucho en aquel año.

También llevaba gafas. Por fin.

La Sandra psicóloga obligó a la otra a hacerle esperar diez minutos enteros antes de que las dos, unidas por fin en una sola, bajaran a reunirse con Jorge.

Agradecimientos

Toda mi gratitud hacia las expertas que se han dejado entrevistar para este libro: la escritora y terapeuta Alejandra Decurgez, la estadística Gemma Vilagut, la especialista en innovación y desarrollo informático Silvia Tormo y la psicóloga y *matchmaker* Gemma Tió. Su generosidad a la hora de compartir conocimientos ha sido fundamental.

Tanto mi editora, Cristina Lomba, como María Reina de la Puebla y Laura González contribuyeron con su lectura a refinar aspectos del *timing* y de los personajes. Gracias también a Natalia Rodríguez, que me recomendó un libro muy útil... Me considero muy afortunada de poder trabajar con el excelente equipo de Plaza & Janés y les agradezco que me hagan sentir tan a gusto.

También han formado parte de esta historia la gran lectora Carlota Echevarría, el actor y estudioso de los caracteres Javier Godino y el maestro Francesc Miralles, que tanto me ha ayudado, a través de sus libros y sus palabras, a reflexionar sobre los seres humanos. Escribir la novela ha sido la excusa para leer una veintena de títulos sobre pareja, psicología y estadística, algo que me ha resultado muy útil a nivel personal.

Nunca habría podido dibujar un Jorge y un Víctor si no fuera por Martín, Manuel, César, Chús, Raúl, Tito, Jesús, Eduardo, Sergi, Paul, Fernando, Alex, Oliver, Daniel, Erik y todos los hombres heterosexuales sensibles y sanos que he tenido la suerte de conocer.

Por último, muchas gracias a tod@s l@s amantes que me dieron acceso a su intimidad y me mostraron su lado vulnerable. Se trata de uno de los regalos más preciados que un ser humano puede hacer a otro. No se puede conocer a los demás sin observarse a una misma, pero qué difícil sería ese autoconocimiento sin mirarse en el espejo de otros.